U0902471

圆明园遗址公园

万寿山昆明湖

玉泉山玉峰塔

香山勤政殿

张宝章主持曹雪芹纪念馆开馆典礼

张宝章主持曹雪芹研究会成立大会

张宝章、严宽与文友在梁启超墓

张宝章、严宽与王宁在海淀文物管理所

张宝章与李希凡在香山“曹学雅集”

张宝章、严宽与宋振庭、胡德平、白明、李强在曹纪念馆

张宝章、严宽在区政协会上

张宝章、严宽与孙怀德在凤凰岭

张宝章与钟敬文、张紫晨、李克在市风筝节

张宝章、严宽与张树伟在大觉寺

张宝章与赵书、韩春鸣在妙峰山

严宽与胡德平在西山

刘铁梁等向张宝章等颁发“名誉理事”聘书

张宝章与李岳南、孟广臣在家交谈

严宽在北京大学讲《曹雪芹在西山》

严宽与李强在西山

严宽与胡德平、张书才等合影

张宝章与汤凤国在市民协会

严宽在海淀图书馆讲《海淀寺庙》

海淀史地丛书

三山五园传说

张宝章 严宽 ● 著

中国社会科学出版社

图书在版编目（CIP）数据

三山五园传说 / 张宝章，严宽著. — 北京：中国社会科学出版社，2016.3
（海淀史地丛书）
ISBN 978-7-5161-7561-3

Ⅰ.①三… Ⅱ.①张… ②严… Ⅲ.①民间故事—作品集—海淀区 Ⅳ.①I277.3

中国版本图书馆CIP数据核字(2016)第022542号

出 版 人　赵剑英
责任编辑　凌金良
责任校对　李　楠
责任印制　张雪娇

出　　版　中国社会科学出版社
社　　址　北京鼓楼西大街甲158号
邮　　编　100720
网　　址　http：//www.csspw.cn
发 行 部　010-84083685
门 市 部　010-84029450
经　　销　新华书店及其他书店

印　　刷　北京君升印刷有限公司
装　　订　廊坊市广阳区广增装订厂
版　　次　2016 年 3 月第 1 版
印　　次　2016 年 3 月第 1 次印刷

开　　本　710×1000　1 / 16
印　　张　22.25
插　　页　6
字　　数　308 千字
定　　价　56.00 元

凡购买中国社会科学出版社图书，如有质量问题请与本社营销中心联系调换
电话：010-84083683

《海淀史地丛书》总序

海淀区地处京城西北部，水山形胜、人杰地灵，自然和人文特色资源丰富。依出土文物考证，距今5000年左右，海淀一带就已有人类文明的踪迹。海淀一词，最早见于800年前的元代。辽、金、元、明、清五代，海淀成为畿辅之地。由于优越的自然地理环境，历代帝王在此兴建离宫别苑，自清代康熙年间陆续建成著名的皇家园林——“三山五园”以及上百处王公贵宦的私家宅园。皇帝经常在这里居住、理政，海淀遂为紫禁城外又一全国政务中心。

自1920年起，中国早期共产主义组织和其后成立的中国共产党就在海淀地区开展革命活动，著名的“一二•九”运动源于海淀，清华园、燕园、西山等地有多处革命遗址。1949年3月25日，中共中央及人民解放军总部进驻香山工作约半年时间，海淀又成为继井冈山、遵义、延安、西柏坡之后新的革命圣地。

新中国成立后，许多中央党政军首脑机关入驻海淀。海淀区域内科技、教育、文化事业蓬勃发展，数百家科研机构和几十所高等院校云集于此，知识、智力、技术、人才密集，成为闻名中外的科技教育发达区。与此同时，在长达40多年的时间里，海淀始终是北京重要的副食品供应基地。

以改革开放为标志，从上世纪 80 年代初的中关村电子一条街，到 1988 年 5 月国务院批复建立“北京市新技术产业开发试验区”；从 1999 年 6 月国务院批复加快“中关村科技园区”建设，到 2009 年 3 月国务院批复同意建设“中关村国家自主创新示范区”，北京市批复同意海淀园为“中关村国家自主创新示范区核心区”。三十年探索、三十年飞跃，海淀充分发挥比较优势，已成为，中国领先、世界瞩目的自主创新和新技术产业发展的高地。

党的十八大以来，以习近平同志为总书记的党中央继续引领中国走向中华民族伟大复兴的光辉彼岸。北京市作为全国政治中心、文化中心、国际交往中心、科技创新中心，将建设成为国际一流的和谐宜居之都。海淀无疑将在这一过程中继续发挥科技创新、示范、率先作用，坚持强化创新驱动，着力优化发展空间，加速推进三大功能区建设，努力建成具有全球影响力的科技创新中心和“环境优美、和谐宜居”的高科技核心区！

国运昌、史志兴。1996 年至 2004 年，海淀区编修了第一部社会主义时期新方志——《海淀区志》。在此期间，《海淀区志》编委会组织收集整理了许多具有存史资政价值的海淀地情史料，陆续出版了《海淀史地丛书》，共计 26 本，成为海淀区挖掘区域文化资源的特色和亮点。

2010 年 3 月，海淀区第二轮修志工作全面启动，为更好地抢救、挖掘、保存和利用海淀区丰厚的史志资源，繁荣海淀文化，提升海淀软实力，我们将继续出版《海淀史地丛书》。中国正处在一个伟大变革与发展的时代。历史是一面镜子，读史使人明智。我们期望并相信，《海淀史地丛书》能为您了解海淀、认识海淀、热爱海淀、建设海淀提供帮助。

《海淀史地丛书》编委会

2016 年 2 月

代序：我与民间文学

张宝章

这部以“三山五园”为题的民间传说故事集，是我和老友严宽先生辛苦耕耘30余载的成果。它表达了我们对北京这块风水宝地的热爱，也显示了我们对建设“三山五园”历史文化景区的一片赤心。

我的文友严宽在玉泉山下当了半辈子农民，又在政府文物管理部门做了二十几年机关干部。他了解京郊的农村和农民，他在稻乡出生，在菜田成长，到乡办企业做过工，抡锤打过铁。村里重要的农活他都拿得起来，盖房割稻都是行家里手。他走遍香山一带的高峰峡谷，观察每座古建和废墟，还沿河探索水量的大小和深浅，品味每一眼山泉的香甜。他深入地了解当地汉满民族的传统习俗，对风水理论也有较深入的涉猎。他在中年后对京西海淀的每一项文物古迹都进行过实地考察，成为一名文物工作的内行。

严宽先生一心热衷于曹雪芹研究会的工作，对曹雪芹在西山的生活和创作有独到的见解和研究。曹研会成立之初，他作为副秘书长独自坚守在卧佛寺一间办公室处理研究会的日常事务。他是创建曹雪芹纪念馆的重要功臣之一。他参与设计，到乡间搜罗与《红楼梦》有关的展品，从山间地头寻找并车拉肩抬几十块石碑，建成一座小碑林。他以生动的语言向来馆的参观者和国家领导人介绍曹雪芹的趣事。他还是近年新成立的北京曹雪芹学会的副秘书长，是著名的红学家胡德平先生的参谋和助手。他的几万字的研究成果，被收录在胡先生的名著《说不尽的红楼梦——曹雪芹在香山》一书中。他也是曹雪芹《红楼梦》最热情积极的宣传者。他在北京大学和中国人民大学等高等院校，宣讲他那深接地气的曹雪芹研究成果。他在海淀图书馆开办每月一课的《历史文化讲座》，一讲就是一年。他在中央某部为离退休干部开办《红楼梦讲座》，每两周一课，每课一个书中章回，讲了一年多，还在继续。当然，他也为本书的写作付出了很多的辛劳，做了最重要的工作。

严宽秉性聪颖，好学不倦，具有很强的理解能力和记忆力。他对古今文献扎实学习，融会贯通，学以致用，提高自己的学术水平。他对《红楼梦》的深奥内容有独到的领悟，对人物故事的细节都不放过。他能将许多首《红楼梦》诗词倒背如流，甚至能整段地背诵曹公的原文。这不仅是他记性好，其学习的刻苦精神也可见一斑。

正是我对严宽先生的认识、理解、尊重和佩服，才使我们有了良好的合作基础，也才有这本小书的诞生。

我和严宽合作搜集整理民间传说，是在海淀区创作（作家）协会的统一组织和安排下进行的。1981 年，成立了海淀区创作协会，刘麟任会长，我和易海云任副会长。我们积极组织全区的作家和业余作者开展文学和艺术创作活动。

1980 年，北京市作家协会成立民间研究小组，张紫晨为组长，李岳南等三人为副组长。他们到各区县去做宣传组织工作，建立民研组织，开展民间文学创作活动，为成立北京市民间文学研究会做各项基础准备工作。

1981 年夏，张紫晨和李岳南二位民间文学家，以民研会筹备组的身份到我区开展工作。我和易海云听了他们介绍情况后，决定在区作协设立“民间文学研究组”，迅速开展工作。我们从作协会员中选定十几人为民研组成员，其中有彭哲愚、崔墨卿、常利民、卫汉青、焦雄、徐征、魏昂、杨正棠、施华等。组员中有机关干部、老师、作家，也有工人和农民业余作者。我和易海云为组长。我们召开成立会议时，请紫晨和岳南向大家介绍全国和北京市开展民间文学工作的情况和先进地区的经验，也宣传民间文学的基本知识，搜集整理民间传说故事的重要意义、搜集的方式、记录的原则以及整理时要注意的事项，等等。专家的讲解使我们开了窍。我们又组织大家学习紫晨赠给我的、他的专著《民间文学基本知识》。这使我们全体组员做好了开展采风前的必要知识准备和思想基础。

我们区作协准备在全区开展一次有相当规模的民间文学采风活动。采取广泛发动群众征集与专业队伍集中活动相结合的方式。尽量从海淀区丰厚的民间文学矿藏中，挖掘出一批新的成果。我们认为，在广泛发动、全面搜集的情况下，要根据海淀区的自然地理和历史文化特点，有目的地深入发掘，以体现地域的优势。我们要紧紧围绕以“三山五园”为中心的皇家园林的建设与清代帝王大臣的政治和生活等方面的活动进行采风；要记录著名的古代历史人物如曹雪芹、杨家将等传说；生活在海淀区的满族、回族等少数民族的生活习俗故事，以及山川地名等风物传说。民研组员们在讨论和制订这个计划时，都认为这是个很切合实际的计划，也是自己在生活中比较熟悉、也倍感兴趣的热点。大家决心在采风中一显身手，争取获得丰厚的收获。

1982 年上半年，由彭哲愚、焦雄带队，有十几名民研组员和作协会员参加，组成了一支有较高水平的精悍的圆明园采风队。先是集中介绍情况，提出采写要求，分散找采访对象进行搜集整理，及时碰头研究，汇报进展情况，介绍故事主要内容，既可以互相启发，交流经验，又能避免故事内容重复，最后汇总进行总结。负责介绍圆明园整体情况的是被称为“海淀通”的焦雄先生。他带领大家到圆明园的立体模型前，详细介绍圆明园的历史和景观状况。他们还从圆明园的老住户中，选择了 20 来位了解园史园况的老人，与民研组员座谈。其中岁数最大的是 92 岁的李占儒，最小的刘福先也有 58 岁了。他们提供了丰富的园林知识和故事线索。

焦雄先生对圆明园有较深入的研究，并写有几篇关于圆明园历史的文章。他的外祖父李长有，原是圆明园的小花匠，世代在园内养花。1860 年英法联军焚毁圆明园，和 1900 年八国联军侵占北京和颐和园时圆明园遭到破坏的情况，他都亲身经历过。他在 1936 年 88 岁时去世。焦雄小时候，曾经听外祖父讲过很多关于圆明园的故事和轶闻。虽然有些已经忘记，但是还记得很多，便逐一整理出来。再加上他在此次采风期间与彭哲愚合作，又整理出一批新作品。二人共整理出圆明园传说 50 余篇，达七万余字。由彭哲愚带领的采风队共搜集整理圆明园传说故事 100 余篇，15 万多字。

这百余篇传说的内容，包括圆明园的兴建和各处景观的来历、帝王后妃在园内的奢侈生活、太监宫女的悲惨遭遇和反抗、帝国主义侵略焚园的罪行及群众的英勇反抗等，对人们认识这座皇家园林的历史有很强的教育意义。

1982 年下半年，由崔墨卿和常利民带队，组成了颐和园采风队，参加的有民研组成员和业余作者十余人。采风队深入颐和园的干部职工和周围村庄街道的居民和农民中，进行采风。此次采风活动获得了意想不到的突出成果，共整理出颐和园传说故事 50 多篇，加上原来已有和其他人员搜集整理的 40 多篇，共 90 多篇，18 万多字。我听取了二位负责人对采风情况的介绍，并逐篇阅读和修改了全部稿件。然后召集采风人员开会，总结了这次采风的成绩和经验，指出了整理工作中的问题和不足，明确了改进的意见和努力的方向。

颐和园的传说有以下几个特点：第一，传说内容涉及 40 多个景点，园内名胜古迹、建筑和风物，基本上都写到了。大致分为四个部分，即万寿山山上、山下周围、昆明湖内及四周，还有人物和风物故事。这就突出了“名园”这一主题。第二，很多传说的内容都涉及乾隆皇帝、慈禧太后、李连英这些帝后、太监和一些历史人物，体现了“皇家园林”这一特点。而对这些历史人物的评价，基本上符合历史学家的相关论点。第三，故事描述了一批能工巧匠（如样式雷）和传说中他们的祖师鲁班，歌颂了劳动人民的聪明才智、高超技艺及其思想品格，显示出民间文学的人民性。第四，不少故事记述了北京特有的风物，如京剧、莲花白酒、栗子面窝头、柳叶汤等。还涉及了颐和园周围的自然地理、村镇和社会环境。有些篇章在语言上有明显的“京味儿”，使传说故事有较强的地方色彩。这一批虚构的和接近事实的传说故事，使人们看到了一座真实的颐和园，它的壮丽秀美园林景观，卓越的造园艺术和它在中国历史发展中的不可忽略的影响。

除去我们组织的重点采风外，区创作协会还收到很多业余作者采访记录的民间故事。我和严宽也在这时开始了合作搜集整理民间传说的工作。我们工作的重点之一是曹雪芹传说。1971 年，香山正白旗舒成勋先生发现了西轩题壁诗，社会上开始了对香山曹雪芹故居的探索。胡德平先整理发表了《曹雪芹在西山》一书。我们在德平的倡导和组织下，创建了中国曹雪芹研究会，我和严宽分别被选为副会长和副秘书长。在我们与舒成勋先生的密切交往中，听他讲了很多曹雪芹的故事。其中有的接近史实，大部分则属于虚构。当时已有张嘉鼎先生整理的 22 个小故事，以《曹雪芹的传说》书名于 1982 年公开出版。我当时曾经写了一篇介绍性的评论，肯定了此书出版的重要意义。严宽对我说：除舒先生以外，香山还有他熟识的老人能讲曹公故事。我们当即商定，合作完成一项整理曹雪芹传说的计划。以严宽为主，先后走访了何福元、韩永、闫振华、席振瀛、赵伯英、张兆麟、秦凤凯、关清泰、鄂振生、王子贵、赵思诚等几十位老人，记录了几十个故事。经过仔细研究斟酌，我们共整理出 30 篇曹雪芹传说。

与此同时，我们又按照区作协的计划，开始搜集整理“三山五园”和地方风物的传说。在采访了家住玉泉山下和昆明湖周围的20余位老人，如石晋荣、张宽、陆文亮、武彩岭、刘琛、石宝芝、姚振、梁宝林、张振明等人之后，我们又整理了一批万寿山、玉泉山和香山的传说。我们的合作获得了满意的成果，共整理完成了60多篇民间传说，共13万多字。

由于区作协的积极领导和组织，全区的民间文学工作取得了巨大的成绩。按照原先的预定计划，收到几百篇作品，约计近百万字。我们决定，按专题编辑成书，公开出版。我和文化馆的作家彭哲愚合作，负责改稿定稿并联系出版。我们编辑成一本以包括康熙、雍正、乾隆、慈禧太后等清代帝后传说和曹雪芹传说为内容的《北京清代传说》，作家李岳南热情撰写序言，由沈阳春风文艺出版社出版。此书受到普遍的欢迎，8万册书很快销售一空，又再次印刷发行。中国民研会资料室主任吴一虹，在《民间文学》发表《一本新颖别致的传说集》。他评论说：“（此书）是民间文学园地里又绽开的一枝新花。”“此书的问世，一方面表明民间文学工作者勇于挣脱‘左’的羁绊力求用历史唯物主义观点来评价我国的文化遗产，另一方面表明我们的挖掘抢救工作又开拓了一个新的领域。”

《北京清代传说》的成功，大大鼓舞了我们的士气。我和彭哲愚继续编辑了《颐和园、圆明园的传说》《香山的传说》（实为香山、玉泉山的传说），请著名民间文学家张紫晨分别撰写了两书的序言，交由河北少年儿童出版社公开出版，合计发行8万册。

我们海淀区民间文学工作的成绩和经验产生了广泛的影响。我们与市民研会筹备组合办了《枫叶民间文学专号》，由区文化部门的常利民、彭哲愚等负责组稿编辑，请张紫晨等专家审阅后，由海淀区文化馆出版，刊登海淀区和全市各区县送来的稿件，向全市发行。我区作者的民间传说，不仅在《枫叶》刊登，还在全国的民间文学刊物《民间文学》

（全国）、《北国风》（北京）、《山海经》（浙江）、《东方夜谭》（上海）及多种报刊和广播电台发表，并被多种相关书籍大量选用。我们积累了一些成功的经验，锻炼成长了一支有较高水平的写作队伍。有明显成绩的十几位作者，每人都有五万字以上的作品，他们都成为市民研会的会员，三人为全国民研会的会员。我和彭哲愚还被市会推荐录入《中国现代民间文学家辞典》。

1983 年 3 月下旬，召开了北京民研会第一次会员代表大会，也就是成立大会。我区十几名会员代表与会。我们海淀区民研工作成绩受到大会充分肯定。作家李克在《大会工作报告》中，列举了筹备工作的五项成绩。第一项便是："与海淀区创作协会民研组、海淀区文化馆合编了《枫叶》（民间文学专号）共十七期（从 1981 年 9 月开始至 1983 年 3 月止），仅就 1983 年以前的十五期统计，共约 20 多万字，达三万多份。其中故事传说约 160 余篇，理论研究 20 余篇，其他 40 余则（首）。每期虽然印数有限，且系赠阅性质，但在全国民间文学界产生了一定影响，有南《采风》（上海民间文学报）、北《枫叶》之声誉。另一方面，该小报对于北京地区各区县民间文学爱好者，也起到了一定的促进作用，有利于队伍的培养、人才的发现和民间文学矿藏的探查与探掘。"

张紫晨教授在《关于北京传说故事的搜集整理》的大会讲话中，也对我区的民间文学工作予以肯定和表彰。他说：近两年来，北京名胜传说，成果比较显著。以海淀区为重点，对京西一带名胜风物进行了较多的挖掘。关于颐和园，由原来的三五篇，扩展到二三十篇，这是原来没有估计到的。根据以前的了解，似乎颐和园的传说就是如此而已，不会再有什么新的。可是事实证明还有很大潜力可挖。由颐和园的传说，带动了京西三园传说的搜集，圆明园、香山的传说目前也能见到几十篇。这是一个很可观的数字。张紫晨教授还说："关于历史人物、文学家的传说，以曹雪芹的传说为代表，进展最为明显。从搜集整理来看，它可以说是从无到有，从少到多。张嘉鼎的整理作品已单独成集，还有张宝章等人的搜集成果。这是近年来北京传说中一个引人注目的新收获。”

我在大会上作了发言。介绍了我区民研工作进展情况和取得的初步经验，并表示继续努力工作，在市会的指导下继续办好《枫叶民间文学专号》。我们在大会上开阔了眼界，也学到了延庆和门头沟的经验，受到很大的激励和鼓舞。我区的与会代表都表示，我们要继续努力学习，要把民间文学工作提到更高的水平，创造更大的成绩。

我在大会上被选为市民研会理事。从此，我与市民研会（后改称市民间文艺家协会）结下了不解之缘。我在离休以前，一直担任协会理事，是二次和三次大会的主席团成员。在二次大会上，我以“代表资格审查小组”的名义，向大会作《代表资格审查报告》。我长期担任市民协民间文学委员会副主任，后转任民俗委员会主任，由崔墨卿任民间文学委员会主任。我在 1984 年被市民研会推荐选举为中国民研会第四次会员代表大会代表，出席了 11 月在河北石家庄召开的大会。我在 1997 年被市民协推荐选举为市文联第六次代表大会代表，并在大会上被选为市文联理事。我于 1989 年退出市民协理事会，在四次代表大会上被授予“荣誉理事”称号。

我多年在市民协理事会工作，使我有机会结识了一批民间文学家、民俗学家和工艺美术大师。如张紫晨、李岳南、李克、刘绍棠、段宝林、赵书、董梦知、孟广臣、刘铁梁、周华斌、刘绍振、汤夙国、曹仪简、王文宝、常人春等。他们每个人都在自己的专业上有很高的成就，都有我要学习的地方。我在民间文学方面的点滴进步和成绩，都与他们的指导、支持和帮助以及榜样的力量有直接的关系。

张紫晨教授多次来海淀区指导工作。他是“中国民间文学之父”钟敬文先生的得意门生之一、北京师范大学教授、博士生导师，担任市民协主席、中国民俗学会副理事长。他是海淀区民间文学工作的启蒙者和领路人。他在《民间文学基本知识》一书中确立的指导思想和工作方法，都是我们遵循的基本原则。他还是创造《枫叶民间文学专号》的发起人。他看到我们将收集的传说故事，陆续大量地发表在海淀文化馆办的《枫叶》报上，即与我们协商并决定合办“专号”，发表全市各区县的民间文学作品。关于我区搜集工作重点，他对我说，要注意挖掘皇家园林的传说，这不仅是题材重要，也最能体现北京的特色和海淀的优势。当我们编好《颐和园、圆明园的传说》《香山的传说》请他写序时，他满口答应。他对我说：“这两本书很有意义。这些传说可以说是历史的折光镜，具有可贵的认识价值和历史价值。”他把他撰写的《中国民俗与民俗学》《中国古代传说》《歌谣小史》等这些在中国民间文学界有重大影响的名著，题签赠给我。这使我受益匪浅。令人特别感伤的是，他正在事业发展到顶峰时，却因重病的折磨而英年早逝了。

李岳南是作为市民研会筹备组的副组长，与张紫晨一起来海淀区指导民间文学工作的。那时他已经是一位64岁的老人了。岳南先生是一位诗人。他在十七八岁时即在北京和上海的大报上发表诗作了，在抗日战争期间成为知名诗人。他赠给我一本1995年出版的诗集《母亲的悲歌》，既有新诗，也有译诗。他还是一位民间文学家和剧作家，出版过《神话故事歌谣戏曲散论》《与初学者谈民歌和诗》等著作。他题签送给我他写的《白娘子的故事》和他与紫晨合编的《北京的传说》。岳南对海淀民研工作的开展给予特殊的关心。他以年迈有病的身体，从虎坊桥住处乘公共汽车赶来海淀进行指导。他对我们的工作多有鼓励。当1982年底我将刚编好的《北京清代传说》请他审阅并作序时，他高兴地答应了，还说他把此书视为自己的劳动成果。他回到家里，抱着一种探宝淘金的心情，克服了病魔的干扰，一口气读完了这部14万多字的书稿。这需要何等强烈而又执着的热情和责任心！他认为，书中传说的满族民间色彩较为浓厚，而且具有民俗学、历史学和科学价值。它不仅有着娓娓动听的故事情节，而且寓认识作用于口头文学作品中。岳南特别对我和严宽整理的曹雪芹传说予以肯定。他说：这25篇传说“比起由张嘉鼎同志已经整理出版了的有关曹雪芹的传说故事来，两者各有特色，可以相得益彰了……这是西山一带劳动群众（包括接近劳动群众的封建社会下层知识分子）口传心授的一首首向往真善美的赞歌，一张张鞭挞假恶丑的檄文！”他在谈到这些传说的人民性时说：“人物传说故事带有很大程度的虚假性，甚至看来有神奇和荒诞的色彩。但其可贵之处在于它真实地反映了人民的憎和爱、愿望和追求！反映了广大群众对黑暗势力和坏人坏事的蔑视与反对。”岳南先生的肯定与褒扬，是对我们的激励和鞭策，也增强了我们继续前进的信心。

著名作家刘绍棠是民协一二届理事。我们之间从来不喊姓名，而是互以“老同学”相称。20世纪50年代初，我们都在中学读书，并且同在北京市文联举办的北京业余艺术学校文学系学习。每周日上午在劳动人民文化宫东配殿，聆听老舍、赵树理、罗常培等作家学者的系列文学讲座。那时，绍棠已经在写他的长篇小说了，我只是学习写作了一篇小小说，发表在《光明日报》副刊。在民协二次大会上，绍棠曾经郑重地提出一项建议，应当大力宣传北京民间文学家，应当利用市文联的通俗文学杂志《北国风》这个阵地，刊登他们的事迹和作品，鼓励有更多的民间文学家诞生和成长。他还列举了乡土文学家、民间文学家孟广臣和我的名字。我在编辑完成我和严宽的《曹雪芹和香山》一书后，曾经邀请绍棠写一篇序言。他慨然应允，说：“我过完春节就写，为我的老同学出点力。绝不会耽误出版。”然而春节刚过，他就病重不能动笔了。过度的劳累和病魔夺去了他宝贵的生命。他题签赠给我的《刘绍棠文集》《春草与狼烟》《如是我人》《我的创作生涯》《大运河之子刘绍棠》（郑恩波著）和他写给我的几封信，成为永久的纪念。

1985年初，北京市民间文艺家协会接受了编纂《中国民间故事集成·北京卷》的任务。协会收集到18部“区县资料本”，其中包括我区编辑的《北京清代传说》《颐和园圆明园的传说》和以我区作者为主的《颐和园传说》《香山的传说》。民协共搜集整理出1000万字的民间故事。经过多次的筛选、审定、编辑，选出了105万字的书稿。又经过几年的编选，完成了一部 122 万字、637 篇故事传说的定稿。于 1998 年 11 月出版。这是一部收录北京民间传说故事最为齐全、水平最高、最具权威性的民间文学巨著。此书收录了海淀区作者撰写的作品 105 篇，占全书的六分之一。其中有颐和园传说 20 多篇，曹雪芹传说 12 篇。我和严宽的作品收录 27 篇，其中曹雪芹传说 9 篇。我区民间文学工作的成绩，在这部书中得到了较好的反映。

多年来，在民协中的民间文学家和民俗学家的引导和鼓励下，我也尝试学习撰写一些带有议论性的文章。我发现在海淀的现实社会中，许多山水村庄的名称都与民间传说有关。如与杨家将有联系的山名、村名有十几个。但是历史上的杨家将并没到过海淀。像“六郎庄”这样的村名，明显具有反清的意味，但它是在清朝统治者建立政权后才出现并为官方承认和使用的。于是我就写了《泄水湖今昔》《六郎庄村名的变迁》《京西地名与杨家将传说》。

在“三山五园”的各类民间传说中，出现最多的历史人物便是乾隆皇帝和慈禧太后。但是传说故事对二人的褒贬态度鲜明，对乾隆虽然也有批判和讥讽，但是大多采取肯定的态度；对慈禧则多是贬抑、揭露和斥骂。这大体也符合历史学对他们的评价。这使我认识到，民间传说是古今社会生活的折射和反映，它以深厚的社会生活为基础，即使传说故事有很深重的虚构和幻想成分，它也不会脱离社会生活，仍然表现出人民的视角和愿望。于是我就写了《海淀口碑中的乾隆形象》一文。

《曹雪芹在香山》这本曹雪芹传说，在 1990 年由和平出版社出版了单行本。为了让读者对本书中传说的来龙去脉，以及正白旗 39 号西轩发现题壁诗后对曹雪芹研究的新动向有所了解，我撰写了一篇《前言》。

综上所述，我先后写了几篇民间文学研究的小文，表达我对海淀民间文学的一些看法。我将这些文章汇集起来，列于书后，名为《几篇有关民间文学的文章》。

改革开放新时期以来，党和国家对非物质文化遗产的重视达到空前的高度。我区文化委和文联做了大量的工作，一批项目已经获得批准。2006 年 6 月，我区的颐和园传说、圆明园传说、香山传说入选北京市级非物质文化遗产名录。2009 年 8 月，我区的曹雪芹（西山）传说、凤凰岭传说入选市级非物质文化遗产名录。2011 年 5 月，曹雪芹（西山）传说入选国家级非物质文化遗产名录。这不仅是对有关曹雪芹传说的历史文化和科学价值的肯定，是对有关曹雪芹生平传记研究资料的重视，也是对众多曹雪芹传说的讲述者和搜集整理者劳作的认可、肯定和奖励。我们对此感到十分欣慰。

我和严宽的《曹雪芹和香山》这本民间传故事集于 1998 年出版以后，我们一直继续合作，积极参加海淀民间传说申报市级非物质文化遗产的工作，并且搜集整理各类民间传说故事。我们又撰写出 40 来篇新故事，包括名园传说，曹雪芹、样式雷传说和地名风物传说。经过重新汇总和调整，便编成了这本新书《三山五园传说》。在这百篇传说中，有小部分是严宽和我分别搜集整理的，但是大部分都是我们合作完成的。

现在北京市委市政府和海淀区委区政府作出了建设“三山五园”历史文化景区的决策，我们认为，这是一项弘扬中国传统文化，进一步建设“富裕、民主、文明、和谐”的新北京、新海淀，将北京建设成为世界城市的正确决策。我们坚决拥护，并愿为此贡献自己微薄的力量。我已经在 2014 年年底出版了一部 90 万字的《三山五园新探》，现在又将我与严宽合作写成的《三山五园传说》奉献于读者面前，表示我们愿为上述决策的贯彻执行出一把力，摇旗呐喊。

目录
Contents

二　香山曹雪芹传说

三 人物风物传说

四 有关民间文学的文章

一

三山五园传说

康熙私访金龙馆

在海淀镇西北角，清梵寺的南边，有一条胡同叫“金龙馆”。胡同的名称是因为有一座“金龙茶馆”取的。康熙皇帝曾经在这个茶馆喝过茶，以后这个茶馆就成为海淀镇上的一家名店。

原先，这条胡同只有几户人家，有一座两间门脸的“黄记茶馆”。因为地处御道旁边，从北边来的车马行人进入海淀镇，都要从茶馆门前经过。黄掌柜善于经营，服务到家，很受顾客欢迎。他从安徽老家运来香片，同时运来浙江的龙井，品种纯，气味香。烹茶用的水是从南邻挑来的双井水，洁净清冽，质轻味甘，烹出的茶液透明泛黄，芳润可口。前来喝茶的人，还可以品尝各类糕点，听评书艺人讲彭公案、济公传和三国故事。所以黄记茶馆被称为“书茶馆”。

一天中午，茶馆里顾客不多，进来一位身穿深蓝色长衫的顾客，身材魁梧，脸上有几点浅麻子。他要了一壶茶，坐在正中的桌旁与黄掌柜闲聊起来。黄掌柜把从顾客那里听到的各种新鲜传闻，一件件讲出来。长衫人最感兴趣的是关于皇宫的传闻和旗人欺压百姓的故事。长衫人临走前和蔼地说：你“黄”掌柜卖的是“龙”井茶，就叫“金龙茶馆”吧！他还讨来笔墨，题写了茶馆的新名号。又因为黄掌柜讲了好多故事，加付茶资五两白银。黄掌柜拒收银两，长衫人执意留下了。

第二天，黄掌柜把“金龙茶馆”的木匾，悬挂在店堂中央，一进门迎面即可望见。挂匾的当天，有位朝臣模样的顾客，冲着匾额细细地端详，然后问道：这匾额是怎么得来的？黄掌柜回答：是一位长衫顾客主动给题写的。再询问了长衫人的长相，朝臣走上前握着黄掌柜的手，高声说道：“恭喜你呀，黄掌柜，这木匾不用题名，我一看就能看出，这是大清国皇帝康熙老佛爷的御笔！”

黄掌柜听从朝臣的建议，将御笔“金龙茶馆”又缝制成一面招幌，悬挂在门前的高杆上。再把皇上喝茶用过的桌椅，单独摆放在店堂中央，桌上赫然标明“御座”字样，供人们瞻仰。

康熙私访金龙茶馆并赐名题匾的新闻，迅速传遍了海淀镇和京西各村。前来贺喜、品茶和看热闹的人络绎不绝。黄掌柜又在门前搭起凉棚，摆好茶座，喝茶听书的人从早到晚时时满座。兴旺发达的金龙茶馆成为海淀镇上的一大景观。

（口述人：郭大爷）

杨香武智盗九龙杯

康熙年间，西山下西小营村出了一位武林高手，名叫杨香武，他个头不高，壮实灵敏，从小在鹫峰向一位老道学艺练武。二五更的功夫练了十年。师傅说他“功德圆满”，就打发他出山闯荡世业。

杨香武身怀绝技，下山直奔海淀镇。镇上有个“黄记茶馆”，离畅春园不远，买卖分外兴隆。前来喝茶的人真可说是五行八作，有还没脱去朝服的大小官吏，有穿长袍马褂的文人墨客和小贩行商，有运货过路的车夫和装卸工人，也有在宫里当差的太监和夫役。出出进进，人声嘈杂。

杨香武找了个角落坐下，要了一壶茶，一盘五香豆，有滋有味地品尝起来。临桌有两位太监模样的人，边喝边聊，显得有几分神秘。杨香武一听，不禁吓了一跳。那位年老的瘦太监说：“老弟，听说今儿晚上康熙老佛爷要在澹宁居让大伙儿观赏九龙玉杯。”年轻的胖太监说：“可不是嘛，今儿正该我当班。听说这九龙玉杯是传世国宝。老佛爷就在千叟宴时用过一回，我还没见过这件宝贝呢。”瘦太监说：“你说得对，我就是在万寿节时看见一回，那真是神物！一只青白色的和田玉酒杯，斟满了酒，杯里就有九条龙翻腾。酒喝光了龙也不见了。”两位太监喝完茶，就慢慢悠悠走出了茶馆。

言者无心，听者有意。杨香武听罢，觉得施展武艺的机会来了，决心夜盗九龙杯。

杨香武请来同村的武林高手神弹子李玉，要他配合偷杯。二人按计划在天黑后越墙跳进畅春园。杨香武趴伏在房顶上，只见皇上来到澹宁居，端坐在殿堂上首的龙椅上，中央紫檀八仙桌上放着一盏九龙玉杯。几位皇子在一旁垂手站立。皇上发令："斟酒！"一位太监斟满酒杯。皇子们同声高喊："九龙显形了！"话音没落，只见一团棉被从空而降，摔落在皇上脚下。众人慌作一团，打开棉被一看，竟然是赤身裸体的胖太监。

原来，李玉进园后，按计划把在院内当班的胖太监掳到一间空房内，自己换上太监服装混进了澹宁居。杨香武把胖太监堵住嘴捆绑在棉被里。当九龙杯内金龙显形时，将胖太监抛进殿内。此时，假扮太监的李玉，顺手抄起九龙杯往房顶抛过去。杨香武手接九龙杯，一纵身跃出畅春园外。神弹子李玉也趁机溜回了西小营。

皇上很快清醒过来，忙喊："有贼！"八仙桌上的九龙玉杯已没踪影了，皇上连夜传旨："京城戒严，全国动员，捉拿盗杯凶手！"

杨香武盗来玉杯，就满心欢喜地来到海淀镇南大街口一家客栈住下。他在住房吃着夜宵，端起九龙玉杯饮酒，仔细端详那杯中的九条金龙。喝了一杯又一杯，不觉拍桌大喊："九龙杯，妙！传世国宝！"不多一会儿，他就迷迷糊糊睡着了。

杨香武的呐喊惊动了隔壁的房客，他就是知名的神偷王伯燕。这位神偷早就听说过皇上九龙玉杯的神奇之处。今天有人送到手边，不费吹灰之力就顺手牵羊得到了这件宝贝。

杨香武早晨起来不见了宝贝，知道遭人暗算，便气鼓鼓地回西小营老家去了。

康熙老佛爷一边命九门提督迅速破案；一边将镖打猛虎的绿林好汉黄三太召来，赐予黄马褂，限他三天破案。黄三太威震八方，善于结交天下武林高手，他立刻将绿林群雄召集到海淀镇。杨香武、李玉、王伯燕、朱光祖等人全到齐了。黄三太说："皇上命我追寻九龙杯，三天破不了案就要我的命。请诸位好汉帮帮忙，给我点面子，把宝贝交出来，我带到皇上那里请赏，以后必定重重报答。"

听了黄三太讲的话，在场的人互相观看，闭口不出一言。只见杨香武慢慢地站起来，冲着黄三太低声说："杯子是我拿了，可是当天晚上在客栈里被别人取走了。"话还没说完，王伯燕从怀里掏出九龙杯说："请黄大哥收好，交还老佛爷。"黄三太拱手感谢大家帮忙，便到畅春园复命去了。

康熙得知九龙杯是杨香武所盗，就传杨香武进殿接旨，老佛爷见杨香武身材魁梧，气宇轩昂，先有了几分爱意，对他说："杨香武擅闯御园，偷盗朕藏国宝，罪大当诛。念你主动交出赃物，赦你不死。朕要考试你的偷盗本领，三天之内再次盗走玉杯，重重有赏；如不能盗走，必严惩不贷！"杨香武答应，如果在第三天夜里鸡叫头遍之前，盗杯不成，愿当死罪。

在澹宁居殿堂中央，紫檀八仙桌上摆放着那盏九龙玉杯。周围太监们十几双眼睛，死死地盯着它。紧闭的殿门内外，十几位护军笔直地站立着，瞪眼搜寻着可能出现的任何疑点。康熙每天夜间守候在澹宁居的后殿，随时听取太监们的禀报。

直到第三天深夜，一直没有发现杨香武的踪影。太监和士兵个个熬得浑身乏力，眼皮打架，看看时钟，还不到子时，一位太监说："杨香武尽吹大话，恐怕他担心处死，早就逃之夭夭了。"也有的说："咱们几十只眼睛紧盯着玉杯，他再大能耐也不好下手啊！""哎！可不能大意。丢了杯子，咱得掉脑袋！"

就在这时"格儿格儿格儿——！"鸡叫头遍了！海淀附近各家的公鸡也跟着啼叫起来。太监们个个兴高采烈，将九龙玉杯放在墙边樟木柜里，如释重负地离开澹宁居，睡大觉去了。

刚才的“鸡叫”是好汉李玉学叫的，李玉自幼会模仿百鸟啼叫。他按照杨香武的安排，学了几声鸡叫，将太监们骗出了澹宁居。杨香武从樟木柜中取出九龙玉杯，就奔向后边老佛爷的殿堂去了。

康熙指着杨香武手里的九龙玉杯说：“你虽然偷得了玉杯，但是时间已过，鸡叫头遍了。你认输吧！”杨香武指着桌子上的时钟说：“现在刚过子时，哪里有头遍鸡叫？是皇上听错了，那是李玉学的鸡叫。”皇上这才恍然大悟，便提高嗓门说道：“杨香武听旨，你武艺高强，忠诚守信。朕赐你黄马褂一件，以示嘉奖。”

杨香武跪地谢恩后，离开了畅春园。从此，他在武林中的名声更大了。

（口述人：杨浩）

黄三太虎口救驾

康熙皇帝的九龙玉杯在畅春园被绿林高手盗走，他急忙传旨命九门提督缉拿盗贼，同时又召来绿林好手黄三太，面赐御旨，限他三天破案，追回九龙玉杯。

康熙皇帝为什么这么信任和重用一位绿林大侠？黄三太为什么这样死心蹋地的听从皇帝的差遣呢？这有一个“南苑救驾”的故事。

京城南郊有一大片水泽洼地，俗称南海子，是元明两代皇帝郊游狩猎的地方。清代顺治皇帝在这里修建了南苑行宫，有了固定的憩息居住的场所。康熙皇帝更是在南苑休憩狩猎、演练骑射、举行阅兵典礼，沿袭着“马上定天下”的固有传统。

康熙皇帝春秋两季都要到南苑狩猎观围操练战术。打猎时有个不成文的规矩，如果发现了熊狼虎兔，必须先由皇上追逐射杀，不到万不得已的时候，官兵臣子不能挥刀射箭。

有一年，康熙在南苑打围，前边是皇上骑马开路，后边是兵将随扈下去行猎。忽然从树丛茂草中蹿出一只斑斓猛虎。皇上急忙勒住马缰，“嗖嗖”连发两箭，虽然有一箭射中，但没击中要害。被激怒的猛虎雷吼一声，向皇上扑过来。皇上再拉弓射箭，因为用力过猛，嘣的一响，竟然把弓弦拉断了。就在猛虎扑来的时候，“嗖嗖嗖”三声响，猛虎应声倒下。皇上定眼一看，老虎的双眼和喉咙三处被三支金镖击中。皇上很疑惑，这是怎么回事？忽然在眼前闪现出一位好汉。他头戴英雄巾，身穿夜行衣，腰挎鱼鳞紫金刀，威风凛凛，仪表堂堂。他在皇上面前单腿下跪，右手撩衣，左手扶地，按旗人礼节给皇上打了个千。皇上忙问："你是何人？"那个人说："我是绿林中的响马，早想弃恶从良，报效大清朝。我已经在此等候皇上多时了。"

康熙皇帝是位豁达大度的开明君主，爱才如渴，哪里会拒绝这送上门来的英雄好汉。招降的心意已定，便把身穿的黄马褂脱下来掷给了好汉。那好汉接过黄马褂，跪在马前，恭敬地说道："黄三太谢皇上隆恩！"

这时，随扈的大臣和八旗兵丁早已围拢过来，看到击中猛虎要害的三支金镖，人人都向黄三太伸出了大拇指。黄三太收起黄马褂，藏好金镖，向众人施礼后，向远处走去，霎时便没了踪影。

（口述人：梁艺林）

吕四娘杀雍正

清代西陵有一个最大的陵墓，里面埋葬着雍正皇帝。传说棺材里装的尸首，是肉身子、金脑袋。皇上的头呢？原来被人砍掉了，入殓时就铸了一颗金头，放在枕头上，就算是一个完整的人。

雍正的头让谁砍去了呢？这得从头说起。雍正是清朝入关后第三个皇帝。他用阴谋手段，篡改遗诏，夺取了皇位，为了打败他的对手，保证皇位宝座，他收买和结交了很多绿林好汉，还有一些谋士、政客。后来，他除掉了政治上的对手，巩固了自己的皇位；但是，他又觉得这些政客、谋士们，成了他的后患，就怕这些人揭他的老底，威胁他的统治。雍正思来想去，想出一个狠毒的主意：他把那些有功的各路豪客，全都请到圆明园正大光明殿来，亲自设宴赐酒，加封犒赏。但是，皇上在酒里放了烈性毒药，把他的功臣们都毒死了。

在雍正手下的冤死鬼里，有一个叫吕留良的人。他有个独生女儿，叫吕四娘。四娘听说父亲被杀，就决心替父亲报仇雪恨。但她只是个十几岁的小姑娘，怎么惹得起皇上呢？她领着年近半百的母亲，从南方来到北方，跟一个少林寺和尚学艺练武。她每天鸡鸣就起床，不管天冷天热，都要站桩练功，黑夜不管刮风下雨，也要坚持打拳踢腿，舞刀弄棒。只几年的工夫，吕四娘就练得高艺在身，武术超群了。

吕四娘辞别了师傅，和母亲步行到北京，在圆明园附近一座破庙里住下了。每天吕四娘都是顶着星星出去，戴着月亮回来，到处打听皇上走动的路线，找接近皇上的机会。母亲在家里整天为吃饭操劳，手脚忙个不停。在破庙里，她家有个邻居，住着一个老太太，领着独生儿子李才过日子。孤儿寡母靠做小买卖为生，比四娘家要强多了。李老太太常送给四娘家吃的用的，今天二升米，明天一把菜，有什么给什么；李才也常帮四娘家干活，上午挑担水，下午打捆柴，日子一长，两家就亲热起来了。李老太太见四娘长得模样挺好看，就找四娘的娘提亲，愿意结成亲家。她对李老太太说："你家李才忠厚老实，手脚又勤快利索，还怕我家四娘般配不上呢？要结亲也行，就是得等到我们家报了仇再说。"两家就这样说定了。

穷小子李才眼看要娶上一个好媳妇了，整天盼望着四娘报仇的日子。一天晚上，他正在四娘家跟老太太说话，眼前有个人影儿一闪，就见吕四娘站在屋里了。她手提一个黑布包袱，对她妈说："我的杀父之仇，今天算报了！我把仇人的头带回来了。"李才一看，是一个戴皇冠的人头，他吃了一惊。老太太就把吕留良被害的经过说了一遍，接着取出供奉的牌位，放在桌子上，母女俩跪在地下，告慰吕留良在天之灵。后来，吕四娘就跟李才成了家，还生了一个胖小子。

吕四娘砍了雍正皇帝的头，皇家就给尸首安上一个金头下葬了。

（口述人：郭大爷）

乾隆黑龙潭求雨

乾隆皇帝坐在圆明园的大殿，眼看着摆在御案上的几本奏折，都是禀报一件事，天旱不雨！

可不是，都快芒种节了，京城还没见过一滴雨水。俗话说，大旱不过五月十三。如今地皮干裂，庄稼枯焦，今年的日子可怎么度过呀！

皇上看看蓝天，连一丝一挂云影儿也没有，地上也不见一点儿风凉。只听见树林里知了没完没了地叫唤，吵得人心烦意乱，真是火上浇油啊！他前几天已经到玉泉山龙王庙求过雨。莫不是心不诚？好，今天要到黑龙潭龙王庙祈雨。为了表示心诚，他决心怀抱炸药，骑马走到黑龙潭。

他吩咐太监准备好了炸药和香，备好马，带领一支浩浩荡荡的队伍，从藻园门出发了。前面是两列头戴柳条圈帽的小太监；紧跟着是八名轿夫抬起的无顶轿，轿上有尊龙王爷泥胎塑像；后边一长列朝廷官员和太监催后阵，也是人人头戴柳条帽。队伍里有几十名乐手，或吹唢呐或吹笙，还有敲鼓击钹的。从队首到队尾，人人手举彩旗或龙幡，以表示对龙王的敬畏和虔诚。

乾隆皇帝位居队伍正中，骑一匹高大的白色骏马，一身皇帝便装，双手捧着一座香炉，香炉盛满炸药，炸药上插着三炷高香。香已经点燃，一缕白烟飘忽忽往上升。这炷长香大约能燃半个时辰，正好能走完从圆明园到黑龙潭这段路程，如果龙王不显灵降雨，皇上决心冒死求雨，就让香火烧尽，点燃炸药，炸个粉身碎骨。

乾隆骑在白马上缓缓前进。过了安河桥，天气还是死沉沉的，燥热的天气让人浑身冒火。大臣和太监们面面相觑，一脸担忧和恐惧。队伍走过，没有一点儿声响，还是那数不清的知了在高树枝上无休止地叫唤。

队伍走过龙背村，天上还是万里无云。有的小太监开始低声抽泣，不时用袖口擦擦眼泪。

快到望儿山了，忽然吹来一阵清风，给汗湿衣衫的人群带来一丝凉爽。然而焦躁的心境一点也没有轻松下来。皇上嘴唇微动了一下，还是紧绷着脸。

香炉中的长香，已经烧下去两寸多了。

到了西北旺，南风越刮越紧，蓝天飘来几朵白云。远方的天空，云层越积越厚，仿佛是降雨的征候。人群里喜形于色，有人小声祷念着："阿弥陀佛！"

求雨队伍走到亮甲店，空中响起雷声，雨点洒落到人们的身上、路上、龙王爷塑像上……空中阴云密布，雨点越下越紧，小雨变成了大雨。

过了屯佃村，大雨浇灭了皇上手中的香火，淋湿了每个人的衣服。但是大家忘了疲劳，忘了泥泞，个个喜笑颜开，把锣鼓敲起来，唢呐和笙吹起来，挥动彩旗跳起来。人们高声呼喊："龙王爷显灵啦！龙王爷显灵啦！"但在这呼喊声中，那尊龙王爷泥胎塑像却像被雨水淋透泡酥，"啪嗒"一声散落在大道上，化作一滩泥土！

皇上传旨：先不要管这尊被大雨浇塌的龙王爷塑像，队伍继续冒雨朝黑龙潭前进！

进了龙王庙，乾隆带领众人行跪拜大礼，感谢上天普降大雨，许愿每到干旱无雨年头都要前来求雨，并传旨，拨出国帑银两重修龙王庙，亲笔题写楹联匾额和《黑龙潭祈雨》一诗。

从那以后，每逢天旱年月到黑龙潭祈雨许愿的人，就越来越多了。求雨的人都经过屯佃村南浇塌龙王爷泥胎的地方，那儿的地名就叫“一滩土”。

（口述人：曾富）

乾隆闲逛青龙桥

有一天，早朝过后，乾隆皇帝批答完几份紧急的奏折，由刘墉、和珅陪同，去逛万寿山北宫门外的青龙桥。三人骑马出了圆明园的西南门藻园门，顺着小溪走过大有庄就进了镇东口的门楼。大街上商店林立，摊贩成排，有一座肉铺分外显眼。店铺上下两层，一楼卖猪肉，二楼卖羊肉，顾客盈门，买卖兴隆。

乾隆一行来到天波楼前，为这繁荣的景象打心眼里高兴。皇上对和珅说："我来提问，你来回答。听清了，什么肥，什么瘦？"

和珅见皇上问得这么简单，这还不好回答，急忙干脆利落地回答："猪肉肥，羊肉瘦。"

乾隆一听，便怒从心头起，大声训斥说："混账东西，全是一派野夫村言，真的是有失体统。"

刘墉见皇上真的生气了，就站出来替和珅解围。他说："什么肥，什么瘦？春雨肥，秋霜瘦。"

皇上一听，喜上心头，对和珅说："你看刘墉，身为大清高官，处处以国家为念。你和珅高官厚禄，整天想着吃喝享乐，就知道猪肉肥，羊肉瘦！"

和珅受到一顿责骂，心里很不服气，对皇上说："万岁息怒，臣有一事不明：皇上问什么肥，什么瘦，刘罗锅子答春雨肥，秋霜瘦，这挨得上边儿吗？”

皇上说：“好啊，你不懂的事还知道问个明白，那就请刘爱卿给你讲清楚吧。”说完，朝刘墉看了一眼。

刘墉咬文嚼字，向和珅说道：“常言说，民以食为天，国以农为本。春天来了，农事正忙，谷种入地，禾苗下土，就等天降细雨滋润秧田。此时下一场春雨，比油还贵。当年五谷丰登，百姓肥了，国家不也就肥了吗？再说那秋霜瘦，每到中秋过后，田野飞霜，西风乍起，万物萧条。这不正是古人说的：飞霜四野，百花凋落，人比黄花瘦吗？”

皇上含笑听完了刘墉的高论，说：“咱们往前走吧！”二人跟着皇上顺着大街往西走，和珅心里嘀咕：你刘罗锅子不要高兴得太早，小心你也有点儿背的时候。

君臣三人走到一个卖豆芽菜的货摊前，菜摊主人面前摆放着两箩筐豆芽菜，旁边竖起的竹竿上悬挂着一副对联，上联是“长长长长长长长”，下联也是“长长长长长长长”，都是一连七个“长”字。字写得端庄严谨，雄劲俊秀，十四个字一模一样，而且行楷草篆互相搭配。菜摊上围满了人，看字的比买菜的还多。

乾隆走近菜摊，仔细地品味着这副奇怪的对联。他是一位书法家，十分称赞对联的书艺，但对内容的含义却是有些茫然，只好请刘墉揭破它的秘密。刘墉看了看筐里的豆芽菜，说：“这副对联是写豆芽菜的制作过程的，很切合这个菜摊的性质。上下联十四个长字，有多种读法，怎么读都能表达一定的内容。我先给万岁爷念两种读法，请您品味。一种读法是：‘常长常长常常长，长常长常长长常’；另一种读法是：‘长常常常常常常，常长长长长长长’。”皇上悟出了对联的奥妙，说着走到卖菜的老者面前：“这对联写得真好，请问是你自己写的吗？”老者回答说：“不怕您笑话，这歪字正是老朽的亲笔。”

皇上说："你卖豆芽就卖你的菜得啦，干嘛还要写对联呢？"

老者回答："客官有所不知，我自幼害过白口糊病，嗓子嘶哑，喊不出声，就想出了这个办法。"

皇上听后，对老者十分同情，就对他说："你做买卖动脑筋，很会想办法。可你这副对联美中不足，少了一条横批，拿笔来我给你补上。"挥笔用行楷隶篆四体写了四个"长"字，署名"乾隆御笔"。和珅读出声来："长常长常，常长常长"。

老者一看"御笔"二字，赶忙跪倒在地，口称"万岁，谢主隆恩"，连叩三个响头，抬头再看，那一行人已经没了踪影。

老者受到极大鼓舞，花钱在街上盖了一间门面，变成了坐商。店门口写上对联和横批，又将皇帝御笔供奉在正墙中央，让顾客观赏。豆芽菜店越做越红火，成为青龙桥最著名的店家之一。摊主姓"李"，后就以"芽菜李"的绰号成为这一带的名人。

再说，乾隆一行人离开摊主，到村北清河边上观赏野景。刘墉毕恭毕敬地对皇上说："万岁万万岁！能不能让微臣提几个问题请皇上回答？"皇上挺干脆地答应了。

刘墉一问："眼前这条河是什么河？"

皇上答："清河。"

刘墉二问："清河北边那条大河，叫什么河？"

皇上答："沙河。"

刘墉三问："是清河深还是沙河深？"

皇上答："沙河深。"

刘墉恳求说："能不能请万岁大声些？"

皇上高声说："沙——河——深！"

刘墉跪奏："谢主隆恩！"扭头对扈从卫士喊道："侍卫听着，万岁传旨，杀——和——珅！"

侍卫们手持法绳就跑来捆绑和珅。和珅这时才醒过"梦儿"来，忙喊："万岁饶命！万岁救命！"

皇上早就看懂了刘罗锅子唱的这出戏，对侍卫们喊："住手！下去！"又冲着刘墉说："回宫去再跟你算账！"

说完，君臣三人骑马回圆明园去了。

（口述人：闫文禄、石晋荣）

皇上是老头子

香山一带晚辈经常称他们的父亲为“老头子”。生人猛一听觉得这个称呼有点不够礼貌，其实这在香山已经成为大家都能接受的习俗。

乾隆皇帝是大国之君主，最崇尚礼仪，他也欣然接受了“老头子”这个称呼。

乾隆皇帝的左膀右臂是和珅和刘墉，但是这两人面和心不和，经常产生矛盾，互争高下。有一天，皇上在御园召见这两位大臣。二人来到大殿，等候皇上到来。时间一长，有些不耐烦了，刘墉说：“这老头子怎么这时候还不来？”和珅一听“老头子”三字吃了一惊，心想：你刘罗锅子竟然敢辱骂皇上，瞧我怎么奏你一本，叫你吃不了兜着走。

正在这时，乾隆皇帝进屋来了。刘墉与和珅忙跪地行礼。皇上开口问：“你们二位在聊什么话题？”刘墉跪在地上不说话，像在心里正盘算什么，和珅说：“皇上恕罪，刚才刘大人跟我说：这老头子怎么还不来？话音刚落，万岁爷您就进来了。”

乾隆听罢，气不打一处来。追问刘墉：“这老头子是出自你刘罗锅子的口吗？”刘墉跪地慢慢地说：“我主万岁，和大人说得一点儿不差。我要当着您万岁爷的面，再叫一声老头子。”和珅抢着说：“刘罗锅子，你不要太放肆了！”皇上冲着刘墉说：“你给我说清楚什么是老头子，小心我摘掉你的顶戴花翎。”

刘墉清了清嗓子，慢条斯理地说：“我主万岁，请听臣慢慢禀报：老头的老是指皇上阅历丰富，才思敏捷，龙体康健，万寿无疆谓之老；头乃是天下总领，一朝之主，顶天立地，继往开来谓之头；子是指皇上上知天文，下知地理，熟知三教九流，精通诗辞歌赋，学问盖过孔子、老子、韩非子，远超天下儒门学子，父天母地谓之子。环顾九州，也只有当今万岁才配得上称为老头子。”

乾隆听着刘墉的解释，由愤怒转变为喜悦，最后乐得双眼眯成了一条线，频频点头，表示十分满意。他转过头去对和珅说：“人要有学问才能办好事，你还是多向刘罗锅子学着点吧！”

（口述人：闫文禄）

乾隆帝像

乾隆为什么戴玉镯

满族人都喜欢手戴金玉镯，脖挂红兜肚。为什么会这种穿戴打扮呢？据说，这是乾隆皇帝带的头。皇上也不是觉得这种打扮多么漂亮，多么尊贵。他也是不得已才开了这个头的。

传说，乾隆时制定的大清律中有一条规定：掘坟盗墓者犯死罪。这一条刑律公布不久，乾隆想为自己修建寝陵，样式要仿照明朝永乐皇帝的长陵，地上建筑要用金丝楠木。当时，国内的金丝楠木几乎被伐光了，伐木工人找遍了川广云贵，也没发现一棵够料的大树。乾隆就以重修为名，把长陵的楠木殿拆毁，把能用的楠木檀柱全部都运到东陵去了。

这件事一传十、十传百，老百姓议论纷纷，说是当今皇上扒坟掘墓。刘罗锅子刘墉是皇帝身边的一位大臣，机智聪明，心直口快。乾隆很器重他，但也怕他三分。有一天早朝，文武百官来到勤政殿。皇上说："今日上朝，有事出班奏本，无事卷帘退朝。"话音刚落，就见刘墉闪出来跪在地上，说："微臣有一事不清，请万岁明示。按大清律规定，对挖坟掘墓的人，不知该判何罪？"乾隆一听，心里早就明白了，你刘罗锅子一肚子坏水，要拐弯抹角给我出难题呀？要追问拆楠木殿的事！但他自知理亏，也毫无办法，就支支吾吾地说："这，这，该当发配！"

刘墉说："皇上是金口玉言，言出法随，就算是发配，如今百姓对朝廷拆明陵修东陵，说了不少难听的话，听人说：天子犯法，与庶民同罪。"乾隆被说得理屈词穷，低头不语，表示认罪伏法了。但是谁敢发配皇上呢？刘罗锅出了个主意，让皇上到江南转悠一圈，就算是发配了。

皇上要去江南服罪了。刘罗锅想：平民百姓发配边疆时，要手戴铁铐，颈锁木枷；如今皇上犯罪，路上用什么刑具呢？想来想去，就做了一副玉镯，一件带银链的红兜肚，来代替刑具。乾隆"发配"江南那天，刘罗锅对皇上说："我主万岁，此次发配江南路途遥远，南方天热地潮，恐怕龙体难以适应。微臣特制一件银链红兜肚，可以防潮御寒；再戴上这副玉镯，可以抗热消暑，礼物微薄，不成敬意。"

乾隆心里清楚，这玉镯就是手铐，银链就是木枷，原来这都是刑具呀！他这次既然是"发配"，也就戴上"手铐"，"披枷戴锁"出发了。

后来，很多满族族人也都戴一副金镯、玉镯，穿一件缀着银链的红兜肚。天长日久，就逐渐变成了满族人一种习惯的装束。

（口述人：刘琛）

和珅为什么是“东西”

有一次，乾隆皇帝出紫禁城由水上御道到圆明园去。在长河北岸万寿寺行宫进早膳后，和珅对皇上说：“我听说兰靛厂火器营统领荣大人为官清廉，旗民日子过得很好。老营房的统领舒大人治旗有方，旗民安居乐业，过年时编了一副对联贴在门上：鲜酒活鱼兰靛厂，杀猪宰羊老营房。”皇上一听挺高兴，就说：“咱们船到长春桥停一停，微服到兰靛厂看一看去。”

皇上和刘墉、和珅在长春桥下了船，来到兰靛厂一条东西大街上。街两侧商店林立，招幌飘扬，路旁摊贩一个紧接一个，买货的百姓熙来攘往。看耍把式的、听唱大鼓的人，各自围成一圈，认真地观赏。皇上一行人正在往前走，过来了一个卖鱼的老者，肩挑两个席篓，里边装满了刚从清水河里打捞上来的鲜鱼活虾。乾隆对和珅说：“那个老头儿挑着的席篓子是干什么用的？”

和珅忙着回答：“是装东西用的。”

皇上又问：“为什么说装‘东西’，不说装南北呢？”

和珅张口结舌，答不上来。

皇上转问刘墉：“刘爱卿，请你来回答。”

刘墉瞥了和珅一眼，对皇上说：“天地间万物都分金木水火土，东西南北也分金木水火土。按十二地支说，西方叫庚辛属金，东方叫甲乙属木。金和木都可以装放在席篓里，所以叫盛东西。南方和北方就不成了。按十二地支说，南方叫丙丁属火，火装在席篓里就把席篓烧着了。所以不能盛。北方叫壬癸属水，水盛在席篓里就漏出去了，所以也不能盛。”

皇上听了刘墉这一番宏论，表示很满意。但是和珅偏要“按葫芦抠籽”，不依不饶，继续追问：“为什么东方甲乙就是木，西方庚辛就是金？”

刘墉对他说：“刮西风凛冽如刀，所以叫金。吹东风乃自长白森林而来，所以叫木。”

和珅还想刨根问底，在一旁的皇上早听得不耐烦了，训斥了和珅一句：“你这个东西再胡乱追问……”把手一摆，君臣三人登船到圆明园去了。

从此以后，刘墉就称和珅为“你这个东西”。

（口述人：闫文禄）

瓮山的来历

颐和园里有一座万寿山。在乾隆十六年以前，这万寿山原来叫做“瓮山”。提起瓮山的名字，在北京西郊还有一段有趣的传说。

在很久很久以前，瓮山一带平地出泉，是一片沼泽水洼，当地的人都以打鱼摸虾、垒砖烧窑、做小买卖为生。除去几家财主以外，老百姓生活很苦，常常吃了上顿没下顿，家家户户为填饱肚子四处奔波。

瓮山的半山腰里，有一座又破又小的财神庙，庙里供奉的是财神爷赵公元帅。老人们说：赵公元帅心善，他要在每年四月十五这天显灵，周济一户穷人。

果然，接连几年，每到四月十五赶庙会时，总有一个穷人发财：先是扛活的赵老黑挖出一瓮元宝；后是卖豆浆的王瞎子捡了一瓮银锭；又听说打鱼的张小三捞上来一瓮珍珠。这些事传到有钱人耳朵里，那些财主和大官们可就急红了眼啦！到四月十五这天，他们也穿着破衣烂裳，腰里系根杂布绳，肩上搭个捎马子，假充穷人，在庙会上晃来晃去，妄想让赵公元帅度化他。

在瓮山西南有一家大财主，叫王有财。他家有一顷水地、两顷旱地，北京城里还有几座买卖铺子。王有财贪心不足，还想发大财，就在四月十五这天，穿上他家长工的一身破衣裳，到瓮山上去赶庙会。他在人群里走过来闯过去，嘴里还不停地嘟囔着："善心的财神爷度化我吧！我家有八十老母，都饿病啦！"他从东走到西，从南念到北，转了六六三十六圈，还是没有遇到那位宽衣大袖、鹤发童颜的财神爷！他累得腰酸腿痛，口干舌燥，无精打采地回家去了。

王有财到家后，喝了两杯茶，倒在炕上就睡着了。他梦见，从瓮山财神庙走出来两个小孩，一胖一瘦，个头一般高，都穿着一身红兜肚，一蹦一跳地往山后走去。那个胖小孩说："师傅叫咱俩今天晚上，把那一瓮金豆度化给一个最穷的人，咱们快去挖金豆吧！"瘦小孩问："那个最穷的人是谁呀？"胖小孩说：咱师傅访察了一年才找到他。这个人住在山西边，叫大老李；他有个小孩，眉尖上长着一颗痦子。师傅让咱们把金豆埋在他家西屋旮旯儿里。"这两小孩走到山后一棵松树底下，一锹又一锹，挖出来一个鬼脸青色的小瓮来，细脖大肚子，盛满了光闪闪的金豆。瘦小孩提起小瓮就要走，不小心掰下来一块瓦碴儿，他把瓦片扔在地上，抱起小青瓮就走了。王有财见把金豆拿走了，急得大声喊起来。这一喊，把他自己喊醒了。原来是做了一个梦。

王有财急醒以后，跳下炕就往瓮山跑。他找到那棵松树，果然在树底下发现了一块破瓦片，跟他梦里看见瘦小孩扔的那块一模一样。他捡起来揣在衣袋里，盘算着怎样才能找到大老李，想办法去挖那瓮金豆。

第二天一大早，王有财来到瓮山西边青龙桥一带，到处转悠。见到小孩就看人家的眉尖上有没有痦子。找了半天也没找到，就垂头丧气地往家走。在青龙桥村西，遇见一个卖切糕的，穿得破破烂烂，一看就是穷得叮当响。王有财买了块切糕，就搭起话来，问："你贵姓？"卖切糕的说："我姓李，人家都叫我大老李。"王有财一听说他就是大老李，别提多高兴了。又接着问："你家孩子多大了？"大老李叹了口气说："不瞒你说，我打了半辈子光棍，四十岁才娶亲，快五十岁了，还没尝过当爹的滋味呢！"

正说到这儿，从街里跑过来一个小孩，喘着粗气喊："李大叔，我大婶生了个胖小子！”大老李一听，拔腿就往家里跑，连切糕车和王有财都忘掉了。等他料理好家里的事，再来推切糕车时，王有财还站在那里帮他看车呢！王有财问：“你大喜啦！孩子长得很富态吧？”大老李笑着说：“长得又胖乎又壮实，一脸福相啊！喜眉笑眼，眉尖上还有一颗痦子。”王有财想：果然就是他家！连忙奉承说：“这就是喜鹊（雀）登梅（眉）嘛！”

大老李推着切糕车回家去了。王有财跟在他后边认准了家门。

过了几天，王有财提着饽饽匣子和两瓶白酒，到大老李家去贺喜。大老李也留他在家吃饭。以后，两人越混越熟，经常来往。

一次下大雨，大老李家的房子塌了。王有财说：“我家祖坟的几间房归你住，你这房就归我啦！行不行？”大老李说：“那敢情好，我们全家就谢谢您啦！”

大老李前脚搬走，王有财后脚就迈进家门，到西屋墙旮旯去挖金豆，挖来挖去，果然挖出来一个鬼脸青的缺沿小瓮。他从兜里掏出那块瓮片一对，正好对上。他刚一提起瓮盖，就从瓮里钻出几条青蛇来，紧紧地把他缠住，咬得他浑身是伤，不久就死了。

后来，大老李又搬回青龙桥，他在重新盖房时，也挖出了一个鬼脸青的小瓮，瓮里盛满了金豆。

因为这一瓮金豆，是从瓮山上松树底下挖出来的，这座山就叫作“瓮山”了。

（口述人：刘德水）

镇水的铜牛

在昆明湖的东堤上，离十七孔桥不远，有一只铜牛，卧在雕刻着海浪纹的青白石座上。这是乾隆皇帝为皇太后祝寿时修铸的，已经有二百多年了。这只铜牛，支棱着两只尖尖的耳朵，圆瞪着双眼，望着平如明镜的昆明湖水。它为什么死死盯住湖面呢？这里有一段传说。

相传，在很远很远的古代，这昆明湖边原来有两只铜牛，一公一母，不知道是什么朝代铸造的，据说是为了镇服水患。有一年夏天，接连下了好几天大雨，湖水都齐了岸，快漫出大堤了。湖东边的六郎庄，地势本来就很低洼，那年大雨淹了庄稼，村里村外沟满壕平，家家户户院子里跑蛤蟆。老百姓急得没办法，叫天天不应，叫地地不灵，就成群结队到龙王庙去烧香磕头，求龙王爷发发慈悲，快不要下雨了。求了三天三夜，雨还照样下；老百姓又抬着龙王爷围着村子转了三遭，可还是不管用。

铜牛

有个七十多岁的老人

提议说：湖边上那两只铜牛，是镇水的神物，求铜牛镇住水灾，一定能管用。

说来也真灵验！不大一会儿，就见那条公牛眨眨眼睛，扭扭脖子，张开嘴巴，朝天上“哞哞”叫起来啦！那个老头就让人快点割青草喂它。公牛吃完了两捆青草，就站起来走到湖边，伸长了脖子，“咕咚咕咚”地喝起水来啦！眼看着湖水一点一点地往下落。它嫌水落得太慢，就四脚一蹿，跳进湖里，浮在水面上，又大口大口地喝水。可是，当湖水降到离岸三尺的时候，那只公牛就沉到水里看不见了，等了半天，还不见浮上来。

老百姓看不到公牛了，个个心里又着急又难过。看看那只母牛，母牛正低着头流眼泪哩！它慢慢站起来，要往湖里跳。老百姓一齐赶上来，揪耳朵的揪耳朵，拽尾巴的拽尾巴，拦住母牛，不让它跳湖。这时忽然听见“嘎吧”一声响，原来是把牛尾巴揪断了。母牛大叫一声，又卧在石座上，支棱着耳朵，两眼睁圆了，死死地盯着公牛下沉的水面，“吧嗒吧嗒”地掉下眼泪。

这时候，雨也停了，水也退了。乡亲们怕这只镇水的母牛再跳下湖去，就请来一位锔锅匠，用铜链子把铜牛拴紧、锁住，又把揪断的牛尾巴锔上。不信，你去看看，铜牛尾巴根现在还锔着铜锔子哩！

就是因为有这只铜牛能镇服水患，以后昆明湖的水从来没有漫出过东堤。六郎庄的乡亲们，世世代代再也不担心被湖水淹掉啦！

（口述人：伍光兴）

耶律楚材墓

在昆明湖的东岸，离知春亭不远，有一座清幽别致的小宅院。院里有一座古坟，这就是耶律楚材墓。耶律楚材是元朝的一位丞相，他刚死的时候，并没有埋葬在这里；那还是清朝乾隆皇帝下令，迁移到这里来的呢！

乾隆十五年，皇上为了给他母亲做六十大寿，大兴土木，修建清漪园。民工在瓮山的阳坡上，挖出了一扇石门。有人说，这扇石门里边有“机关”，安放着一张大弓，谁若是把石门打开，就会引发利箭，把他射死。也有人说，石门里边有无底洞，进了石门是一条小河，河面上放着一只小船，谁若是登上这只船，就会忽忽悠悠往里漂，漂到尽头，就连人带船翻到无底深渊里去了。听了这些传闻，没有一个人敢动一动这扇石门。

这件事很快就传到乾隆耳中，他很生气，怕推迟了完工时间，影响为母亲做寿，就出重金悬赏，要求赶快打开石门。

石门打开了，里边既没有弓箭，也没有小河和小船，却有一只挺大的石头棺材。棺材里有一个脑瓜瓢，比常人的大一倍；左边有一石匣黄金，右边有一石匣白银；人们找遍了石棺内外，也没有发现墓主的名字，不知道埋葬的是什么人。后来，有人在石门上发现了几行小字，写的是：“我本长白女真人，左有金来右有银。后世英主施恩典，教我永住湖水滨。”民工们看不懂这四句话的意思，就禀报给上司。

乾隆皇帝知道了也很纳闷，琢磨不透这葫芦里卖的是什么药。他就召见文臣武将，念了那四句诗，让他们解开这个谜。但是大臣们大眼瞪小眼，谁都说不清楚。乾隆看到刘罗锅刘墉正在皱着眉头想事儿，就对他说：“刘爱卿，还是你来解开这个谜吧！”刘罗锅笑了笑，蛮有把握地说：“臣看那个大脑瓜瓢，就断定：这座石棺里埋葬的是元朝丞相耶律楚材。这个人是辽人，女真族的后代，身材魁梧，面貌英俊，脑瓜很大，留着三绺长须。据说，他死后就葬在瓮山之阳。他在世的时候，辅佐元世祖忽必烈统一中原，功勋赫赫。他满腹经纶，很有心计。他最爱瓮山这块宝地，就嘱咐葬在这里。但是他又担心后世有哪位皇上看中这片风水，动工修建园林，挖掉他的坟墓。所以他在墓室的石门上刻下那四句话，请求后人不要把他的坟迁到别的地方去。”

耶律楚材祠

乾隆听完以后，觉得刘罗锅说得挺在理儿，就传旨在瓮山泊（昆明湖）的东岸选好墓穴，把耶律楚材丞相的石头棺材，连同那两匣金银一起安葬了。墓前还修建了三间祠堂，雕刻了站身石像，又亲笔题了墓碑和诗。乾隆这样做，一来可以照样修建清漪园，为皇太后做寿；二来又显得他宽宏大量，连前世的功臣都能享受他的恩典。

说起来，这是二百多年以前的事了。到现在，乾隆御笔《题耶律楚材墓》那通石碑，还立在那儿哩！

（口述人：张振明）

从败家石到青芝岫

在乐寿堂前的庭院里，一个雕刻海浪纹的石座上，横卧着一块海青色的大石头，上面刻着乾隆皇帝的手书：青芝岫。这块山石长八米，宽二米，高四米，就像立在当院的一架屏风。

这么一块大石头，是怎么被运到颐和园来的呢？

相传，这块山石原来出在房山县的深山里。明朝有个大官叫米万钟，他爱石成癖，在他的海淀勺园里，搜集陈列着许多奇峰怪石。他发现这块大青石以后，非常喜欢它，就决心运回勺园。可是这块石头太大太重了，人抬不起，马拉不动。这时候有人给他献策说：古代秦始皇修万里长城时，采取修冰道的办法搬运山石，现在为什么不可以试一试？米万钟觉得这个办法可行，就雇了好多民工，先修起一条大道，又在道旁每隔三里打一眼小井，五里打一眼大井，等到数九寒冬，就提水泼路，冻成了一条冰道。当时还有人给这条冰道编了一段歌谣，说："彰义门，修得高，大井、小井、卢沟桥；卢沟桥，长又长，过了长辛店是良乡；良乡塔，漫山坡，过了豆店是琉璃河……"大道一直修到了房山大石窝。直到如今，房山、丰台还有不少叫大井、小井的村子呢。米万钟为运这块大青石，不知道花了多少钱！石头运到良乡，他家的财力就消耗完了，只好把它丢弃在路旁。当时的人们，就把这块大青石叫作败家石。

青芝岫

到了清朝，乾隆皇帝到西陵祭祖回来，走到良乡看到了这块奇异的大青石，就问大臣刘墉："这块大青石，为何弃置路旁？"刘罗锅很会揣度皇帝的心思。见他看上了这块青石，就说："这是明朝米万钟在房山大石窝发现的一块灵石，他想运回海淀，但是这块灵石嫌到米家去是大材小用，就蹲在良乡不走了。"乾隆听说山石有灵，只有皇家才配享用，就传下圣旨，叫文官下轿，武官下马，点着香火，参拜灵石，还限期把败家石运到清漪园。

那时候，乐寿堂的院墙已修好，败家石太大，只好拆门运进院里。皇太后听说了，以为败家石本来就是不祥之物，要是再"破门"而入，那更不吉利了，他就出面劝阻。皇太后发了话，乾隆也不敢违拗，但是看着这块灵石扔在门外，也不甘心。后来，还是刘罗锅给他出了个主意，就说这块大青石形似灵芝，会给皇家增添瑞气，象征着人寿年丰，皇基永固！只有放置在乐寿堂前，才最为适宜；如果弃置荒野，那倒是很不吉利的。乾隆把这番道理向皇太后一讲，太后转忧为喜，让快点把大青石运进乐寿堂来。乾隆称心如意，就赐名"青芝岫"，又挥笔题写了"神瑛""毓秀"四个大字，还命大臣们题字写诗，都刻在大青石上。从此，这块青芝岫就名满天下了。

（口述人：何泉英）

十七孔桥是怎么修的

北京地区流传着一句歇后语：卢沟桥的狮子——数不清。其实，颐和园里的十七孔桥，雕刻了五百多只狮子，比卢沟桥的狮子还多好几十只哩！这十七孔桥，是颐和园里最大的一座桥，全长一百五十米，东连八方亭，西接南湖岛，那十七个洞上边雕刻着石狮子的汉白玉石栏杆，就像是一道霓虹，把人世间和蓬莱仙岛接连起来了。

相传，在乾隆年间修十七孔桥的时候，请来了许多能工巧匠，那晶莹洁白的汉白玉，是石匠们一斧一凿从房山的大石窝开采的。有一天，修桥工地上来了一个七八十岁的老头儿，头发长过耳根台子，脸上的土有一个铜子厚，他背着工具箱子，一边走一边吆喝："谁买龙门石！谁买龙门石啊！"工地上的人看他那肮脏劲儿，都以为他是疯子，谁也没搭理他。老头儿在工地上转悠了三天，也吆喝了三天，还是没人理他。

这个老头儿背着工具箱子离开工地，往东走到六郎庄一棵大槐树底下，待住不走了。他夜里就睡在树底下，每天鸡叫头遍起身，抡起铁锤，叮叮当当凿那块龙门石。一天傍黑儿，下起了瓢泼大雨，他双手抱头蹲在树底下避雨。正好，村西住的王大爷打这儿路过，见那老头儿可怜的样子，挺心疼，就让他搬到自个儿家里来住。

老头儿搬到王大爷家，有房子住，还管饭吃。他整整住了一年，也叮叮当当一天不停地凿了一年龙门石。一天早晨，他对王大爷说："今天我要走了，我吃你的饭，住你的房，你的恩情我一辈子也忘不了。我也没有什么报答的，就把这块石头留给你吧！"王大爷瞅了瞅汉白玉龙门石，对老头儿说："你也别说报答不报答，为这块石头，你劳累了一年，还是你带走吧！我要它也没用。"老头儿说："就这块石头，真要到节骨眼上，花一百两银子还买不到呢！"说完，背起工具箱，顺大道往南去了。

颐和园里修建十七孔桥的工程快完工了。听说乾隆皇帝还准备前来"贺龙门"呢！没料想到，桥顶正中间最后那块石头，怎么也凿不好、砌不上，这可急坏了工程总管！这时候，有人想起了那个卖龙门石的老头儿，提醒了总管，就派人四面八方去找他。

总管打听到老头儿在六郎庄住过，就亲自来到王大爷家。他一眼看到窗户底下那块龙门石，就蹲下量了量尺寸，结果是长短薄厚一分不差，就好像专门为修桥琢磨的一样。总管高兴得合不拢嘴，对王大爷说："这是天上下来神人专为修桥凿的，可救了我的急啦！你张口吧，

十七孔桥

要多少银子都可以。”王大爷说：“你也别多给，那老头儿在我家吃住了一年，你就给一年的饭钱吧！”总管听说，留下一百两银子，就把龙门石运走了。

这块龙门石砌在十七孔桥上，不偏不斜，严丝合缝，龙门合上了。

那些石匠、瓦匠们，人人都吐了一口气：总算把石桥修成了呀！要不然，皇上怪罪下来，还有大伙的活路吗？正当大家高兴的时候，有个老石匠忽然醒悟过来，对大伙说：“诸位师傅现在该明白了：这是鲁班爷下界，帮咱们修桥来啦！”

从这以后，鲁班爷帮助修建十七孔桥的故事，就流传开啦！

（口述人：石晋荣）

乾隆逛西堤

有一年中秋，乾隆皇帝在清漪园（后来在光绪十四年改称颐和园）闲暇无事，便要一班文武大臣随他去逛西堤。那时候，西堤早已辟为御果园，沿堤种了许多果树，在中秋节前后，各种水果都成熟了。

刚刚走上西堤，乾隆兴致很高，他吩咐太监在昆明湖里采了一个莲蓬，亲手剥开，尝了一粒莲籽，又吐出来，随口吟出一句诗："莲籽心中苦"，让大臣们对诗。大臣们不知道皇上葫芦里卖的什么药，都在仔细琢磨。平时爱在皇帝面前讨好的和珅，匆匆忙忙抢先诌了一句："母猪肚里臭。"乾隆听了把脸一沉，训斥他说："今日是中秋佳节，谁要你这些污言秽语来煞风景！该当何罪？"和珅讨了个没趣，慌忙跪倒在地，说："乞我主恕罪！"乾隆看着和珅那可笑的样子，也没再追究。他又瞟了刘墉一眼，示意让他对诗。刘墉从路边梨树上随手摘下来一只梨子，咬了一口又吐出来。吟出了一句："梨儿腹内酸。"乾隆听了，连连点头说："好！"他掉回头来对和珅说："你要好好读点诗文，也要学得文雅一点。"

乾隆一向很嫉妒刘墉的文才，今天成心要把他难倒，让他在大臣面前出一出丑。乾隆看见路旁一棵树上挂满了青柿子，就对刘墉说："刚才那一联你对得很工整，特赏赐你一个大柿子吃。"刘墉从太监手里接过一个青柿子，说完“谢主隆恩”，就从身上掏出一把小刀，把柿子切成几片，分给几个大臣。他说：“这是皇上的恩赐，请诸位分享吧！”当着皇帝的面，谁也不敢不吃，结果把大臣们涩得个个吐舌咋嘴，狼狈不堪。

乾隆带着大臣们顺着西堤往南走，来到一棵梨树底下站住了。他让太监选了一个又大又黄的鸭梨，赏给刘墉吃。刘罗锅正好口渴得很，接过鸭梨一口一口地吃起来，还说：“真甜！真香！”旁边的大臣们馋得直淌口水。乾隆问他：“这次为什么不分给大家吃啊？”刘罗锅说：“我主万岁！这鸭梨虽然人人想吃，但是我不能给诸位分梨吃！今天是团圆节，若是众大臣分梨（离）了，那还怎么能效忠皇上，保住大清的一统江山呢！”乾隆听了，乐得开怀大笑，说：“刘爱卿，你真是机敏过人，你那保国的心，朕是明白了。”随后，就赏赐给刘墉三眼顶戴花翎，对他更加信任了。

（口述人：何泉英）

三天砌起围墙

乾隆十五年，皇帝为了给他的母亲办六十大寿，动用了不少的民工，扩展昆明湖，修建清漪园，还把瓮山改名万寿山。当时附近许多村庄的老百姓，会瓦工的当瓦匠，没手艺的当小工，都到清漪园干活来了。因为只发工钱，不管吃住，工程紧，活苦累，每天都是起早贪黑，人们把这叫作皇家赶工。

相传昆明湖湖西三里的闵庄有个瓦匠，名叫李国秀，聪明能干，手艺很高，是个有名的能人。但他年近四十还没娶妻，家里只有一个年老多病的母亲。他对母亲非常孝顺，吃饭穿衣伺候得很周到；就是每天到园子里去赶工，也没对老母亲怠慢过。这年小雪节过后，飘起了雪花，老母亲受了风寒，趴炕了。李国秀想：我怎么这样命苦？拼死拼活干活，连老娘也养不起呀！他摸摸身上还有十几个铜板，就决定今天不赶工了，到青龙桥药铺王家抓剂药，先给老娘治治病吧！他熬好豆儿粥，端到老娘面前，就出门了。

他冒着小雪，背着捎马子，赶到药铺王家门口，正在犹豫，见桥头挑着一个幌子，上边写着“能掐会算，未到先知”，原来是牛半仙在摆摊相面。俗话说，倒霉上卦摊儿，李国秀就奔牛半仙。牛半仙劈头就问：“你是不是姓李？”还没等他答话，就很有把握地说：“你是从玉泉山南边来的，你家里有人病了，是到青龙桥求医抓药的，对吧？”李国秀先是一愣，接着就拱手施礼说：“您真是神人呀！”就把自己的苦处一五一十地都告诉了牛半仙。牛半仙给他相了面，说他脸带吉相，前半辈子受苦，后半辈子有福，现在是苦尽甜来，快发财了。李国秀被说得半信半疑，就说：“果真如此，我要重重地报答你。”他从捎马里摸出五枚铜板交给牛半仙。牛半仙看他也没钱抓药了，就劝他说：“你到菜摊买块姜，回家熬碗姜糖水，给老娘喝下去，就会慢慢好了。”

第二天清早，李国秀安置好老娘，就到清漪园赶工去了。半路上还在盘算着牛半仙的话，不想闯到刘罗锅刘墉的轿前，刘罗锅见这个人双眉紧锁，脸上带着几分机敏，手里拿着一把瓦刀，就问：“看样子你是瓦匠，你能带班吗？”李国秀见是个大官，就急忙回答：“瓦匠木匠我都能干，砌墙抹瓦我是快手。”刘罗锅说：“老夫正为一件工程发愁哩！皇上说这清漪园是好山好园好风水，怕没有围墙风水都跑了，限我七天之内把围墙砌起来，你能帮我办到这件事吗？”李国秀想了想说：“这有何难？五天之后请您验收。到时不能完工，任打任罚随你的便。”刘罗锅当下拔出一支令牌，封他为工程总监，招工运料，发放钱粮，一概由李国秀统管。

李国秀当天就走马上任，把北坞、中坞、闵庄、小屯各村的民工召集起来，他对大家说：“好汉护三村，好狗护三邻，希望乡亲们帮我使把劲。刘大人交给我一项差事，七天之内砌好园子里的围墙！若是按时完工，大伙都得点赏钱；若是完不了，就提着我的脑袋去见刘大人！”他交代了砌老墙的办法：先用竹竿支起围墙的架子，绷好苇席，上面抹上白灰，再涂上一层青灰，最后用白灰勾缝画砖。这样，看上去就像真砖砌成的围墙一样。按照李国秀想的这个办法，大伙日夜赶工，到第三天就完工了。

乾隆皇帝由刘墉陪着，到清漪园来察看，远远望去，在昆明湖边上圈起了一道新砌的围墙。皇上听说是名叫李国秀的巧匠领着干的，就大加赞赏，并且赏赐重金，还封了一个什么头衔。

刘罗锅应付了乾隆，又把李国秀叫到跟前，说："你真是一个能干的总监，现在由你指挥，再慢慢砌起一道真砖的围墙吧！"

李国秀真的发了财，就又到青龙桥找到牛半仙，送给他二十两银子，说："你确实是能掐会算，未到先知的仙人！"牛半仙对他说："不瞒您说，天下哪有能掐会算的人？我干这一行也是没法子的事，混几个钱，给人解个心宽也就是了。那天，我看见你的捎马上有个'李'字，就猜你是姓李；你的前胸让雪花打湿了，那天气正刮北风，就断定你是从南边来的；你在药铺前面停了一下，就断定你是为亲人抓药来了；看你没有几个钱了，才劝你熬姜糖水；说你快发财了，是想让你吃颗宽心丸，别太着急伤了身体。这哪儿是什么先知啊？"

李国秀听了，也觉得入情入理，就劝牛半仙拿这二十两银子当本钱，做个小买卖，不要再摆摊相面了。

（口述人：杨振生）

龙王庙与金钩河

昆明湖里有一个南湖岛，岛上有一座龙王庙。为什么在湖心岛修建了龙王庙呢？

古时候，万寿山原来叫瓮山，瓮山前边的小湖叫瓮山泊，湖东边有一条大堤，叫西堤。这一带泉水很旺，瓮山四周有数不清的泉眼冒出来，最有名的就是玉泉。老百姓靠水吃水，三里五村都是靠养鸭种稻、打鱼摸虾为生。

也不知道是在哪朝哪代，一连三年没下过一场透雨，泉眼不冒水了，玉泉都快干了，瓮山泊也露了底，稻地里流不进水去，稻苗也快枯死了。老百姓成群结伙来到西堤上，跪成一片，烧香磕头，向老天爷求雨。老天爷也专门跟老百姓作对，过了六月十三，还是不见一点雨星子。

有一天，不知从哪儿来了一个白胡子老头，走到西堤上，对求雨的人说，他能让瓮山泊的水“夜涨三寸，日高一尺”，等湖水灌满了，再有三年不下雨也不怕它！乡亲们问他：有什么办法能让湖水涨起来？白胡子老头说：“几千年以前，这里原来是一片苦海，后来海水退走了，只剩下一片沼泽和几个湖泊。那海眼就在靠近西堤的水底下。如今湖水干了，是因为有一条金鱼精堵住了海眼；如果能把金鱼精找到，湖水就能涨上来了。”乡亲们央告那个老头，请他找到金鱼精。

白胡子老头带领大家跳进湖底，在沙滩上转了几个圈儿，用鞋底在沙土上画了个十字，指着十字正中说：“从这儿往下挖三尺深，也许就挖到海眼啦！”挖到三尺深的地方，果然出了泉眼，泥水里有一条小金鱼，金头、金尾、金鳞、金身，一动也不动。乡亲们小声互相传递消息：“挖出金鱼精来啦！”

白胡子老头又把大家领到西堤上，他望着小金鱼，口中念道：“玉盆玉盆摇摇！湖水湖水漂漂！”当下就感到堤岸摇动了两下，泉水从金鱼坑里漂流出来了。老头又念道：“湖水湖水流流！金鱼金鱼游游！”那湖水就慢慢地流向四面八方，金鱼“泼啦”一声来了鱼打挺，在水里游来游去。老头再次念道：“金鱼金鱼跳跳！湖水湖水冒冒！”只见金鱼往上猛一蹿，跳出水面一尺多高，湖水“呼呼”地翻起波浪，不多一会儿就漫平了堤岸！

乡亲们高兴得又是磕头，又是作揖，但是再找那位白胡子老头，已

龙王庙

经找不见了。有人说，这是龙王爷显灵，给老百姓送水来啦！乡亲们就捐款献料，人人动手，在西堤上修了一座龙王庙，供上龙王爷。每年四月初一到四月十五，附近的老百姓来烧香上供，请求龙王爷保佑哩！

到了乾隆年间，挖掉西堤，湖岸又向东扩展，瓮山泊改名叫昆明湖，堤上的老龙王庙就成为湖心岛了。

白胡子老头挖出来的那条小金鱼呢？据说它趁着湖水上涨的时候，一直往西游，游到了养水湖就不见了。每天子夜时分，养水湖正中间往外冒金光，这是金鱼在闹宝。这事被一个姓曹的太监知道了，他财迷心窍，就下令在冒金光的地方，开挖养水湖，挖了三天，连个金鱼影子也没看见。但是到了子夜时分又在偏南的地方冒金光。姓曹的太监又派人去挖，结果还是扑了个空。就这样，一段一段地追着金光往南挖，一直挖到北京城，也没找到金鱼精。可挖出的这道水沟，却把玉泉水和瓮山泊的水引到城里去了。这条河，就叫金钩河，也叫金河。在北京城里最后一次挖金鱼的地方，也成了一个小湖，就叫金鱼池。

据说，有人在皇上面前参了一本，说姓曹的太监怀有二心，他想用大水冲倒紫禁城，淹死皇上！皇上生了气，就降旨将姓曹的太监斩首，把尸体扔进瓮山泊，喂鱼吃了。

（口述人：宋文祥）

修筑铜亭的灾难

在颐和园佛香阁的西南边，有一座宝云阁，因为梁、柱、椽、瓦都是铜铸的，人们就叫它铜亭子。这个坐落在万寿山上的铜亭子，是乾隆年间铸的，但是老百姓传说它是慈禧太后修的。

相传英法联军烧毁了清漪园，光绪年间，慈禧异想天开，想在半山腰里修一座铜亭子。可是那时候国弱民穷，国库空虚，到哪里筹措这批款子呢？大太监李连英献策说："羊毛出在羊身上，还不是取之于民么！"慈禧一动脑筋，想出了个绝招。她传下御旨：在颐和园东宫门外摆上九口大缸，凡是出入宫门和路过此地的官兵臣民，一律往缸里投放一枚铜钱，投放得越多，就表示对朝廷越忠诚。

这个谕旨一传下来，就苦了附近的穷老百姓，有的人只好走冤枉路绕过东宫门，有的人不得已投进一枚铜钱；那般逢迎拍马的满汉大臣们，把铜钱整袋整袋地倒进缸里。不满一年时间，那一枚一枚的制钱、铜子，已经填满了九九八十一口大缸。一过秤，超过了四十万斤。

慈禧太后把铜钱运到山上，宣布修铸铜亭子。但是那四角的立柱刚要竖起来，就又倒了，三番五次都站不稳。慈禧请来了一位风水先生，据说是得有两对童男童女做牺牲才能造好铜亭。心狠手毒的慈禧，又差人从海淀街上抓来了四名童男童女，往他们肚子里灌满了水银，埋在四

铜亭

根柱子底下，用汉白玉雕砌了一个须弥座，才把铜亭子修筑起来。

铜亭子修好了，那歇山重檐、匾额对联，全都跟木头做得一模一样。慈禧刚一走近铜亭子的台阶，就恍惚听见童男童女的冤魂冲着她嗷嗷叫，喊着："还我性命！还我性命！"慈禧吓得浑身瘫软，直喊头痛，钻进轿子里，急急忙忙逃下了山。

后来，慈禧下令让在铜亭子北边石壁上，挂起一丈来高的佛像，四围还凿成了莲花框。每逢初一、十五，都让喇嘛在这里念经，说是要超度阴魂，还为她祈福求寿，保佑她"长命百岁""江山永固"。可是没过多久，慈禧就见了阎王，清朝皇帝也被推翻了。

（口述人：石晋荣）

西太后最爱《红烛图》

西太后的寝宫——乐寿堂里，在西墙最显眼的地方，悬挂着一幅《红烛图》。画幅并不大，画中央一只挺立的灰色锡蜡钎上，插一只暗红的洋油蜡烛。烛尖闪动着艳红的火苗。这是西太后最喜欢的一幅画。她每年立冬那天从百宝柜把它取出来挂在西墙，直到来年春分卷起来收藏，要陪她度过一个漫长的冬天。她说，那蜡烛的火苗就像真的一团火，向外散发着热气，使整个寝宫里都暖和和的。

这《红烛图》是哪位著名的国画大师的作品？知根知底的人说：那是如意馆里一位刚学画的小伙子的即兴之笔。他的绰号叫“俊哥哥”。

这位俊哥哥是河北正定人，自幼聪明伶俐，智力过人，长得英俊有神，面目清秀。他母亲倍加疼爱，有一次抱着这个乖儿子说：“我的俊哥哥呀！”从此，这个聪慧俊秀的孩子就有了个“俊哥哥”的绰号。

俊哥哥家境贫穷，父亲给富人扛长活，养活不了全家，就找同村的一位在北京颐和园当差的太监，请他把孩子带到北京找口饭吃。干苦活，当太监，只要能活命，干什么都行。

这位太监在李连英手下当差，李连英看到俊哥哥后十分喜爱，说：“别让他当太监，跟咱们一样受一辈子苦。把他送到如意馆，长大以后没准成为一个有出息的人。”俊哥哥就被分到如意馆，成了一个专门画画的学徒。

在如意馆里，俊哥哥把心力全部用在学画上。师傅讲的话，句句记在心上。师傅做示范时，怎么调色，怎么用笔，都细心观察，深入体会。但是学徒要给师傅端茶倒水、擦桌子扫地，他什么都不管，因此有的画师不怎么满意。只是因为他是李连英安插来的，也只好睁一只眼闭一只眼，对俊哥哥不予评论。

这几个如意馆学徒，经过三年零一节从师学画，学习期满该出师了。照例要求每位学徒都要精心创作一幅画，展现他们的学习成绩，由画师们鉴定优劣。在画室的墙壁上，悬挂着大小学徒们认真创作的画幅。画师们对每一幅画进行评论，肯定长处，指出不足，教导努力的方向。走到俊哥哥的画前，这是一幅《红烛图》。他在画画时，想了半天也确定不了主题。忽然看见旁边桌案上放着一根灰蜡钎，这触动了他的灵感：就画一根燃烧的红烛，烛光给人光亮，火焰带来温暖。不一会儿，一幅画就完成了。当画师们还没来得及评论，一位平时对俊哥哥不满的画师说："这幅画完全是胡涂乱抹，毫无章法。"说完，就卷起来当作废纸扔到柜子里去了。

西太后听说如意馆的学徒创作了一批新画，就传旨要到画室来选画。画师们赶紧重新布置，把他们认为水平高的画，像《万里青山卷》《岁寒三友图》《松鹤竞寿谱》挂在最显眼的地方。屋子里打扫擦洗得干净整齐，一尘不染。

按照约定，西太后在卯正来到如意馆画室。西太后学术修养不深，但是她对书法绘画可不是外行。她鉴赏书画见多识广，擅长丹青之法，少说也是半个画家。她画的干枝梅很有特色，她写的福禄寿也值得欣赏。她在李连英的陪同和画师们的簇拥下，一张张地观赏画作。在介绍《岁寒三友图》等重点画作时，尽管介绍得天花乱坠，西太后却无动于衷。只是有时高兴了就微微点点头，说声"还可以"。

看完画展，西太后皱着眉头问："还有值得一看的画吗？"画师踌躇片刻，想起了俊哥哥的那张《红烛图》，就向太后禀报："还有一张画蜡烛的，因为画面不雅就没展出。"李连英忙说："快拿出来，请太后过目。"当那画张挂出来以后，西太后先是一惊，睁大双眼，细细品味，大声说："这幅画画绝了！好画！好画！你看那烛光多么明亮，伸出手去都能感受到它的热气。这幅画的作者在哪儿？"画师们把俊哥哥推到前边来，他向西太后叩头谢恩。西太后一看这个俊俏聪敏的年轻画师，高兴地说："你是一位好画师，前途无量啊！"李连英一看，就是他举荐来的俊哥哥，就跟上一句："太后要奖赏你！"西太后奖给一匹绸缎、二十两白银，命李连英带好《红烛图》，就回乐寿堂去了。

乐寿堂

（口述人：梁大柱）

乐寿堂里的罪行

慈禧太后在颐和园里住在什么地方？她就住在乐寿堂。听说乐寿堂的“乐寿”二字，是说“智者乐，仁者寿”；还有人说乐寿堂的抱柱上有一副对联，写的是：“观音大士普度众生；慈禧太后仁沐百姓。”慈禧把自己说成是大慈大悲，是仁者智者，其实这个老太婆阴险狡诈，心狠手毒，有人年轻时在颐和园“该班”时，听说慈禧在乐寿堂还有几条人命呢。

那是在光绪二十六年，清朝最后一次开科取士。山东济南府有个考生，名叫王国军，是济南有名的才子，说是书法不让王羲之，文章气死苏东坡。这年开科，他的文章名列第一，被选为头名状元。于是一举成名，誉满天下。

慈禧闲坐在乐寿堂里，听说了这个消息，传旨火速调来头名状元的试卷，要亲自看看这篇文章的风采。当太监把文章摆在慈禧眼前的樟木桌案上，卷首就是赫赫三个馆阁体的大字：王国军！慈禧没等往下看文章的内容，就勃然大怒，脸上青筋暴起，牙齿咬得咯咯响，心想：你这不是有意咒骂朝廷，说当今皇上是“亡国之君”吗？于是猛地一拍桌案，自言自语地说：“好一个王国军，你该当何罪？”她顺手提起硃砂大笔，在王国军的名字上打下了一个红“×”，接着又写了两行字：“你亡国君大清，我死济南国军！”写完，把硃砂笔扔出老远，当时就下令，差人送去五尺素绢，赐状元王国军悬梁自尽。

那王国军十年寒窗，一举成名，正在做当大官的美梦，不料祸从天降，当天就被逼上吊，惨死在京城。后来王国军的尸首运回济南，当地的文士名流偷偷地为他举行了葬礼。一些大胆的人，还冒死在坟前树起一块汉白玉的墓碑，上面刻着一副对联，“山东此坟苦，济南才子冤”。谁看见这块石碑也知道，济南有一位才子被慈禧逼死了。

像王国军这样闻名天下的头名状元，都被慈禧害死了，她逼死身边的太监、宫女，那更是常事，就跟踩死一只蚂蚁一样。

慈禧很喜欢下象棋，平日都是李连英、崔玉贵这些有头有脸的人陪着她玩。有一次，慈禧在乐寿堂吃完饭，心里闷得慌，那满院玉兰她闻着也不香，那青山绿水她看着也不美，就想下盘棋解解闷儿。不巧李连英被她差派到皇宫办事去了，只有一个小太监在一旁伺候。慈禧就问小太监会不会下棋，小太监“喳”的一声，早就巴望着在老佛爷面前献献殷勤，就又谦恭又得意地说：“奴才还能走两步，不瞒您说，奴才还赢过李总管呢！”慈禧命令说：“来，陪老祖宗下一盘儿！”

小太监摆好棋子，跪在慈禧对面，兴致勃勃地下起棋来。可惜他年幼无知，好胜心强，一心想赢太后一盘，好显示自己的本领。他哪里懂得，陪太后下棋，是只准输不准赢的；他又不会揣摩太后当时的心情，就一股劲儿地拼杀起来。又是当头炮，又是马卧槽，把慈禧的兵马杀得稀里哗啦。慈禧的棋艺本来就不高，原想赢一盘棋出口气，不想被一个小孩子杀得没有还手之力。她憋了一肚子火，正想发作，那小太监举起一枚过河卒，啪的一声砸在棋盘上，得意地说：“将老祖宗一军！”慈禧吓了一跳，那清水脸一耷拉，闭上了眼睛，开口大骂：“好一个不识抬举的东西，反到我头上来了！来人哪，给我打这小奴才四十大板！”

小太监被打得皮开肉绽，又觉得没脸见人，以后的日子不知还会碰到什么凶险！他越想心越窄，就在那天黑夜跳进昆明湖，淹死了。

慈禧太后说过：“谁要让我一时不高兴，我就让他一辈子不高兴。”这小太监就应了这句话。其实，不单惹她不高兴的人有被她害死的，就是那些逗他开心的人，也有死在她手里的。

谁都知道，慈禧太后戏瘾很大，她对别人说：我一生之乐莫过于看戏。在颐和园里，按照慈禧的旨意，每月初一、十五都要唱戏，逢到十月初十她过生日的“万寿节”，要连续唱八九天；平时随着她的高兴，还常在听骊馆、颐乐殿去听戏。粉墨登场扮演生旦净丑的角儿，平时都是由一般太监充当，逢年过节也从外面召进一些名角来，像谭鑫培、杨小楼、龚云甫、王瑶卿这些人，经常进宫来“应佛差”（为老佛爷即慈禧演戏叫“应佛差”）。他们的一些拿手戏，慈禧不知道看过多少遍了。有一年在德和园的大戏楼唱“寿戏”，慈禧点了出《长坂坡》。那个扮演赵子龙的武生，长得方盘大脸，亮眼浓眉，体态优美，他的一招一式、一腔一音，都得到了老佛爷的赞赏；她按照戏中的板眼，用手拍案，还轻轻地摇晃着身子，并且不停地说着：“好啊！好啊！”戏演完以后，慈禧不但有重金奖赏，还要赐食；那些普通演员吃完肉饽饽就被打发出宫了，唯独那个魁梧俊俏的武生被她带回乐寿堂，要单独赐宴。

那个武生到了乐寿宫，就跪在地上，不敢抬头，还是慈禧亲手把他搀起来才入座的。这个女人不怀好心行为轻佻，想法挑逗那个武生。武生吓坏了，扑通一声又跪在地上。慈禧太后讨个没趣，顿时心生一计，要进行报复，她转身从柜橱里端出一盘点心，说：“这是寿膳房新做的糕点，你带回家去吃吧！”演员双手接过点心，急急忙忙离开了颐和园。

扮武生的演员回到家里，又气又怕，肚子也饿了，他抓起一块御赐的糕点就往肚子里吞。他哪里知道，这原来是慈禧特制的包着毒药的点心，是专为杀人用的。那位赫赫有名的武生，当天就被毒死，他再也不能进宫“应佛差”去了。

（口述人：石晋荣）

排云门前放生

慈禧每年四月十五，都要在排云门前搞一次“放生”的把戏。每次放生，她总是预先准备一些金银财物，赏赐给跟班的人，一则讨个吉利，二则收买人心。慈禧身边的那些亲信大臣、宫女太监，有的把这天看作逢迎拍马、邀信争宠的好机会，有的就是为了讨点施舍，捞笔外快。

有一年四月十五，迎春花开了，柳条泛绿了，昆明湖水像面镜子，照出了蓝蓝的天空。慈禧高高兴兴地带着一帮随从，又来到排云门前。大太监李连英的手里提着一个鸟笼子，迈着方步跟在慈禧后边。还没等慈禧在龙头宝座上坐稳，笼子里的黄雀就“叽叽喳喳”唱起来了。李连英凑上去对慈禧说：“老佛爷，这是我从鸟市上花了二十两银子买的一只黄雀。它不光是叫得好听，还能通人性、会算卦哩！”慈禧一听李连英又玩出了新花样，很开心，就说：“鸟儿能算卦，我还是头一回听说。先给我算一卦，看看灵不灵。”

李连英取出一叠纸牌，上面写的都是一些吉利话，什么大地春回、百鸟朝凤、万寿无疆、三阳开泰呀，还有的写着子鼠、丑牛、寅虎、卯兔……十二属相。他问：“老佛爷，您想算什么？”慈禧想了想，说：“让它先算今年的年景好不好？”李连英把纸牌摊开，招呼黄雀来叼纸

排云门

牌。只见那黄雀蹦过来，叼起一张纸牌，送到李连英手里。他接过来让慈禧一看，上面写的是“五谷丰登”。慈禧太后喜笑颜开，说：“好兆头，好兆头！”李连英忙说：“如今是天下太平，国势兴旺，全托老佛爷的福啊！”

慈禧听了这些话，更高兴了，让黄雀算一算她的属相。那小鸟儿又从纸牌中叼出一张，蹦到李连英手里。翻开一看，写的是“未年”二字。慈禧看得发愣了，满心欢喜地说；“小李子，事不过三，这第三次要是再算准了，我重重有赏！让它算算我这属羊的命好不好？”只见李连英打个手势，黄雀就叼出一张“三阳开泰”。他让慈禧看了看这张纸牌后，对她说：“前明宣德皇帝登基时，岁数很小，由属羊的太后和两个属羊的大臣辅佐朝政，使宣德年间风调雨顺，国泰民安，这就叫作‘三阳（羊）开泰’。今天黄雀叼出这张纸牌，是说老佛爷垂帘听政，万民归顺，五谷丰登，老佛爷的命是好得没法再好啦！”慈禧听完，乐得满脸皱纹都舒展开了，当下就重赏了李连英；对那些跟随放生的人，也都奖赏给一份金银绸缎。

当随从大臣和宫女太监跪在排云门前谢恩的时候，慈禧下令放生。小太监打开鸟笼，那黄雀扑楞扑楞飞起来，在半空转了一圈，又飞回鸟笼里。慈禧问：“黄雀为什么又飞回来了？”李连英说：“它感戴老佛爷的恩德，舍不得飞走。不光黄雀舍不得离开老佛爷，那金鱼也愿意供老佛爷观赏，不肯离开哩！”

小太监捧出一个鱼缸，慈禧下令放鱼。李连英捞出一尾金鱼，放到昆明湖里了。那条金鱼连湖岸也不离开，总在湖边游来游去。慈禧从头上摘下一枚祖母绿耳环，吩咐戴在金鱼的头上，又把鱼放回昆明湖去了。

据说，这条金鱼后来长到一尺多长，头上还戴着那枚祖母绿耳环呢！

见过慈禧太后那放生的太监说：李总管最会揣摩老佛爷的心思，想方设法讨她的好，哄得她乐颠颠的。李连英为了训练那只黄雀，可没少下工夫！他把需要的纸牌上粘住几颗米粒，那鸟儿就能按他的意思叼出那张纸牌来。放生的时候，那条金鱼为什么不走？因为李连英在湖岸上拴了几个细丝纱袋，袋里装了好多鱼虫，那饿坏了的金鱼看到鱼虫，自然不肯离开湖边了。

（口述人：石宝芝）

国花台的石榴

颐和园排云殿东边，有一个国花台，是专门培植牡丹的大花坛。每到花开时节，那一丛丛鲜丽耀眼的富贵之花，真是逗人喜爱。慈禧太后住颐和园那阵子，这国花台除去牡丹以外，还栽了些芍药和君子兰；花坛两边，种了几棵石榴，其中有一棵上百年的老石榴树，是西太后最喜爱的。石榴花开的时候，她都要前去观赏；中秋节那天晚上，她要拣一个最大的石榴，亲口尝一尝。为了保护好这棵百年石榴树，西太后派了三名太监，专门住在这里看守，人称石榴太监。她还吩咐，在国花台旁边盖了九间小房，让石榴太监长住，所以国花台也叫“九间房”。

有一年，百年石榴树结了一个特大的红石榴，呲着牙，咧着嘴，非常好看，西太后看到以后，也高兴得咧嘴笑了。李连英对她说：“石榴笑，吉利到。老佛爷又要有喜事临门啦！”西太后说：“要石榴太监好生给我看管，八月十五我就要吃这一个。”

三个太监一刻也不敢离开九间房，轮流守着这棵石榴树。一天，二太监崔玉贵来到九间房，也看中了这个特大的红石榴，嘴一犯馋，摘下来就给吃掉了。值班的那个石榴太监，见闯了大祸，又惹不起崔玉贵，就急得上吊了。

眼看就快到中秋节了，那两位石榴太监都要愁死啦！怎么办呢？

只好求李连英帮助周旋，他们用红纸封了五十两银子，送给大总管，如实讲了丢石榴的事。李连英手托那个“红包”说：“这事好办，就包在我身上啦！”石榴太监忙跪下磕头谢恩。

国花台

一天晚饭后，西太后酒足饭饱，要李连英搀着她去九间房观赏石榴。李连英说：“今天刚给石榴树打完粪稀，臭气哄哄的，改天再去吧！”西太后答应了。过了两天，西太后又说要去看石榴，李连英还是说“刚打过粪稀”，挡了驾。西太后一眨巴眼，觉得这里面可能有鬼，就说：“小李子，明天我一定要去观赏石榴。谁要是挡驾，我就啐他一脸唾沫！”

这下子可急坏了李连英，他暗中派人通知石榴太监：明天太后要去观赏石榴，快想对付的办法。两个太监想了半天，也没想出一个好主意，忽然想起兵法上有“移花接木，李代桃僵”的说法，就想去找一个大石榴，接在原来长红石榴的那根树枝上，这也许能糊弄过去。一个石榴太监偷偷出了园门，跑到培植花木的丰台十八村，选了一个大红石榴，用铁丝拴在树上，单等第二天西太后来观赏。

谁知道，西太后是个诡诈多变，说了不算的人，第二天她又不去九间房了，说“过两天再去”。这一来，石榴太监又愁了：要是等两天石榴蔫了，颜色也不新鲜了，让西太后看出破绽，那可就该杀头啦！他俩又去找李连英。还是大总管鬼点子多，他说：“你们拿着这个断枝儿石榴，去叩见太后，就说：从东边飞来一只金凤凰，落在石榴树上，把树枝蹬折了，这是天意。”

这两个石榴太监不敢怠慢，李连英在前面走，他俩后脚就进了乐寿堂，跪在太后面前，献上红石榴，说："启禀太后，今天早晨从东边天上彩霞里，飞过来一只金凤凰，落在百年石榴树上，把树枝踩折了。这是老佛爷的福分，凤凰献石榴，让您早几天尝尝鲜儿！"李连英马上帮腔说："今天早晨，我亲眼看见，从九间房升起来一块五色云，原来是凤凰参拜老佛爷来啦！老佛爷真是福大命大造化大呀！"说完，接过石榴，递给西太后。

西太后给说迷糊了，就呲牙笑了笑，还真以为是天意呢！她赏赐给石榴太监一百两银子，打发他们退下去了。

那俩石榴太监捡了条命，一天也不敢耽搁，把那一百两银子，又原封不动地孝敬了李连英。

（口述人：武彩岭）

巧修大戏台

慈禧太后是个戏迷，照例过“万寿节”要看戏，从皇宫来颐和园时要看戏，初一、十五要看戏，想什么时候看戏就什么时候看戏。她不但要升平署的太监给她唱戏，还常常召一些名角来颐和园演给她看，这叫“应佛差”。

以往，她住颐和园时，都是在听鹂馆看戏。光绪十七年，她一时心血来潮，嫌听鹂馆的戏台小，不够气派，想修一个大戏台。这座戏台，气派要属全国最大的，建筑要属全国最漂亮的，而且还得能演神鬼戏，小鬼能从地狱里钻出来，神仙能从天堂里降下来。限期半年建成。

命令传下来，可难坏了样式房的工匠们。他们忙活了半个月，也没画出让老佛爷满意的图样来。西太后生了气，就在北京城贴出了告示：哪家营造厂能够设计和承包修建大戏台的工程，可得重赏！

告示刚一贴出来，北京营造厂的李掌柜就揭了榜，说他要应活、承包。

李掌柜哪儿来的那么大的胆量？原来他多年承包宫廷建筑工程，很有经验；他还有两个知名能工巧匠：一个是京东人，干活时使一把铜制的瓦刀，穿一身青缎子衣裳，脚上蹬一双白布袜子，砌砖、抹灰时干净利索，浑身溅不上一个泥点，人称“铜瓦刀”。一个是京西中坞村人，六十多岁年纪，披一件破棉袄，干活时左手拿砖，右手抓灰，砌砖不用吊线，垒墙像刀裁的一样齐整，人称“董老抓”。就凭“铜瓦刀”和“董老抓”，李掌柜不知道承建了多少亭台楼阁，也不知道赚了多少钱！

李掌柜承包了大戏台的修建工程，不用几天就画好了图样，备好砖瓦木料，安排动工了。

开工那天，先砌德和园的大门。“铜瓦刀”砌左边的墙，“董老抓”砌右边的墙，两拨人比着干。那“铜瓦刀”身穿青缎衣裳白布袜，先下手为强，调动工匠，抢砖运料，不等“董老抓”露面就先干起来了。一会儿就砌起三四层砖。

“董老抓”披着破棉袄来到工地，见“铜瓦刀”已经砌完十来层砖了。伙计们催促他快点动手。“董老抓”不慌不忙地在鞋底子上磕了磕烟袋锅儿，对伙伴们说：“你们甭着急，我今天要露一手绝活，气死‘铜瓦刀’！”他让伙计们供料，既不拉绳又不吊线，一手抓灰，一手垒砖，飞快地垒起墙来，一眨眼的工夫就砌起来十几层砖。

“铜瓦刀”见“董老抓”追上来了，手忙脚乱地加紧砌砖，一会儿用小铜锤吊吊，一会儿用瓦刀磕磕，汗珠子不停地往下掉。当他砌完了最后一层，回头一看，“董老抓”也同时砌完了！他自己砌的墙，上下错出去一指多，“董老抓”砌的却是笔直一条线。“铜瓦刀”当众露了丑，赛不过“董老抓”，没有脸面再来干活，就向李掌柜告了长假，回京东老家去了。

德和园的正门修好以后，大戏台才正式动工，修完台座，有一段是木工活，“董老抓”是个瓦匠，当时用不着，就回中坞村老家休息去了。

木匠头儿带一拨人，用了半个月时间，总算把第一层修好了。但是，台上的十八根柱子的位置不好，不是这根柱子挡住了视线，就是那根妨碍演员出入。木匠头儿怕耽误了工期，脑袋搬家，吓得工钱也没敢要，就连夜逃跑了。

李掌柜一看也傻了眼，大戏台修不成，不光得不到重赏，还得犯欺君之罪，满门抄斩！他想，到如今，只有请“董老抓”来救命了。他急忙赶到中坞村，见了“董老抓”就跪下喊“救命！”“董老抓”搀起李掌柜，从柜子里拿出一个秫秸扎的大戏台模型，说：“你把盖好的戏台拆掉，按照这个样式修建就行了。”

大戏台

李掌柜按“董老抓”做的模型，不到三个月，就把大戏台修成功了。这座大戏台，上中下共有三层，上有天井，下有地井，54 根柱子排列得位置适当，舞台很宽绰，还有乐队伴奏的地方，三层瓦檐整齐美观，雕梁画栋，很有气派。

交工以后，慈禧太后亲自过目，表示非常满意，不但重赏了李掌柜，还要亲自召见“董老抓”，以示关怀。

慈禧太后坐在仁寿殿，传“董老抓”进宫。她在宝座上睁眼一看，下边跪着一个披着破棉袄的老头子，就问：“你多大年纪？”“董老抓”头也不抬，举起右手，伸出了大拇指和小指。西太后说：“你六十岁了，修建的大戏台很合我心意。你想要什么赏赐？”“董老抓”说：“谢老佛爷恩典！我是快入土的人了。乞太后给我的家乡一点恩赐吧！”西太后让他讲，“董老抓”就说：“我的家乡中坞村，很多人当瓦工，在颐和园给皇上干活，求老佛爷降旨，中坞村的瓦工，都发给头份工钱！”西太后正在兴头上，一高兴就答应了。

慈禧太后是“金口玉言”。从此以后，中坞村的瓦工在颐和园干活，就都领头份工钱。直到现在，中坞村的瓦匠还特别多哩！

（口述人：梁宝林）

凤凰墩取名故事

乾隆皇帝在修清漪园（后改名颐和园）时，仿照神话传说，在昆明湖上修建了三座海上仙山：北边四面临水的孤岛称为“方丈”，西边那个一面有路、三面环柳的土山叫作“蓬莱”，南边的一座光秃秃的土丘名叫“瀛洲”。除海上三仙山以外，在昆明湖东南水面上还有一座小岛，叫凤凰墩。

这座小岛为什么叫凤凰墩呢？

我们刨根问底访问了一些老人。但仁者见仁，智者见智，其说不一，都有道理。有人说是“岛以仙名”，有人说“岛以鸟名”，也有人说“岛以人名”。究竟哪个说法更好些，请读者自己去判断吧！

石大爷是主张“岛以仙名”的。他说：

在很早以前，小岛四面临水，荷花环绕，绿树参天，香草遍地，是个清幽迷人的好地方。一天早晨，仙女弄玉奉王母娘娘的旨意，身御彩凤，手拿洞箫，穿过满天红霞，要飞到东岳泰山去继续修行。她路过这里，见湖水清清，荷花朵朵，不禁高兴地说：“好一个人间仙境啊！”于是御风踩云，轻轻飞落下来。弄玉特别喜爱这个地方，就住下来在这儿修行。每天饿了就餐风饮露，有空闲时就吹吹洞箫，生活得逍遥自在。

一天傍晚，八仙中的韩湘子手拿一支玉笛，踩着一朵云彩，从天空中飞过。他老远就听见一缕轻悠悠的箫声，顺着箫声寻找，果然是仙女弄玉住在这里。他来到弄玉跟前问："王母娘娘要你到东岳泰山修行，你怎么跑到这里来了？"弄玉告诉他："我见这里风光秀丽，幽雅清净，舍不得离开，就安了身。"韩湘子说："这座小岛虽然很好，但四周的环境很不合适，到底不是久恋之地。你看，正北是一座龙王庙，那游龙若是前来戏凤，还容你安安静静地修道吗？西边是座老公（弓）山，一旦利箭离弦，你也受不了；南边是火器营，专造火枪火炮，你是鸟中之王，恐怕也免不了要挨枪打的呀！东边的村子叫六郎庄，倘若六狼夺一凤，你多年修炼的道行不就白费了吗？"弄玉听了韩湘子的话，觉得很有道理，就驾起凤凰随韩湘子到东岳泰山去了。

后来，仙女弄玉乘凤来小岛修行的事传开了，就在岛上修了一座凤凰亭，亭子里还画了一幅仙女乘凤吹箫的画，这座小岛就改名叫"凤凰墩"了……

张大爷说，主张"岛以仙名"的说法太玄乎，他主张"岛以鸟名"，因为他有"历史事实"为证：

在戊戌变法那年，以光绪为首的帝党，和以慈禧为头子的后党，斗争得很厉害。那年四月底，光绪正式下诏宣布变法。慈禧恨得咬牙切齿，收罗了一批顽固党，想方设法反对变法。

光绪皇帝向慈禧请了安，又回皇宫去了。慈禧憋了一肚子气，带着一帮王公大臣乘船在昆明湖里散心。她破例地要登上湖中小岛去观赏野景。当时岛上杂草丛生，水蛇成蛋，一片荒凉景象。大臣们怕出麻烦，纷纷上前婉言劝阻，说是岛上不如湖上风凉。但是慈禧自恃身价高贵，金口玉言，话既然已经出口，就拗着劲非要上岛不可。臣子们不敢违抗，只好跟在后边。

慈禧带着大臣、宫女刚一登上瀛洲岛，就遇到了一条又粗又长的黑花蛇。大蛇盘曲在草地上，蛇头仰起来离地半尺多高，张着嘴朝天上吐信子。这条蛇往上一看，老桑树的枝杈上落着一只花喜鹊，正冲着黑

凤凰墩

花蛇喳喳叫。眨眼间，那只喜鹊猛一下子飞下来，朝蛇头上狠狠地鸽了几口，又飞回树枝上。黑花蛇想咬住喜鹊，就是够不到。花喜鹊飞下来几次，就把蛇咬得遍体是伤了。黑花蛇大概是招架不住，只好逃到草丛里去了。

慈禧一行人被这场蛇鹊之战惊呆了。当喜鹊飞走之后，慈禧似乎悟出了什么道理，笑眯眯地问："你们说说，这是吉兆还是凶兆？"大臣和太监们一时不知怎么回答，一个个大眼瞪小眼。还是善于逢迎的大太监李连英心眼儿活，他马上猜透了主子的心思，忙说："刚才蛇和喜鹊是为争夺这块宝地才打起架来，花喜鹊是凤，黑花蛇是龙，龙斗不过凤，才吓得逃跑了。这场大战叫游龙斗凤，凤胜了。"那班顽固党听李连英讲完了，这才醒悟过来，都抢着说："这自然是吉兆，是吉兆啊！"

慈禧太后听到这里，乐得眉开眼笑，刚才憋的一肚子气也全消了。她传旨，要在湖岛修建一座凤凰楼，来纪念花喜鹊得胜。岛上有了用铜凤凰装饰的凤凰楼，后来就改名叫"凤凰墩"了……

主张"岛以人名"的人说：有一次，慈禧在游湖时，曾经在瀛洲岛上解手。有人为了嘲弄这个作恶多端的老太婆，就把这个小岛改名叫"凤凰墩（蹲）"了。

（口述人：石晋荣、张宽）

景福阁上度重阳

九月九日重阳节到了，天高气爽，山清水秀。慈禧太后的心气很好，想去万寿山登高望远，就带着宫女、太监登上了景福阁。这景福阁建在万寿山东部半山上，前廊后厦，气势不凡，是慈禧赏月、观雨的地方。

这天，她先来到后厦，看到正北方向有一座平地拔起的山峰，山下有几个村庄，就对李连英说："小李子，北边是什么山？山上是什么庙？你快念叨念叨，让咱开开心。"李连英对这一带的情况很熟悉。就一五一十地说起来。他说："这座山叫望儿山，过去叫百望山，是当年佘太君观看杨六郎打退辽兵的地方。山下有三个小村，一个叫东百望村，一个叫西百望村，因为佘太君在这里朝东北方向和西北方向瞭望，在山上为杨六郎助战，就把村名改成东北旺（望）和西北旺（望）了，最远那个村子，过去叫挡儿岭，因为村外有一座小山，挡住了佘太君的眼睛，使她望不见杨六郎了。"慈禧朝那里望了半天，也看不出个究竟，就问："怎么我看不见有山？"李连英说："有一年春天，刮了一阵黄风，把山峰刮到西山顶上，就成了现在的妙峰山了。挡儿岭这里变成了平地。"慈禧说："这个村子竟敢挡住佘太君，胆子不小啊！"李连英趁水和泥，说："听说，他们还敢冒犯皇上呢！前明的永乐皇帝，出了京

景福阁

城到皇陵去，路过这个村子，被刁民挡了驾，这个村子就改名叫挡驾岭了。”经这么一说，慈禧发了火，就又要起了威风，她让传下谕旨：把挡驾岭改成唐家岭；唐家岭的村民要赎回他们的罪过，全村捐钱重新整修望儿山上的佘太君祠；且不准这个村的人去妙峰山进香，谁要进香，就只准到望儿山！……

听老人们说，慈禧的旨意传到宛平县，县官又加了码，他借修佘太君祠的名义，打着西太后的旗号，大肆搜刮民财，规定：凡是唐家岭的人，达到成丁的年龄时，都要上缴二两银子！哼，这些银子大部分都进了宛平县县官的腰包。

直到现在，唐家岭村的老人们还说：为什么过去唐家岭那么穷？还不是让西太后把钱都给搜刮走了？！

这都是以后的事了。

那年九月初九，慈禧下令惩罚了唐家岭，就从景福阁的后厦转到前面的敞厅。她坐下来观赏万寿山前的风景。

昆明湖东墙外，全是皇家稻田，这里出产有名的香稻米，是专供皇宫里享用的。农民们正在割稻子。慈禧问：“十七孔桥东边那个村子叫什么？”李连英告诉她：这是六郎庄。慈禧一听是六“狼”庄，就又耷拉下脸来。她很讲迷信，因为她是己未年生人，属羊的，狼能吃羊，这是很不吉利的。她对李连英说：“这个村名很不好，以后就叫吉祥庄吧！”

李连英早就看透了慈禧的心思，向她讨好说：“老佛爷您有所不知，这吉祥庄有一个皇会，还是乾隆爷封的。他们练就了一手五虎棍，武艺高强，远近闻名，当年还在孝圣宪皇太后（乾隆帝的生母）的面前献过艺呢！棍棒打恶狼么。这个村子就改成吉祥庄最好了。”

慈禧听了这些话，脸上的阴影也散了，就又下了命令：赏给吉祥庄棍会半副銮驾，要他们操练五虎棍。过节时，到德和园来献艺，老佛爷要亲自观看。

后来，六郎庄的五虎棍曾经多次到颐和园里表演；还派了六名师傅到升平署教太监们演习棍术。每年春节，六郎庄的皇会“走会”（巡回表演）时，队伍的前边，举着“回避”“肃静”的木牌，还有绣着飞龙的黄旗和金龙缠绕的龙棍，浩浩荡荡，很有气派。就是每年四月初一到妙峰山赶庙会时，也是六郎庄的皇会抢头香，别的民间花会都得给他让路呢！

（口述人：闫文禄）

骑驴跨过玉带桥

有一年春天，慈禧太后住在颐和园里，她见西堤一带桃红柳绿，就动了游兴。她想起，乘御舟顺长河到颐和园的路上，见城里的女子到西郊踏青，有许多是骑着小毛驴来的，小驴脖子上系着铜串铃，一步一叮当，清脆好听。她今天春游，不乘画舫，不坐凤辇，偏要骑上毛驴逛西堤。

御旨传下来，可急坏了李连英和贴身太监们。这西堤弯弯曲曲，高低不平，堤上还建造了六座桥，闹不好把老佛爷摔着了，那可不是好玩的。但慈禧是金口玉言，话已出口，只好照办。李连英下令做好准备。就跟在老佛爷的毛驴左右，上了西堤。

老佛爷玩得很高兴，后来来到了玉带桥。这玉带桥是颐和园里最美丽的一座桥，桥身是由汉白玉和青石砌成的。因为桥拱又高又薄，很像玉带，又像驼背，俗称罗锅桥。慈禧太后要骑驴横跨玉带桥。李连英一听，吓得出了一身冷汗。但是又不敢违抗，只好让人牵好毛驴，前后左右围满了人，又亲手扶着慈禧太后，这才一步一颤地登上了桥顶。这时候，不但李连英和太监们提心吊胆，就是西太后也吓得浑身哆嗦，可是骑驴过桥的话又不能收回，只好硬着头皮往前走。那毛驴也害怕了，怎么赶它也不走啦！

正在这进退两难的时候，顺风传来了唱小放牛的声音："……张果老骑驴桥上走，柴王爷推车压了一道沟咦儿呀嗨。"李连英灵机一动，马上对西太后说："老佛爷您听，会骑驴的仙人张果老前来保驾，还怕下不去这玉带桥吗？"说着，稳住了毛驴，让西太后像张果老那样来了个倒骑驴，赶着毛驴一步一蹬走下桥来。

西太后总算骑驴跨过了玉带桥，她欢喜得不得了，先重赏李连英和贴身太监，又观赏起堤上风景了。这时候的西堤上，柳丝垂绿，桃花放红，非常好看。李连英说："这就是那年老佛爷让栽的桃树。真是万绿丛中一点红呀！"原来，几年以前，堤上只有柳树，西太后念了两句诗："两行垂柳添青色，只差一桃染娇红。"李连英听话听音，知道她的意思是嫌"有绿无红"，就差人每隔三棵柳树之间栽上一棵桃树。如今已经是桃柳成林了。

慈禧太后尝到了骑驴过桥的滋味，又欣赏着按自己的旨意栽成的红桃绿柳，扬扬得意起来。一个太监看着西太后骑驴的模样，忽然想起她坐骡车远逃西安的丑相来，就凑上去说："这就是老佛爷喜欢的三柳加一桃。"西太后猛一听还挺高兴，仔细一琢磨，顿时沉下脸子，她用带着金护指的手，颤颤巍巍地指着那个太监，大声吼起来："连英啊，快给我推下去斩首！"李连英一思谋，可不是么，那个太监说西太后喜欢"三柳加一桃"，就是骂她往西安避难是"撒蹓夹尾逃"！结果，当下就把那个太监给杀了。

从那次以后，慈禧太后最忌讳桃树和柳树，再也不到西堤去游乐了。

（口述人：闫文禄）

颐和园的象房

颐和园的象房不在园子里边，出北宫门往北走一里多地，就是安河桥。慈禧住颐和园那会儿，安河桥有个饲养御马的安河圈。这里还有一座皇家象房，喂着一对缅甸进贡来的大象。喂象的人，是颐和园西墙外后窑村的武寿峰，人称武象官。

这武象官还是西太后的恩人呢！

八国联军攻进北京的时候，西太后想把颐和园的金银珠宝带走，因为时间太紧急，没有来得及，就坐上一辆普通的骡车，逃出了北京。那辆车就是武象官的。原来，那天西太后想逃跑，但是没有车。二太监崔玉贵知道武寿峰是赶车拉脚的，就让他把翻瓦车赶到颐和园。他还带来了一件蓝布衣服，让西太后穿上，把她一直拉到贯市，才坐上了县官的轿车。

一路上，因为道路高低不平，颠颠簸簸，西太后坐在骡车上，震得腰酸腿痛，“哎哟妈呀”地直叫唤。武象官灵机一动，想讨好西太后，就跪下趴在车上，说：“老佛爷，这道路坑坑洼洼的，颠得人腰痛。您受委屈啦！请您坐会儿‘肉板凳’吧！”西太后坐在武象官的背上，又软活又舒服，觉得比仁寿殿的九龙宝宝舒适！她就对武象官说：“这次保驾出京你算是立了一大功！将来必定有赏！”

后来，八国联军撤走，西太后又从西安回到北京。她赏赐武寿峰在安河圈当差，饲养一对缅甸大象。

皇家象房气势不凡，大棚起脊式的屋顶，又高又大，象房里宽敞明亮，冬暖夏凉；屋里有个大水池子，大象可以喝水、洗澡；玉石栏杆外边红地毯上，放着一把座椅，是供西太后观赏大象时用的。武象官喂养的那一对缅甸象，很不老实，母象专爱用长鼻子吸水喷人；那只公象，不凑巧又把象牙摔断了一截儿。就在这时候，西太后传下谕旨：要在三天以后，到安河圈来观赏大象。

这可急坏了武象官！母象吸水喷人，要把老佛爷喷得浑身是水，那可是欺君之罪呀！武象官听人说，大象最怕老鼠，要是在象房里掏几个小地洞，放进老鼠就会把母象吓住，不敢喷水了。但是，对那只断了牙的公象怎么办呢？思来想去，他想出了一个主意：跑到青龙桥首饰楼，打制了一个半尺宽的金圈儿，箍在那根断牙上，就把象牙接上啦！他又打制了一个银圈儿，套在那根好象牙上，正好配成了一对。

过了三天，西太后到象房来观赏大象。她站在红地毯上，闻着满屋子都是檀香味，一点骚臭气也没有。那只母象，用脚死死地踩住"老鼠洞"，不敢挪窝儿，安分守己，也没有用长鼻子喷水。再看那只公象，长长的象牙上，戴着一对金银圈儿。西太后问武象官：这是什么意思？武象官早就知道，西太后最爱听金啦银啦、福啊寿啊的，就把事先准好的那一套端了上来，说："左牙镶金，右牙镶银。太后福寿无量，天下四时皆春。"西太后听了，抬头纹乐开了花。她赏给武象官五十两银子，就回颐和园了。

后来，那只断牙的缅甸大象病死了，西太后按大臣的礼节为它举行葬礼，制了一口杉木棺材，停灵九天，每天都有和尚、喇嘛给烧纸念经，下葬的时候是 32 人给抬出去的，就埋在玉泉山西边的象鼻子沟了。

（口述人：武彩岭）

翡翠西瓜的下落

相传慈禧太后在颐和园里有一个珠宝室，四面摆着檀木方橱，盛着大大小小的玻璃锦盒，都是些用绣缎包裹着、装潢精致的盒子。那里边装满了各式各样的珠宝，金银、宝石、珍珠、玛瑙、翡翠、珊瑚，数也数不清。在这成千上万件宝物里，她最喜欢的是一对翡翠西瓜。这翡翠西瓜是在昆仑山自然生成的，瓜皮翠生生、绿莹莹，还带着绿的条纹：瓜里的黑瓜籽、红瓜瓤还能影影绰绰地看得见。慈禧对这两颗翡翠西瓜爱之如命，放在最坚实的柜橱里，又加上一把机械锁。要想打开这把锁，必须把钥匙插入锁心左转五次才行，方向转错、多转少转，都不能开锁。慈禧派了几名亲信太监，三人一班，日夜轮流，严密看守这间珠宝室。每到高兴的时候，她就让太监取出翡翠西瓜，尽情观赏，还常向人夸耀，说这是天下独一无二的稀世奇珍！

有一年，颐和园闹开贼了，今天丢几个元宝，明天丢几颗珍珠，连乐寿堂里多宝阁上的陈设也被偷走了几件！慈禧正想嘱咐要看守好翡翠西瓜，有个太监慌慌张张地跪报，说翡翠西瓜失踪了！慈禧听说后，怒气冲天，把几名看守珠宝的太监打得死去活来，但没有一人招认，只是哭喊“冤枉！”

慈禧命令一面在颐和园里仔细搜寻，一面在京城内张贴告示，悬赏寻宝。那时候，三山五园一带，岗哨罗布，严密探查，到处都在谈论翡翠西瓜。

这时候，玉泉山西边坟户营住着一个王老道，引起了官方的注意。这王老道是半年以前从山东来的，住在开店的李家。他枣红脸，高鼻梁，头上盘着道髻，腰里缠条蓝布带，四十开外年纪，见多识广，为人仗义。他一不经商，二不种田。经常往来于三山五园之间，有人多次见他在青龙桥二和楼酒馆独饮，有人说，他每天三星不落就起身，到静明园天下第一泉去洗脸，到清水院去踢腿练功；有时还到西顶庙庙会上走两趟拳脚，帮场凑热闹，见到的人说他练就了一身超群出众的武艺。还有人说，他脚板底下长着一撮毛，能蹦高跳远，蹿房越脊，快走如飞，日行千里，是个名不虚传的飞毛腿。

不管这些传闻是真是假，反正王老道在坟户营住下以后，附近的三里五屯发生了不少稀奇古怪的事儿。比如像坟户营的李花子，他穷得叮当响，就靠给人看坟过着半饥半饱的日子。一天早晨起来，他发现窗台上放着两个元宝，下边还压着一张纸条，写着："家中贫寒，不能没钱，有钱别花，买地种田。"李花子以为自己命好，是财神爷下界送钱来了，就买了几亩山地，种起庄稼来了。再比如像北坞村的奥许和，他八十岁的老母得了重病没钱医治，愁得打不起精神，可是在做饭点火时，从灶膛里发现了一个纸包，打开一看，是用素绢包着两颗珠子。他为母亲治好了病，又买了好几亩地种，也不愁没饭吃了。

官府听说了这些怪事，经过反复探查，就注意上了王老道的行踪。

一天晚饭后，王老道对店主李掌柜说："我住店半年多，蒙你多方照料，我非常感谢，这是给你的店钱。"说着，就取出一个元宝递给李掌柜。李掌柜说："哪儿用得了这么多？"王老道说："你收下吧！若是给你惹了麻烦，我很抱歉，你若是因为我受了什么损失，这就算我付的赔偿费吧！"说完，他背上一个小包袱，就朝东走了。

王掌柜刚把元宝收藏好，就闯进来一帮衙役，持刀挂剑，嚷嚷着要抓山东的老道。他们审问了李掌柜，又翻箱倒柜，折腾了半宿，才扫兴地离开了坟户营。

坟户营村外有个双水门，是从颐和园到香山的必经之地。北坞村的简大伯捡粪时经过这里，闻见一股臭味噎人，以为是谁家扔掉的死孩子。等他用粪杈扒开一看，原来是烂猪肉里裹着两个西瓜——这就是皇宫丢失的那一对翡翠西瓜！简大伯怕招来大祸，就报告了官府。皇家因为简大伯找回国宝有功，赏给他从玉泉山往城里皇宫运送泉水的差事，例钱例米非常丰厚，简家成了这一带的富户。

翡翠西瓜又回到了颐和园的珠宝室，但是盗宝的人一直没抓到。一天，静明园的一个瓦匠到玉峰塔上去修理塔门，爬到第七层时，看见一个老道正在睡觉。他没敢惊动那个老道，就赶紧报告了上司。当手持刀械的官兵前去捉拿时，塔上已经空无一人，只见塔壁上有刚用鲜血题写的几句诗："赤金元宝是我拿，翡翠西瓜是我收。若问咱家住何处？玉峰塔上度春秋。"落款是"王老道"。

慈禧太后对这个王老道恨之入骨。她下令绘影图形在全国缉拿，但是再也没有找到王老道的踪影。

据说，慈禧太后死后，按照她的遗嘱，把那对翡翠西瓜随葬了。她把它当作枕头，枕在自己的头下。到了民国年间，军阀孙殿英用炸药崩开西太后墓，把翡翠西瓜给盗走了。

（口述人：张振明）

穿心河的故事

六郎庄大街，东西走向，长达三里许。西起凤凰墩，东接海淀西上坡。弯弯曲曲岸柳成行，间有桃花点缀。远望去似一条青龙在烟霭中飞舞。老辈人都说，这是六郎庄出人才的征兆。

有一年的春天，乾隆皇帝与爱卿刘罗锅在万泉河上荡船游湖。乾隆皇帝见六郎庄大街柳浪随风起舞，春色宜人；昆明湖上的凤凰墩，白鸟双飞，烟景迷蒙，不禁诗兴大发，要和刘罗锅联句。刘罗锅表示：遵命。

乾隆皇帝吟道："龙飞凤舞六郎庄"，

刘罗锅续吟句："亚赛江南鱼米乡"，

乾隆皇帝再吟："飞龙喜迎凤凰舞"，

刘罗锅再结句："六郎庄上要刀枪"。

乾隆皇帝听了爱卿的"六郎庄上要刀枪"句，不解地问道："此句怎讲？"

刘罗锅道："我主万岁，你看六郎庄大街西头的关帝庙，地势高爽，有如龙头直奔昆明之水，一旦与凤凰墩亲嘴，这样就是龙凤呈祥，此祥便是六郎庄要出能人率领'五虎棍会'造反。此祥乃村祥国不祥！"

乾隆皇帝倒吸了一口气，说道："这如何是好？"

刘罗锅灵机一动，说道：“六郎庄这条土龙的腰身正在杨家桥地带，如能在此挖一条南北向的河就等于穿透了龙心，破了六郎庄的风水。我主万岁，可保万世无忧！”

乾隆皇帝，是个笃信风水学说的皇帝，听了刘罗锅的一番似是非是的话，便下令有司挖了这条河，并赐名“穿心河”。

经实地考察，六郎庄的地势，南高北低，一到雨季，巴沟、万泉庄之水直往六郎庄灌。为了免除水害，村人组织力量挖了这条具有泄水功能的河，因从街道的中心穿过，所以叫穿心河。

一说，畅春园、西花园建成后，用水量很大，赶上旱年，水患不足，这才在六郎庄村开挖了这条河。

据查，河的水源头在今颐和园南如意门前的闸洞子，一旦畅春园、西花园需要用水，就将此闸口打开。

老辈人说，位于六郎庄村里的一段河岸，是花岗岩石砌成的，当年有不少小孩子在这里玩水，经常发生淹死人的事情，俗曰：拉替身。

也曾有老辈人嫌“穿心河”一名不吉利，改叫“小鱼河”，但没叫开。

（口述人：郑国才）

六郎庄稻田

狗尾巴花与水没花

海淀水乡六郎庄，稻田星罗棋布，河渠纵横交错，生长着许许多多的水草鲜花。有的叫兰花子，有的叫星星草，有的叫浮萍草……名字都很好听且有意思。其中有一种野花，其茎很长，其花呈谷稻状、红粉色，老百姓叫它狗尾巴花。

有一年的夏秋之际，慈禧太后乘着小轮走到颐和园南如意门时，心血来潮，要下船看一看六郎庄的田野风光。当她在李连英等人簇拥下来到大堤时，见到水面上露着许多谷妞似的红粉颜色的野花，好奇地问道："小李子，你看这是什么花呀？"小李子回答："这叫狗尾巴花！"慈禧太后觉得名字不雅，便随口说道："你看这种花在水里头还能开花，很有意思，我赐给它一个名字，就叫水没花吧！"李连英说道："这花可真有福气，美不如荷花，香不如野菊，却得到了当今老佛爷的赐名，三生有幸啊！"慈禧太后在李连英的忽悠下，就像抽了大烟似的飘飘然哩。狗尾巴花又叫水没花，知者甚少。前者是老百姓给取的，后者其实是秀才们给取的，不能说谁比谁取得好，各有千秋。然而，不知什么时候，什么人将水没花的冠名权戴在了慈禧太后的头上。我想，这就是文学吧！

（口述人：冯丽珍）

天下第一棍的来历

六郎庄的民间花会——五虎棍，远近闻名，艺冠群芳，曾经赢得“天下第一棍”的美誉。

老人们说，当年的京都大庙会有：妙峰山娘娘庙，天台山魔王老爷庙，京东丫髻山娘娘庙，丰台看丹药王庙。六郎庄只走看丹药王庙。会期是每年四月十七日到十九日。古人诗云：“四月清和芍药开，千红万紫簇丰台。相逢尽是看花客，鼓点笙歌夹道回。”可见庙会香火之盛。

每年四月十七日，六郎庄五虎棍众善人等，一大早，先到真武庙“打三参”（文场的一种点儿，常在神佛前打，打三回，以敬神），然后踩街告别乡亲父老，进香者在会头的率领下，分乘十几辆大车前往看丹药王庙。一路上，每过一村都要张贴海报，如遇有人设茶桌，还要打上一通，以致敬谢。海报内容：

本会会启：XX村众善人等，父老乡亲：我会走会祝善，以武会友，茶不扰，分文不取，自备干粮。天下武术是一家，四海之内皆兄弟。

京西六郎庄永寿万善忠孝童子五虎棍

数百年来，六郎庄五虎棍上看丹走会，凭借严格的会规、铁打的信义，从没有出现什么闪失，可是，在清代乾隆年间的一年，却摊上事啦。

当六郎庄五虎棍会打前站的头东行到草桥乡时，见前面路上横摆着三堆豆秧子（丰台十八村有此风俗规矩：凡外乡花会进入丰台地界，若遇豆秧拦路，须停止前进，否则不敬）。

六郎庄的会头，见有三堆豆秧，忙跳下车檐口，手执小三角会旗，打千后说道："让给伏地各位老师！"对方人群中闪出一人，问道："贵会是京西六郎庄'天下第一棍'吗？"会头道："六郎庄五虎棍，全称是：永寿万善忠孝童子五虎棍，从未打过天下第一棍的旗号走会。若不信，请看会旗。"说着，举起手中的会旗。对方看毕又道："贵会去年走会时，有人扬言：六郎庄的五虎棍是天下第一棍，我草桥乡的五虎棍，今日要与贵会一见高低！"会头道："此乃戏言，何必当真？还是把豆秧子挪走为好。"对方道："要是不挪呢？"会头道："那就耗着！"

如此这般，草桥乡开始仗着地主之威，叫来成口袋的棒子面……六郎庄会头叫人拉来一大车的京西稻……双方在这半野荒郊支锅做饭，有如韩信用兵。吃饭时，草桥乡吃的是窝头就芹荌辣咸菜，六郎庄吃的是白米饭拌猪肉炖干粉。对方见六郎庄人吃得顺嘴流油，军心动摇了。为了稳定军心，对方会头弄来全副纸糊的执事（古代礼仪的仪仗，有金瓜、钺斧、朝天登等。帝王的仪仗叫銮驾，官民的叫执事），放在那里，以壮村威。

六郎庄的会头，见对方弄来纸糊的执事，立即派人回乡进畅春园谒见乾隆皇帝的哥哥"千岁二爷"。为什么要找"千岁二爷"呢？原来，"二爷"是六郎庄五虎棍花会的耗财买脸的插秆儿。"二爷"一听说此事就火啦，他亲自找到母亲钮钴禄氏请出"半副銮驾"运往丰台。结果銮驾还没到丰台地界，早有五城兵马司的统领跑到草桥乡，令对方将豆秧挪开了。

自此后，六郎庄的五虎棍便得到了“天下第一棍”的称号，父老乡亲于茶余饭后津津乐道这个故事，三百多年流传不息。

（口述人：郭长生）

六郎庄村名的传说

六郎庄的村名，有好几个。如牛栏庄、柳浪庄、吉祥庄。但都没有叫开，叫开的是六郎庄。这是为什么呢？说来，与杨家将的杨六郎大有关系。

传说在北宋时期，昌平的沙河一带是宋、辽交兵的古战场，海淀六郎庄处于宋家军的后方前沿。一次，杨六郎率领一支杨家军在沙河一带与辽国大将“大肚子韩昌”交战，直杀得天昏地暗、飞沙走石不见胜负，就连佘太君都登上百望山的一座山头击鼓观战助杨家军奋力杀敌。最后杨家军寡不敌众，死伤惨重，杨六郎只好率余部南下败退，辽兵也见好就收，鸣锣收兵。

当杨六郎率残余部队退到今挂甲屯处，已是筋疲力尽，便下令就地打尖，杨六郎为轻装睡眠，就将盔甲解下挂在一棵大树上。一觉醒来，已是夕阳西下，见南边有一名叫牛栏庄的村落，树木葱茏，炊烟四起，于是下令开拔前往村庄安营扎寨。为免惊动地方，骚扰良民，杨六郎下了约法三章，号令官兵：

一、奸人之女，砍头处死；

二、抢人一物，断手示众；

三、茶水不扰，军粮自备。

法令一出，官兵人等军容整肃，尊重父老。有的为百姓修桥补路，有的为百姓问医送药。老百姓则主动为士兵补衣纳鞋，添柴送炭，有力地支持了杨家军。军民之间结下深厚的感情。

当杨家军在此休整结束，再次开往前线征战时，老百姓中妇女抱着孩子、老人拄着拐杖，送至村头，向杨家军洒泪告别。

杨家军走后，老百姓怀念这支不扰民的仁义之师，赞扬他们抗击异族侵略的爱国精神，便把佘太君当年登过的山头叫望儿山；将她望儿时见到的两个村庄，一个叫东北望，一个叫西北望；将杨六郎挂甲休息的地方，叫挂甲屯；将他们曾驻扎的牛栏庄改叫六郎庄。并且还能指出小狮子胡同的一石柱子就是杨六郎的拴马桩。可惜不知去向了。

关于杨六郎的拴马桩的传说，有两个版本：一说位于小狮子胡同薛家后墙的墙脚下，呈石桥的“望柱”形，汉白玉石质；一说是一个圆形的石墩儿，重四五百斤，汉白玉石，平面上有一个抠手。

当笔者再次与六郎庄的一位乡绅探讨拴马柱的由来时，老先生云：杨六郎拴马桩，根本没那码子事。

据考，杨六郎打仗的地方在河北白沟一带。海淀为大辽国的腹地之说，有点关公战秦琼。

（口述人：杨福生）

太后原是狐狸精

在慈禧当政的时候，从颐和园的南宫门起，沿着长河、高梁河，有一条水上御道；河边上是一条平坦宽绰的大路，那也是御道。慈禧太后按照惯例，每年在皇宫过完春节，出西直门走旱路，经过海淀或万寿寺到颐和园避暑消夏；到十月初十在乐寿堂度过了生日，又从水路经紫竹院回皇宫过冬避寒。

慈禧虽然每年一度要从水路乘舟进入颐和园，但这南宫门一带是人迹罕至的地方，孤零零的一座值班房，坐落在长河边上，年久失修，十分破旧，周围尽是坟头。显得荒凉、瘆人。这里常闹鬼，每天太阳一落山，就有一串串的小红灯笼在野地里来回转悠，老年人说这是“狐仙灯”，吓得附近船营村的孩子们晚上都不敢出门。颐和园里派人到南宫门值班，没有一个人愿意来。后来每年增加了十二两银子，才有一个名叫崔大胆的人长年在这里“值班”。

庚子年春天，有一天刚敲过三更梆子，崔大胆温了一壶酒，正想喝两盅，忽然窗外传来沙沙沙的响声，紧接着是一阵黑风，就听“吱呾”一声，门开了！进来一位头戴凤冠、身披粉袄的大姑娘，不言不语地一抬腿坐在炕沿上。那崔大胆果然名不虚传，就像遇见了老熟人，赶紧端起酒壶，倒满了两盅，招呼说：“请仙姑喝酒！”就递过去一盅。那大姑娘也不搭话，接过酒盅，就跟崔大胆一对一盅地喝起来了。直到喝得有几分醉意了，崔大胆才开口问道："请问仙姑姓字名谁，家住哪里，今天到这儿有何贵干呀？"大姑娘酒醉吐真言，说："我家住西安附近，本是华山吕祖洞狐狸精的二姑娘。今天到这儿来，想求你一件事。不瞒你说，当今太后原是我的大姐，她下界已经六十多年，我们还没有见过一面。听说明天太后要从南宫门进园，求你给个方便，能让我看她一眼。"崔大胆说："太后坐在轿子里，旁边的太监宫女围个风雨不透，你又不能近前，怎么能看得见她？"二仙姑说："这个不难，我变成一只小猫，钻进你的袖筒里，姐姐的轿子经过时，你一作揖，我就能看到她了。"崔大胆答应了。二人又端起酒盅来，直到喝得大醉，才呼呼睡着了。

天亮后，吃过早饭，不一会儿，万寿寺的该班"哟哟！"地喊了几声，火器营的该班也"哟哟！"地喊了几声。喊声传到南宫门，崔大胆知道，慈禧已经在万寿寺吃完茶，歇过脚，很快就要来到颐和园了。他就在袖筒里揣上那只小猫，到宫门前牌楼后边站好，准备迎驾。

崔大胆放眼一看，今天清水泼街，黄土垫道，慈禧一行好像压地花山一样，顺着御道浩浩荡荡地朝北走过来了。轿过南宫门牌楼时，崔大胆一作揖，就听见"咕咚"一声，慈禧从轿子里滚落下来，摔在地上不省人事了！只见她浑身发青，脸无血色，四肢乱颤，嘴吐白沫，天灵盖上还凸起来一个鼓囊囊的肉包。一时间，随驾的大臣、太监和侍卫们，吓得个个惊慌失措，乱作一团。崔大胆看看自己的袖筒，那只小猫不知道哪里去了。

这慈禧太后到底是怎么回事？有的大臣说这大概是"闹祟惑"（指癔病），有的太监说可能是狐仙附体了。他们给慈禧又是弯胳膊，又是压腿儿，又是掐人中，折腾了半天，她还是躺在地上吐白沫。这时候，有一位大臣看见慈禧的天灵盖上有一个肉包，还直动弹，就用手一把揪住，大声问："快说你是谁？不说，我就用银钎子扎死你！"就见慈禧喷着白沫答话了："我说我说，你别扎我。我是华山的狐狸精，下界专为乱宫来的。你松开手，我就走。”大臣松了手，肉包不见了，慈禧长出了一口气，脸上渐渐地有了血色，两眼也睁开了。众人忙问：“太后怎么啦？”慈禧说：“我刚才好像做了一个梦，回去请人给我圆圆梦，看看是吉是凶。”说完，命令各归各位，匆匆忙忙地溜进了颐和园。

南宫门

这天晚上，崔大胆一个人坐在值班房里纳闷儿：太后“闹祟惑”，莫非是那狐狸精捣的鬼？正想着，又是一阵风，随着“吱妞”一声门响，二仙姑又进来了。崔大胆问她：“今天上午，看见你大姐了没有？”她说：“看见了。我见她脸上有晦气，将有大难临头，想附体壮壮她的胆子。不料，被人用手揪住，只好脱身出壳，跑回了华山。我的老母听说以后，对我说：‘你姐姐运数将终，恐怕要有大难。过几天，我让她逃回西安避避难，也就好了。’老母也没对我说姐姐有什么灾难。”说完，又刮起一阵风，二仙姑就没影了。崔大胆还在琢磨：到底会有什么灾难呢？

哼！你说有什么灾难？这庚子年八国联军进了北京，一把鬼火，烧毁了三山五园，连颐和园南宫门的牌楼也没有留下！慈禧太后那个狐狸精，搅乱了皇宫，招来了洋人，她逃到西安避了避难，就又回颐和园作威作福来了。

（讲述人：石宝芝）

玉泉源头哪里来

古时候，玉泉山下有一个洼窑村，村边有一个大洼坑。洼窑村的穷人，就靠在大洼坑里打鱼摸虾维持生活。

这个大洼坑里有一块棕红色的大石头，像一块木头似的，总在水面上漂着。天旱时水落，它也跟着落；天涝时水涨，它也跟着涨，人们就叫它水漂石。但是，谁也捞不到这块水漂石，走到跟前时就又看不见它了。

有一年，从南方来了一位年过花甲的老头儿，白头发，白眉毛，白胡子，自称是“三白老人”。他经常在洼窑村的大洼坑边转悠，瞅着水漂石摇头、搓手。有人说，他是专门到北京西郊这块宝地来探宝的。有一天，他病倒在洼窑村的街口，嘴吐白沫，鼻孔流血，好像得了不治之症。村里有个赵玉泉老汉，打鱼回来，遇到了三白老人。见他病得不能动弹了，就把他背回自己家里，让他在炕上躺好，又熬了一碗粳米粥，让他喝了。

说来也真怪，不知道他是压根儿就没有病，还是这碗粥比药还灵，反正三白老人高高兴兴地爬起来，又起身下坑了。他对赵玉泉老汉说：“你真是个心善的人，你把我背回家来，还给我熬粥喝。我要好好谢谢你。我老实告诉你吧，我是从南海普陀山来北方探宝的，大洼坑里的水漂石就是我要找的宝物。水漂石里有一汪清水，那是天宫仙露凝结成的，能够医治百病，解救危难。要想得到它也不难，单等到老牛到你家房上吃草的时候，你就能把那块水漂石捞回来。”

赵玉泉老汉觉得很奇怪，就问：“老牛怎么能到房上吃草呢？”三白老人反问他：“你怎么知道，老牛就不能到房上吃草呢？”说完，双手合掌，告别了赵老汉，就回南方去了。

对这件事，赵玉泉老汉左盘算右思谋，怎么也想不清楚。他跟老伴说：“这是不是神仙下界，给咱们家送宝来了？”

有一年夏天，连阴雨一气儿下了十几天。洼窑村沟满壕平，满街上跑鱼，赵玉泉老汉的两间破土房也给泡塌了。老两口没办法，只好在村北山根下掏了一间窑洞，暂时安身。

等到雨过天晴，大水也撤走了。赵老汉提起渔网，准备到大洼坑去打鱼。回头一看，从山坡上走下来一头老牛，在窑洞的顶上吃起青草来。赵玉泉猛地想起三白老人说的话，心想：这不是老牛到我家房顶上吃草来了吗？他收起渔网，给老伴打了个招呼，就到大洼坑去捞水漂石。

虽然经过了一场大水，那块水漂石还待在大洼坑里原地没动。赵老汉下水抱起水漂石就上了岸。这块红石头轻得像木头，软得像冬瓜，他回家用刀把它切开，正中心有一只玉碗，碗里盛着一汪清水，闻一闻喷鼻香，尝一尝甜津津，舀一勺涨一勺，总也喝不完。老两口高兴得不得了，就把水漂石和玉碗藏了起来。

邻居有个老奶奶病了，赵玉泉老汉让她喝一勺玉碗里的水，病就好啦！当村的人知道了，就称它是“神水”。这玉碗里的神水，治好了好多好多病人。三里五屯谁家的人有了病，都到赵老汉家来讨神水喝。

这件神奇的事，一传十，十传百，就传到了县官的耳朵里。县官要出高价收买这只玉碗，可是赵玉泉老汉说：就是搬来金山银山也不卖！县官发怒了，下令限三天之内交出玉碗！如若不交，就派兵抢宝，满门抄斩！

命令传到洼窑村，街坊四邻劝赵老汉不如交出玉碗，免得遭一场大祸。赵玉泉老汉铁了心，他说："不要说他一个小小的县官，就是玉皇大帝、太上老君的旨意，我也不从！脑袋掉了也不过碗大的疤！"

当天晚上，他把玉碗埋藏在山根底下，领着老伴到南海普陀山找三白老人去了。

到三天头上，县官带着一拨人马，来洼窑村抄家抢碗。见赵老汉已经逃走，就把窑洞里的破烂家具攒到一块儿，点了一把火，又在村里贴了一张追捕的告示，溜回了县衙。

自从赵玉泉老汉逃到南方去以后，在山根埋玉碗的地方就流出一股清泉来。这清泉细水长流，终年不断，清凉凉甜丝丝，非常好喝。更让人奇怪的是，这泉水穷人喝了又香又甜，富人喝了又苦又涩。洼窑村的人为了纪念赵玉泉老汉，就把这股泉水叫玉泉；这座小山，就叫玉泉山了。他们还编了一段顺口溜，说："玉泉山水苦又甜，喝水别忘赵玉泉。穷人喝了甜——不苦，富人喝了苦——不甜。"村里的人又请来石匠，把后边那两句词儿，刻在玉泉两边的山石上。

据说，后来清朝乾隆皇帝题写"天下第一泉"的御制碑时，把那两句诗从山石上凿下去了。不管怎么样，京西的老百姓喝到甜丝丝的玉泉水时，都会想起那位好心的赵玉泉老汉。

（口述人：陈文亮）

高亮和高亮河

明成祖永乐皇帝把京城从南京迁到北京，他想把北京建设得规模宏大、雄伟壮观，就命令军师刘伯温监修北京城。

刘伯温饱学多才，上知天文，下知地理，对相面、测字、看风水样样精通。在修建北京城破土动工那一天，刘伯温带领参加施工的大小官员，还有从各府州县征调来的能工巧匠和民工，共有几千人，举行了盛大的拜神仪式。什么火神爷、土地爷、财神爷，全都拜到了。他想，有了列位神仙保祐，修建北京城就会诸事如意了。

破土动工了，可是全北京城的水井突然都干啦！连一滴水也没有了，还怎么修城呢？刘伯温得到全城没水的消息，脑子一转，他才想起来：拜神仪式上忘记了拜龙王爷！准是龙王爷一生气，把全城的井水装进鱼鳞水篓，用车推起来奔玉泉山去了。

想到这里，刘伯温马上把大将高亮找来，吩咐说："你快骑马去追赶龙王爷，他把北京城的水都推走了。你追到水车，千万别跟龙王爷、龙王奶奶说话。你用枪把鱼鳞水篓捅破，掉头就往回跑。半路上不管发生什么事情，你都不要回头看！这一点千万千万要记住！"高亮说："我牢牢地记住，不回头就是了。"

高亮跨上战马，手提金枪，出了西直门，一阵风似的向西方追去。

过了双林寺，来到一个小村庄，高亮勒马向一位老年人施礼，问：“您见到一个老头和一个老太太推着一辆水车走过去了吗？”老年人说：“看见了！那老公母俩推车刚出村，奔西北方去啦！你看，脚底下不是有水车轧出的车道沟吗？”高亮低头一看，果然有两条很深的辙印。他谢过老年人，就顺着车道沟，奔西北方去了。

高亮又追到一个小村庄，在路口迷了路。他见老槐树底下一块大青石上坐着一位白胡子老头，就双手一拱，问道：“请问老者，您看见一个老头和一个老太太推着水车过去了吗？”白胡子老头说：“看见了！水车走到这个路口，那位老太太的裹脚布散开了，她还坐在大青石上裹脚来哩！那老公母俩推车奔西北去了。”高亮听完，一甩马鞭，那战马就撒起欢来，一溜烟奔玉泉山方向去了。

高亮又赶到一个村庄，街上满是泥水，路很不好走。他问走路的一位大汉，见没见一辆水车过去了？那位大汉说：“见到了！那辆水车走到水汪里误住了（指车轮陷在泥里，不能前进），还是我帮他们推出来的哩！这会儿，那老公母俩出村也不过二三里地远。”高亮一甩马鞭，又往前追去。

高亮又追到一个村子，也有人说水车在街里误住过，高亮直追到玉泉山下的一个大村庄，村口有一辆水车又让泥水误住了！那龙王爷和龙王奶奶正站在水汪里使劲推车。高亮催马上前，举起金枪就刺，把左边那个鱼鳞水篓捅了一个大窟窿，那清水哗哗地流了出来。

高亮掉转马头，拖着金枪，顺着原路往西直门跑。他不停地挥动马鞭，就嫌战马跑得太慢。他听到，身后边有哗哗流水的声音：离城越近，水声越大，好像大水就要把他吞了似的。但是他想起刘伯温的话，说什么也不往回看，只顾勒紧马缰绳往城里奔。

高亮骑马跑到城下的一座石桥上，已经看到，刘伯温正站在西直门那地方向他招手呢。他以为，现在已经大功告成，可以放心了，就回头一看。这时候，一个浪头扑过来，把高亮和他的战马都卷进旋涡里，不知道冲到什么地方去了。

高亮桥

高亮虽然死了，但是北京城的枯井里，又都涨出了水。刘伯温也抓紧时机，抢黑夜赶白天，调动能工巧匠修好了北京城。不过，北京城里的井水都是苦的！因为高亮用枪扎龙王爷的水车时，没有来得及桶破水车右边那个鱼鳞水篓，被龙王爷、龙王奶奶推到玉泉山，倒在玉泉里了。从此，那玉泉水就变成甜水了！

北京的老百姓，世世代代都忘不了高亮。为了纪念他，就把西直门外那座石桥，叫高亮桥。高亮赶水时，龙王爷的水车轧了两条车道沟的那个村子，就叫车道沟；龙王奶奶坐在大青石上缠脚的那个村子，就叫缠脚湾；玉泉山下龙王爷的水车被“误”住的那三个村庄，就叫南坞、中坞和北坞。高亮骑马回城的时候，拖着神枪在地上画出了一道深沟，沟里盛满了玉泉水，这条水沟就是金河，也叫高亮河。

直到如今，这些桥名、村名、河名，都还沿用着没有改变——老百姓还在怀念着为人民造福的高亮嘛。

（口述人：闫文禄）

天下第一泉

玉泉山上的玉峰塔，是一座非常美丽的塔。如今很少有人知道，玉峰塔下的玉泉水池里，还有一座半截塔呢！它的半截塔身钻出池底，淹在水里，雪白的塔尖露出水面，好像一只巨大的石笋从池底冒出来，还没露出全身就不长了。老百姓管这座怪塔叫镇海塔，又叫响闸塔。

老年人说，这座响闸塔是“镇河眼石”。可不能小看这半截小白塔！要是塔尖挂上了闸草，玉泉就会暴涨，大水流出去能够淹了北京城！但是，响闸塔的塔尖上，从来也没有挂过闸草，总是水涨塔就涨，水落塔也落。原来，塔底下压着一条黑龙，水一大，黑龙就驮着塔往上长，怕露出了塔的原形。就因为这条黑龙的保护，北京城才没被大水淹过。

有一年，乾隆皇帝来西郊观赏玉泉，看见了这座水中怪塔，听说了黑龙的故事。他想刨根问底，就传下御旨，把长河沿线的几十名闸工召集起来，限七天之内，把响闸塔挖出根基来，看一看到底有没有黑龙。

挖塔的工程马上就要动工了，闸工们放干了池水，清理了淤泥，一锹一镐地挖起来。挖呀挖呀，挖到第五层时，有个闸工在白塔的石臂上发现了八个字，刻写得端端正正，是“你不伤我、我不伤你。”工人们都放下铁锹，不敢再挖了，怕惹恼了黑龙，受到不好的报应。

乾隆听说有这八个字以后，心想：我是真龙天子，任凭你是什么妖魔鬼怪，谁敢伤我？就传下命令：不要管它，继续挖！

天下第一泉碑

闸工们又抡镐舞锹往下挖，挖呀挖呀，挖到第七层，眼看就要挖到塔座了，在白塔的石臂上又发现两行刻字，写的是："玉泉山下一泉眼，塔露原身天下反。"因为这两句话事关重大，就又奏禀皇上。乾隆闻听以后，大吃一惊，亲自到玉泉山来察看。他看这七级石塔，原来是一整块石头凿成的，塔形、高矮、粗细，都跟玉峰塔差不多。塔身石臂上的两处刻字，使他很伤脑筋。他想：第五层的字是一次警告，这第七层的字是要实施惩罚了。要是再继续挖塔，我的江山恐怕就难保了。

因为乾隆很讲迷信，就传旨停止挖塔，要把挖出的泥土沙石原封不动地填回去，又亲笔题了"天下第一泉"五个大字，刻碑立在玉泉的左边。他又请来和尚诵经三天，烧香还愿，祈求黑龙王赐福人间，保祐大清江山永世流传。

从那次以后，人们就说玉泉的水是圣水，能医治百病，那烧香还愿、磕头送匾，来讨求圣水的人们，也就一直没有断过。

（口述人：张宽）

远水解不了近渴

乾隆是个吃喝玩乐的皇帝。每天早晨起来，头不梳，脸不洗，头一件事，就是先喝一杯用当天运进皇宫的玉泉水烹的西湖龙井茶。

单说这喝早茶，有一次就出了岔子。那天早晨，太监送上一杯清茶。乾隆皇帝端在手上，一股香气扑鼻而来，茶液淡绿透明，芽叶亭亭玉立。他满心欢喜，品尝了一口，觉得不对味了，眉头一皱，“噗”的一声吐在地上。他满脸怒气地问秉茶太监：“这茶是玉泉山水烹的吗？”太监吓了一跳，急忙赔着笑脸，说：“真，真的是玉泉山的水，奴才不敢掺假。”皇上越发生气了，训斥说：“玉泉山的水色清，味甜，没一点水沫。这碗水用的是河水！”太监又说：“奴才用的确实是简老头送来的水。”皇上吩咐：快传简老头进宫，弄清真相！

这简老头，原来是玉泉山下北坞村的人，每天赶一辆水车进城，把玉泉水运到皇宫，供给御膳房用水。那一天，他看错了时辰，起身过早了，赶车到西直门，还没到开城门的时间，他就把水车停住，走进一家酒馆喝酒去了。

正当他慢悠悠喝酒的时候，忽然听见大街上有人喊：“骡子惊了！骡子惊了！他冲出酒馆，水车已经跑出去几丈远啦！等他拦住了惊骡，往水箱里一看，不由得吓出一身冷汗！原来，玉泉水已经洒出去多半箱。这可怎么办呀？要是再返回玉泉山去灌水，那耽误了皇上喝早茶，就是犯了欺君之罪！性命也难保了。逃跑吧，哪里跑得出乾隆的皇家大院？一急之下，他想出了一个以假代真的办法：何不到高梁河灌一车河水呢？那水也是玉泉山流过来的呀！他把水车赶到河边，灌满了水箱，进了西直门，把水送到皇宫，就返回来往家走。

简老头赶着空水车，慢腾腾地出了城。一边走一边嘀咕：老天爷保佑，千万别露了馅呀！还没走到高梁桥，就听见从远到近响起了一阵马蹄声。他回头一看，一位太监从高头大马上跳下来，用绳子往他身上一套，就捆绑起来，把他逮走了。

一路上，简老头吓得战战兢兢，心里乱成了一团麻，左思右想，想出了一个对付的办法。要是这一招不成，只好挺着脖子等杀头了。

进了皇宫，内务府郎中亲自审问。简老头闭口不答，一口咬定非要见到皇上，才能如实招供。因为他想：阎王爷好见，小鬼儿难搪！弄得好，皇上也许会饶了他这一遭，躲过一场大难。

乾隆还真是破例地召见了他。

皇上亲自问简老头："奴才今天送的是玉泉山的水吗？"老头如实禀报："不是。"乾隆又逼问："为什么不送玉泉山的水？这是欺君枉上，你知罪吗？"

简老头跪在那里不敢抬头，说："奴才罪该万死！奴才本来是送的玉泉水。半路上骡子惊了，泉水洒掉半箱，奴才就灌了点高梁河的水。"皇上又问："为什么不回玉泉山灌水？"老头说："奴才怕耽误了万岁爷喝早茶。玉泉山的水甜，可远水解不了近渴呀！"

乾隆一听，这老头是为了赶上他喝早茶，忽然可怜起这个老头来啦，气也消了一大半。他觉得"远水解不了近渴"这句话挺有意思，就自言自语地重复了一遍："玉泉山的水甜，可远水解不了近渴！"

简老头听皇上讲了这句话，赶紧接着说："谢主隆恩！奴才再也不敢掺河水了！"

那时候，皇上是金口玉言，话一出口，就不能收回了，他既然说了“玉泉山的水甜，可远水解不了近渴”，就说明他已经宽容这一次在玉泉水里掺河水啦！便趁势饶恕了简老头，打发他出了皇宫。

以后，北京西郊的人，在说到“远水解不了近渴”的时候，还会记起那位聪明机智的简老头来。

（口述人：姚振）

样式雷与佛大殿小

京西玉泉山西坡之下，有一座砖石结构的佛殿，为静明园一大名胜，伏地百姓叫它“佛大殿小”。提起“佛大殿小”，还有一段“样式雷”的传说哩。

说的是大清国乾隆年间，乾隆爷要在玉泉山西坡下建一座大殿供佛。工程本来是由“样式雷”——雷金玉承包的，可那时候正赶天旱无雨，京西北坞一带的老百姓，十寒九贫，老百姓都快饿死啦。为了救济穷人，雷金玉以工代赈将工程转包给了北坞村的一位包工头，工程费用一文不扣，但雷金玉要求参加建设的瓦匠木匠，必须是二十来岁的小青年，以工代学，边干边学，工程完毕，要培养出一批合格的瓦木匠。这叫救人以财，不如授人以艺，包工头何乐而不为，便高兴地答应了。但他也担心以干代学的乡亲后生们不能顺利完成任务。

工程接下来以后，包工头便带着一帮经过挑选的小青年来到工地，边规划边合计：工期一年，这冬三月加上春节就占了一百天，只有日夜加班才能如期完工。因此，要求大家要出活快，尺码准，千万不可忙中生错。

没料到忙中还是出了错，一位小木匠在师傅上茅房的工夫，就看错了尺码，愣是把大柁锯成了两柁。这事情要是嚷嚷了出去，谁也吃不了兜着走。于是，大家在一起商量对策：有人提出打箍接托再披麻裹漆；有人说，那不行，上面的重量压下来，工程完不了就得露馅儿。结果，大家还是张飞拿耗子——大眼瞪小眼。

包工头走投无路，只好硬着头皮到海淀镇“样式雷”家讨教高明。“样式雷”一听大柁给锯短了也是大吃一惊，但家丑不可外扬，凭着自己的施工经验：人不能让尿憋死，便随着包工头来到玉泉山工地，在木料场绕了三圈，看了量，量了看，心想：岂止是大柁锯错了，柁木檩件的尺寸整个是猴吃麻花——满拧。怎么办？他大声笑道：木料不要，砖石改料。砖多石小，佛大殿小。说完了，将包工头叫到一旁，如此这般地面授机宜，包工头耳听口问，连连道好。

结果，你猜怎么着？工程如期完工，一座没有一根木头，完全是砖石仿木结构的大殿很快就建成了。因为大殿没有梁，屋顶是发券而成，所以叫无梁殿；又因工料是为着大佛的身量准备的，看起来给人一种佛大殿小的感觉，人们又管它叫“佛大殿小”。

据说，无梁殿竣工时，乾隆皇帝参加大佛开光典礼时还问过为什么大殿没有梁，“样式雷”回答：因为供奉的佛叫无量寿佛，他是大殿的主人，所以设计了无梁殿。乾隆皇帝也曾问过，为什么这座无梁殿显得佛大殿小？“样式雷”是这么回答的：“我主万岁！这格局就是按佛大殿小设计的。因为老佛爷佛法无边，至高无上，这叫佛大欺殿呀。”乾隆皇帝听了这话，心里乐滋滋的：是呀，怪不得臣民都叫我乾隆老佛爷呢！

“样式雷”不仅用自己的仁慈之心救活了一批穷人，培养了一批瓦匠、木匠后辈，还用智慧和机敏解救了一场“欺君之罪”的大难。

（口述人：何福泉）

从水师营到火器营

康熙皇帝在热河行宫附近，建立了一个青龙水师营，有龙兵三千，兵士全是从广东、福建沿海一带招募来的。到了乾隆年代，水师营的兵士们，在都统尼马善的率领下，天天操练武艺，演习水战，也算得上一支很有战斗力的队伍。

但是，这支水师营却被乾隆皇帝给遣散了。

原来，当时的权相和珅，很受皇上的重用。正是这位和珅，跟尼马善有矛盾，想方设法要把尼马善除掉。有一年，乾隆想到热河行宫去检阅青龙水师营。和珅就对他说："水师营都统尼马善久有谋叛之心，为了预防不测之事发生，最好不要前去。"乾隆不信和珅的话，还训斥他是"庸人自扰"。

乾隆一行人到了热河行宫以后，和珅就暗地派人在阅武厅的立柱上，用枪打进了三粒锡弹。当乾隆来到阅武厅检阅时，尼马善率领几千名水师营的官兵，乘战船在水面上摆开阵势，人人箭上弦刀出鞘，非常威武。这天雾气很大，当金鼓齐鸣，礼炮轰响，开始检阅时，大雾越来越浓，几步开外就看不清人影了。尼马善精心督战，在浓雾中一会儿演习水战，一会儿演习炮击。就在演习抬枪射击的时候，和珅急忙走到皇帝面前跪下，说："启禀我主万岁，大事不好！有人图谋行刺！"乾隆吓得一惊，忙问：“何以见得？”和珅指着大厅的立柱说：“有几粒子弹射到柱子里去了。”乾隆走近一瞧，果然有几颗枪弹打进楠木柱子里去了。乾隆当下就宣布停止演习，把水师营撤走。

尼马善刚刚挥旗传达完停止演习的命令，就被五花大绑押送到皇上跟前。情况是那么紧急，没有容尼马善分辨，这个对皇帝忠心耿耿的都统，就被推出斩首了。不久，为了预防发生兵变，几千名水师营的校尉兵士，也被遣散回家了。

乾隆下令解散了青龙水师营以后，营房也全被拆毁，全部柁木檩条、砖瓦石料，都运到北京西郊，要在清漪园西南一带，建立火器营。火器营八旗营房的修建工程，是由北京城里一家营造厂的李掌柜承担的。画好的图纸设计，占地好几千亩，北起玉泉山，南至田村，东起清水河，西到旱河，得好几千户汉族农民失去土地，离开家乡，势必造成很大的灾难。北坞、中坞、小屯等许多村庄的会头联合起来，带领流离失所的农民，到城门楼下跪地请愿，恳求朝廷开恩，改地建营。

但是，他们跪了三天，也没人理他们，修建营房的工程照常进行。这时候在城楼下走来一位银发老人，对跪地请愿的会头说：“你们跪在这里，皇上也看不见你们。眼看就要四月十五了，按例皇上要到香山去避柳絮，你们到那里去递奏折，也许有条活路。”会头们一听这话有理，就在四月十五这天，跪在玉泉山西边香山御道上，拦住御辇，喊冤诉苦。这天，那位银发老人也来了，就跟会头一起去见皇上。乾隆问：“你们有什么苦处，快讲给我听。”会头把请求皇上开恩改地建营的话说了一遍，乾隆说：“建盖火器营八旗营房是军国大事，哪能为了几户百姓而改变大计？快快退下去吧！”会头再也不敢吭声了。那位银发老人跪在一旁，振振有词地说开了：“启禀万岁！建盖八旗营房是件大事，一定要看风水。八旗兵是从龙入关的，是真龙天子的护卫精兵，所驻营房必须靠近水流。田村、旱河全无水源，如果硬要在那一带建营，恐怕日后会有龙搁浅之患，这于皇家很不吉利。以小民愚见，不如把八旗营房全都建在蓝靛厂的清水河边，这小河发源于玉泉山，水势旺盛，清澈见底，是块风水宝地；地区虽然稍嫌狭小，但可以八旗并一营，官员兵丁聚居一起，便于操演习战，正符合皇上训练士兵之心愿。小民的禀奏。实在是出于对皇上的忠心，乞万岁爷定夺。”

乾隆皇帝见这个银发老人说得头头是道，也合乎他的心意，就降下圣旨：在长河西岸、蓝靛厂后边，建盖火器营八旗营房。

这一带的农民免除了一场灾难，可那个承担建造营房的李掌柜，急着要把四处的砖瓦木料往清水河搬运，因为工程量太大，限期又短，结果把他给急死了。李掌柜的坟就在蓝靛厂西边，并立了一块汉白玉的墓碑，墓碑很高，当地老乡叫它小白塔。直到四十多年前，日本人在西郊修飞机场，才把这座小白塔给拆毁了。现在，火器营的村名还存在，八旗营房的旧址还能辨别清楚，但是在乾隆三十五年以后修建的官庙、炮甲连房、演武厅和虎皮石围墙、随门平桥，已经找不到踪迹了。

（口述人：闫文禄）

妙云寺的传说

玉泉山西边不远，在通往香山大道的南侧，有一座残破的古庙，这就是妙云寺。庙里有两块石碑，碑上一个字也没刻，人们叫它无字碑。古庙的南墙外，有一座白色的小灰山，孤零零地堆在开阔的平地上。小灰山南边是一座古坟，看样子早就被人盗过了。

关于这妙云寺、无字碑、小灰山和古坟，还有一连串的传说哩！

在乾隆坐天下的时候，皇宫里有一个姓曹的妃子，很受皇上的宠爱。曹娘娘有个兄弟，叫曹国泰，仗着皇家的权势，为非作歹，欺压百姓，是一个人人骂的浪荡公子。

有一次，曹国泰骑马逛香山，在玉泉山西边的御道北侧，看见了一块石碑。他勒马抬头一看，上面刻着几行碑文，写的是：

九缸十八窖，
不在北道在南道。
过路行人念三遍，
念出金银修座庙。

曹国泰财迷心窍，就连念了三遍，想真的念出金银来。可是他念了九遍，还是连一个银锭子的影儿也没看见。曹国泰就请随行的清客多念几遍碑文，帮助他出出主意，一定要把金银弄到手。有个清客反复默念了几遍以后，对曹国泰说："据我猜度，碑文的真意是：在这条御道的南侧，埋藏着九缸十八窑金银；若是有人发了善心，捐款在路南修建一座庙宇，就会挖出那座银库来。"曹国泰觉得清客说得在理，也忘了去逛香山，掉头回城，备钱买地，筹备修庙的事去了。

修庙的工匠们在挖根基的时候，一镐抡下去，正好刨到一块石板上，清理掉石板上的泥土，原来是块小石碑。曹国泰听到消息，让工匠把石碑擦洗干净，就露出了几行小字：

九缸十八弯，
你要半缸半窑，
我要半缸半窑。
切莫人心无已蛇吞象，
不然脑袋掉。

曹国泰一心想着金银，不管它什么"半缸半窑"，也没想掉不掉脑袋。他命令工匠快把小石碑挖出来。等刨出小石碑以后，就看见有一个大石槽，里面放着二十七个瓷缸，九个圆形的，十八个方形的，里面盛满了白花花的银子，这就是石碑上说的"九缸十八窑"。曹国泰看见这么多银子，把眼都急红了，马上下令，就把二十七缸银子运回自己家里。

这时候，那位清客就上来阻止说："公子不要着忙，你仔细读一读碑文，那上面的话，不可以不看，不可以不做啊！"国泰根本不把清客的话放在心里。他说："不就是有人想分我一半银子吗？那是'做梦娶媳妇——想好事'哩！还说要我掉脑袋，谁敢呀？"清客见他不听劝告，仗着皇帝老儿的势力，要起威风来啦，也就不再言语了。曹国泰把手一挥，叫人赶快把九缸十八窑银子，运到城里家中，自个儿独吞了。

银子运走以后，修庙的工程加紧进行，不到一年的工夫，一座像样的庙宇就建立起来了。还是那位清客给这座庙起了个名字，叫妙银寺，也有人叫它妙云寺。

曹国泰修妙银寺发了一笔横财，真是烈火烹油，财势两旺。没过半年，乾隆皇帝又给他加官晋爵，封他为山东巡抚。他往来于京城和济南之间，上欺君主，下吃黎民，竟然成为京都有名的富豪。可是，善有善报，恶有恶报，正当曹家添油拨灯的时候，飞来了一场意想不到的灾难。

那一年，乾隆皇帝降下御旨，要把香山碧云寺一带的泉水引进京城，开挖一道泄水河：从香山经普安店、小屯村、双槐树、三里河，经过护城河，再流入潞河。当挖河工程进展到小屯西禅寺时，出现了一段沙层，沙层越挖越多，工程只好停了下来。乾隆是很讲迷信的人，他要亲自来察看风水。他到现场一看，就说这是藏在地底下的一条沙龙，龙尾西起翠微山，龙腰在西禅寺，龙头就在妙云寺。这黄沙就是黄龙的腰身，黄龙已经延伸到玉泉山的西边了，如果龙头伸到天下第一泉，修建妙云寺的施主家，就会有贵人出生，出现真龙天子，威胁爱新觉罗氏的皇权统治。为了破妙云寺的风水，避免天下大祸，下令在妙云寺南墙外堆起一座灰山，把黄龙烧死。这样做了还嫌不够，乾隆又在庙里竖起了两块无字碑，说这叫“瞎碑”，代表黄龙的双眼也被石灰烧瞎了。这条黄龙先瞎后死，再也不能往玉泉山爬了。

乾隆听说妙云寺的庙主是曹国泰，就对他有了几分戒备，想找碴儿煞一煞他的气焰。

曹国泰自从当了山东巡抚以后，干的坏事更多了。济南城里被他迫害的冤主到处都是。虽然不少人也曾到京城告他的御状，可因为有曹娘娘在皇宫里替他保驾，谁也没有伤他半根毫毛。

济南城有一个不满三十岁的寡妇，名叫妙母，是远近有名的美女，她只有一个十二岁的男孩，叫左连城，跟他一起过着苦日子。一天，年轻寡妇在临街泼水，正好曹国泰坐轿打这儿路过，他挑帘一望，马上看中了妙母娘，就吩咐差人进门抢人，把妙母娘塞在轿子里回衙去了。可怜妙母娘在曹家横遭污辱，没过几天就悬梁自尽了。

小小的左连城，哭天天不灵，叫地地不应，一狠心讨饭来到北京城，要找皇上告御状。一天，他走到护国寺门前，见这里红墙黄瓦，高门大户，以为是皇宫，就跪在庙门口，等着拦轿喊冤。这护国寺的老和尚名叫伽陵，是乾隆皇帝的替身，他出门有事，遇到了跪在当街的左连城，看他眉清目秀，满脸泪水，就上前问他。连城见这个人身高体大，身披红袍，以为是个大官，就连叩三个响头，一边哭一边说："我是山东济南府人，母亲被曹国泰抢走害死了，我要为母亲报仇，上京告状来啦！"伽陵和尚一听，很赏识这个小孩子的胆量，再说他对曹国泰欺压百姓的罪行早有耳闻，就想帮这孩子出口气。老和尚把连城带回庙里，对他说："那曹国泰有权有势，恐怕你惹不起他。"连城说："我人小，可有理走遍天下；他官大，无理也寸步难行！"和尚见他人小志大，就答应给他写状子，呈递给皇上。

第二天，老和尚叫连城打扮成自己的书童，带他进宫。老和尚让连城参见了"刘罗锅子"刘墉，对他说："这是跟刘大人同吃一山果、共饮一河水的山东小儿，到大人面前喊冤来了。"说完就把状纸呈了上去。刘罗锅子对连城说："你一个小小孤儿，怎么敢告曹国泰？你不怕杀头吗？"左边城连忙跪在刘墉的脚下，说："刘大人，咱们山东自古出名将，如今又有了您这么一位铁面无私的丞相。俗话说：好汉护三村，我是您老家来的一个孤儿，请刘大人为小民做主！"刘罗锅子被这孩子一激，又见他说得头头是道，就把他搀扶起来，把状纸收好，一甩袖子上朝告状去了。

这天，乾隆皇帝坐在金銮殿上，宣布退朝，文武百官都走了，只有刘墉还跪在地下不动，皇上问他有何事？刘墉就承上奏折。乾隆读完，就提笔写下一道圣旨，派刘墉到济南府查办。他想借刘罗锅子的手，把曹国泰整治一下。

刘墉带着圣旨和状纸，马不停蹄，来到济南府。地方官员全到巡抚衙门迎接皇上派来的钦差大臣。刘罗锅子宣读完圣旨，就问曹国泰："你身为朝廷大官，为什么强占民女，害人性命？"这曹国泰也不是好惹的，顶撞说："刘大人凭空诬人清白，你有何证据？"刘罗锅子使了个巧计，用状纸盖着圣旨一起递给曹国泰。姓曹的连看都不看，接过来是"嗤"一声撕成了两半，扔在地下。刘罗锅子猛喊一声："大胆！你敢撕毁皇上的圣旨，该当何罪？"因为圣旨被他撕破了，只好跪下来束手就擒。刘罗锅子当下就宣布，曹国泰撕毁圣旨，该当死罪！派人把他推出衙门斩了。

曹国泰被杀的消息传进皇宫，曹娘娘哭得泪人似的，就挑拨离间，怂恿皇上处死刘墉，以报杀弟之仇。乾隆想：我原想让刘墉惩戒曹国泰一下，也没让他杀人呀！就答应曹娘娘，等刘墉回朝后再跟他算账。

刘墉办完了曹国泰一案，就上朝复命。皇上问他为什么杀曹国泰？刘罗锅子先是历数了曹国泰的十条罪状，又反问："这撕毁圣旨该当何罪？"皇上说："自然是死罪！"刘罗锅子马上呈上被撕毁的圣旨，皇上一看，有话也说不出来啦！他说："刘爱卿，你真是厉害呀！"他心想：除掉了曹国泰也不是坏事，曹家想篡夺皇位的隐患也可以消除了，于是就宣布退朝。

乾隆回到后宫，又被曹娘娘缠住了。皇上没办法，只好答应为曹国泰举办隆重的葬礼。曹国泰的坟就在西郊妙云寺的南边，离小灰山不远，宝顶很大，据说，随葬的还有九缸十八窖金银哩！

（口述人：杨浩）

顺治出家

福临三岁登基当了皇上，就是顺治皇帝。因为朝中大事，都由他的叔父摄政王多尔衮料理，顺治过得倒也轻闲自在。十几岁以后，他开始亲理朝政。千件万件的军国要事，弄得他头晕脑胀；左一宗右一桩的皇族内部纠纷，也使他伤透了脑筋。他真想躲得远远的，过几天清静舒心的日子。一天，退朝后，他心烦意乱，就化装成一名普通百姓，骑马出城，直奔西山而去。在山坡一座大庙的山门上，写着一首闲诗，引起了他的注意。仔细一看，写的是：

朝臣待漏五更寒，
铁马将军夜度关。
山寺日高僧未起，
算来名利不如闲。

下款署名是“山中散人”。顺治从头到尾念了一遍，觉得诗虽然写得不算文雅，可是讲的道理发人深省。在返回皇宫的路上，他还一句一句地品味，越思想，他越觉得山僧的生活倒是很不错的。顺治回到宫中，吃罢晚饭，早早就睡觉了。

第二天，日出三竿了，文武大臣在金銮殿前等了一个时辰，还不见皇帝上朝。有人推开皇帝的寝宫门，喊了几声“万岁爷”，也没有人回应。龙床上缎被叠得整整齐齐，皇上却不见了。后来人们在书案上发现一张纸，压在茶杯底下，纸上写着四行字，是：

我本西方一袈裟，
为何生于帝王家？
天下万事纷纷扰，
不如空门补破衲。

纸是宫中的宣纸，字是皇上的手迹，这四行诗分明是说：皇上看破红尘，不愿意再当皇帝，远离京城，遁入空门去了。

皇后听说皇上出走的消息，哭得死去活来，她要派人赶快四处寻找。但是，天下的寺庙有千千万万，到哪座庙里去找皇上啊！还是皇后细心，她从皇上题诗中的“西方”二字，推想出皇上出家的庙宇，不在西山就在山西，反正是在京城以西。于是就派出两支人马：一支到山西五台山，一支到北京的西山，去寻找当今皇帝。但是他们踏遍了上千座山峰，搜过了几百座古寺，连顺治皇帝的人影也没看见。朝廷没有办法，只好按顺治留下的诏书规定的，由他第三子玄烨继承了皇位，这就是康熙皇帝。

顺治皇帝到底哪儿去啦？他还真的是出家当了和尚。他自从离开了皇宫，就来到西山的一座古庙里。这座山，因为每夜子时常有几朵红莲花开放，就叫红莲峰，山腰里的那座古庙就叫红莲寺。顺治在红莲寺里专心修行，饿了就采摘山中的野果吃，渴了就喝几口老爷泉的清水，困了就倒在石榻上睡上一觉。生活虽然清苦，但是再也不会遇到皇宫里那些叫人心烦的事了。

不巧，有一天一个孕妇路过红莲寺山门时，摔了一跤，在门洞里小产了。顺治怕修行得来的佛性让妇人的血污给冲跑了，就离开红莲寺，来到十几里外白莲峰上的白莲寺。他在这里更加勤修苦练，每天鸡叫就起身，抱起一块大石头，从山顶滚到山下，再从山下抱到山顶。这样不知往返多少次，也不知度过了多少个寒暑。顺治的脚累肿了，手磨破了，滴滴鲜血染红了山坡，终于把那块大石头磨成了一个碗口大的石球，顺治的佛性也修炼成功了。

顺治皇帝炼成真佛，坐化在白莲寺，人们管这座肉胎佛爷叫“魔王老爷”。顺治修行时鲜血染红的那道山坡，当地人叫它“老爷坡”。“魔王老爷”的佛头是朝东南方向偏着的，因为他在坐化时没有割断凡心，一直歪着头朝紫禁城那边看。

（口述人：杨浩）

御血石

西山过街塔门洞的西边，有一块半亩来地的空场，乱石杂草里边，竖着一块乾隆十年立的半截碑。从残缺不全的碑文看，记载的是西山一百〇八座煤窑，捐钱重修庙宇的事情。据老人们讲，在这块空场上，过去有一座小庙，供的是一块黑色的煤石。煤石上有几行红字，那是康熙用自己的血写成的，所以这块煤石就叫“御血石”。

为什么在西山顶上修了一座石佛寺，又在寺里供奉御血石呢？

这里有一段康熙私访的故事。

明朝有个昏庸无道的皇帝，他怕农民造反的队伍围困北京，到冬天没有煤烧，就想在景山一带大量储存煤炭。他传下圣旨，有钱人可以开设私营窑厂，随意开采西山的煤矿；不过，采出的煤必须全部给皇家，运到景山，不得私自出售。在西山挖煤是赚钱的买卖，不到一年，在过街塔周围就开办起了几十家小窑厂。

西山的煤呀，大车拉，小车推，骆驼驮，源源不断地运进京城，堆在景山，人们就把景山叫作“煤山”了。

西山煤厂的窑主们，赚了皇帝佬儿白花花的银子，一点也不管窑工的死活。在坑道里干活很不安全，三天两头地塌方呀，爆炸呀，砸死的人、熏死的人，那就没数啦！俗话说：“入窑一千，出窑五百”嘛！砸断了胳膊、折条腿，变成了一辈子的残废，那还算是幸运的哩！哪一个窑工不是面黄肌瘦，皮包骨头啊！这些窑工实在受不了这份罪了，大伙互相串联商量，抱成团儿，齐了心，在一天夜里，全都逃下了西山，各回各家，另谋生路去了。

西山上人走窑空，出不了煤，皇宫的煤山也推不起来。皇上又想出了新花招，他规定："凡是各类罪犯，愿意到西山挖煤的，可以不蹲监狱，纵然是死罪也不再追究。"这样一来，远远近近的罪犯，为了活命，都跑到西山来当窑工了。窑主和皇家串通一气，为防备窑工逃跑，就把他们关在煤窑里干活；只要进了窑门，你就别打算活着出来！这就是惨无人道的"关门子窑"。

到了清代，还是不断往景山运煤，由罪犯当窑工的这种关门子窑，还有不少。有一天，康熙皇帝听说西山有关门子窑，在那里把人当牲口使，像是人间地狱，就想亲自去看个究竟。他打扮成普通人，骑马来到西郊，登上西山到过街塔私访。他随着几个新来的罪犯进了窑，不由得吃了一惊：一股股死人烂肉的臭气，熏得他直捂鼻子；举起小石灯一看，坑道边上尽是一根根大腿骨和脑瓜瓢儿。康熙心里发怵了，他想：这些死去的人，都是我大清国的百姓，我这当皇上的也不光彩呀！我要赶快回紫禁城，第一件事就是降旨封闭关门子窑。

康熙提着小石灯往入窑口爬，但是他忘记了这是"关门子窑"，是只许出煤、不许出人的！窑工们吃喝拉撒睡都得在煤窑里边，不准离开半步。康熙还没爬到窑门，就挨了一鞭子，被一脚丫子踢得滚了下来。怎么办呢？他想写道圣旨，让大臣快来救他。可是煤窑里哪儿来的文房四宝，又有谁能替他传圣旨呢？他看到旁边有一块大煤石，就想出了主意。他一狠心，用牙咬破了中指，用一滴一滴的鲜血，在煤石上写了几句诗：

真龙被困关门窑，

过街塔下好心焦。
血染煤石传圣旨，
快快还我大清朝。

落款是“康熙御血题记”。写完血字，康熙就晕倒了。他生在皇宫，长在皇宫，从小娇生惯养，锦衣玉食，哪到过这种苦地方啊！

再说皇宫里找不见皇上啦！大臣们急得抓耳挠腮，六神无主，赶忙派人四处查巡。忽然在景山发现了一块写着血字的煤石，才知道皇上被困在西山关门子窑里边了。朝廷就火速发兵，直奔西山。八旗护军砸了窑厂，抓了窑主，捣了窑门，从坑道里救出了康熙皇帝。康熙传下圣旨，要永远封闭西山的关门子窑；对那些罪恶多端的窑主，该收监的收监，该杀头的杀头；取消罪犯当窑工的旧例，由皇宫派专人开办官营窑厂。

打这儿以后，西山关门子窑取消了。人们就在过街塔西边，开辟了一块半亩地大的山场，修建了一座石佛寺，把“御血石”供奉在正殿。你可别小看了这座小庙，过去它的香火还挺盛哩！

（口述人：李永顺）

香山小行宫

香山静宜园南墙外，早先有一座宝相寺，因为乾隆帝常到那里去，当地老乡就叫它“小行宫”。

乾隆皇帝为什么在这里修建一座“小行宫”呢？

原来，乾隆信奉佛教，曾经带着皇太后三次到五台山进香朝拜。但是五台山离北京太远，为了省得长途跋涉，就想在香山进佛。他还编造了一个理由，说是五台山是在京城的西边，香山也在京城西边，在香山做道场，还不是跟在五台山做道场一样吗？到五台山一趟就是一千多里地，几年才能朝拜一次；到香山只有三四十里路，一年能朝拜几次，这不是对虔诚的佛爷更方便一点吗？他打定了主意，就派大臣到香山去看风水，选定修建佛寺的地点。大臣禀报说：静宜园东边凤凰山的风水很好，最适合修庙。皇上准奏以后，就传旨让这里苗子营拆房迁村，准备动工了。

消息传到苗子营，苗族佐领着了急，因为苗人以山为命，若是迁到山下平地，苗民生活很不习惯。佐领把全寨苗民召集到一块，商量对付的办法。大家坐在一起，一个个都是“打闷雷”，谁也说不出好主意来。有一个壮年人提出来：不管他圣旨不圣旨，就是不搬家！若是派兵来驱赶，大伙就抱成团儿，跟皇家拼命！佐领说：这是自讨苦吃，好像鸡蛋碰石头，死路一条。说来说去，谁也无计可施，人人愁眉苦脸，好像大难就要临头了。

这时候，有一个小伙子站起来，对大伙说："众位父老，我倒有一个办法，能不叫皇上在凤凰山修庙。"大伙一看，说话的原来是牛生。这牛生只有十五六岁，因为刚出生的时候，哭起来像鸟叫的声音，就起名叫"鸟声"。后来，他光爱到树林子里听鸟叫、学鸟叫，学得非常像，就跟真的鸟叫一样。长大以后，他嫌"鸟声"不好听，就改成了"牛生"。佐领听牛生说他有办法，就忙问他有什么计策，他说："皇上该到香山避柳絮来了，趁他到石敞厅观舞的时候，让他听鸟叫，改变修庙的地点。"大家觉得，反正也没别的办法，就让牛生试一试，也许能管用。

过了几天，乾隆皇帝真的到香山来了。他降旨说：要在石敞厅观赏苗民歌舞，还要款待苗民，以示关怀。这天，皇上的心气很高，不住地称赞芦笙吹得好听。这时候，南山树林里传来鸟叫："割谷，割谷，割谷割谷！"乾隆觉得好听，就问："这鸟声是什么意思？"苗民佐领说："布谷鸟是说：我苦，我苦，不要动土！"乾隆马上听懂了佐领的意思，是想阻止我在凤凰山修建寺庙。他皱了皱眉，举杯喝了一口酒，又去观赏歌舞。这时候，又传来一声鸟叫："嘎嘎！哈哈！"乾隆一愣，问："这是什么鸟叫？"佐领说，"这是夜猫子（猫头鹰）！"皇上又问："是吉是凶？"佐领知道乾隆很迷信，就说："夜猫子是不祥之鸟，都是黑夜出来活动，现在它白天出来乱叫，那不是叫，是在笑。山里人有句俗话：不怕夜猫子叫，就怕夜猫子笑！这可是凶上加凶呀！"

皇上一听，心里直嘀咕，也没心思观赏苗民歌舞了，把手一挥，让舞班撤走了。接着又传下圣旨："建庙工程暂停，另选风水吉地。"佐领一听，心里乐开了花，当下双膝下跪，在场的苗民也一齐跪下，齐声高呼："谢皇上恩典！"

乾隆让大臣选择了石敞厅西北一块山地，建造了宝相寺，这就是“小行宫”。

苗民都知道，那布谷鸟和夜猫子的叫声，就是牛生学的鸟叫。他们说：是牛生救了咱苗子营！

（口述人：郎志广）

健锐营护驾有功

香山健锐营的旗人有句俗话："文进翰林武当辖，不文不武做专大。"学文有出息的可以进翰林院，学武有成就的可以做皇帝的侍卫，文武都不行但是有功也能在旗营里当个小官，即"专大"。

光绪庚子年间，八国联军侵占北京，慈禧太后便带领光绪皇帝、隆裕皇后、王公大臣和八旗官兵，从颐和园仓皇出逃，最后奔向西安。一路上遇到说不尽的艰难险阻，吃了不少苦头。香山健锐营的一支精悍队伍担负着陪銮护驾的差使，成为太后很贴心的依靠。

当慈禧太后逃到河北省怀来县地界时，阴云密布，下起了瓢泼大雨，泥泞的道路被雨水淹没。有一段二三十丈长的大路，积水有拦腰深，阻挡住了去路。慈禧太后的轿子停在路上，也寸步难行。这前不着村，后不着店，连当地的人影儿也看不见。搭桥吧，上哪儿找木料？找船吧，这山区哪儿来的摆渡船？

在万般无奈的情况下，健锐营的哥搭（翼长）跪在太后的轿子前，献上了渡过水路的计策。太后首肯同意后，翼长从健锐营挑选了"八九七十二个"矫健灵活的年轻八旗兵。其中四十八人站在深水中，胳膊挽着胳膊，形成一道坚固的人墙，防止雨水下泻。另外二十四人分做两排，左右两边支撑，把太后的轿子高高举起超过头顶。由翼长高声有节奏地喊着号子，一步一点，一点一步，四平八稳地把太后抬出了水路。当天就顺利地赶到了怀来县县城。

转眼之间到了辛丑年，被慈禧太后委派留在北京的奕劻和李鸿章，与八国联军签订了《辛丑条约》。慈禧太后回到了北京，她专门召见了健锐营的翼长和七十二位护驾有功的八旗兵。太后对八旗兵说："你们都想要个什么官儿啊？尽管提吧！"这些人一听要当官，就大眼瞪小眼，无言以对。他们平时都是提笼架鸟的闲人，根本就没想过当官的事，一时都被问得愣住了。还是翼长见过世面，他对太后说："尊敬的老佛爷，我们香山健锐营有句俗话：文进翰林武当辖，不文不武做专大。您就看着赏吧！"慈禧太后说："既然你们领了翰林、辖、专大，我就按功行赏啦！领队喊号子的翼长到翰林院当翰林；四十八个搭成人墙的到颐和园当差，负责安全保卫；那二十四个举轿子的就在旗营里当专大吧！"听到太后懿旨，健锐营八旗兵丁齐声叩谢老佛爷，就回香山来了。

（口述人：张振明）

弘教禅林刻石

香山东麓有一道山梁，名叫万安山。山上过去有一座破旧的古庙，山门倾废，墙倒屋塌，景象破败。可这里山场宏大，刻石很多。现在还有两通石碑：一通是“奉旨示禁碑”，说的是顺治皇帝传旨，不让满汉人等在这一带打柴放牧；一通是顺治给慧枢和尚题写的“敬佛”二字。这都是清代法海寺的遗物。紧靠山边有一块巨大的摩崖刻石，上边题写着“弘教禅林”四个雄浑苍劲的大字，旁边还有“下下人为上上人”一行小字，下边署有“一庵”的题名。这个“一庵”是什么人？这块刻石是哪朝哪代的题字？当地有一段传说。

相传这座古庙，在明朝的时候叫弘教寺。住持和尚是当时的一位大书法家，他手下有大小和尚一百多名。其中有一个长满癞头疮的小和尚，个头不高，身薄力单，长相不好，人人都看不起他。庙里的上等差事，自然没有他的份儿；师父派给他的活儿，不是清堂扫院，就是烧火做饭。别看他平时寡言少语，可他是一个很有心计的人。每天干完杂活，就端着一盆刷锅水，用一把炊帚，在大石头上练习写字，模仿住持和尚的书法，不管白天黑夜，天冷天热，一练就是十几年。

住持和尚发现了这个不平常的小和尚，感到很奇怪。有一天晚上，老和尚见他又趁着月亮光练习书法，就走到他跟前，问他："小弟子，你如此苦苦用功，何苦来呢？"小和尚恭恭敬敬地行了个礼，回答说："苦心人便是有心人，有心人便是做事人，做事人便是有名人，有名人便是上等人。"老和尚听他说了一连串的偈语，寓理深刻，出口不凡，不由得吃了一惊，从此就对他另眼相看了。有时候给他讲解书法，教他练习写字，有时候跟他谈禅悟理，传授佛经。这个小和尚聪明伶俐，长进得也很快。

有一年春天，明朝正德皇帝到香山出游，来到弘教寺，见这里山清水秀，风景优雅，只是山门破旧，禅堂失修，就感叹地说了一句："山川空秀丽，古刹一身尘。"皇上随口说，太监有心听，随从出游的太监晏忠，赶紧凑上来说："我主万岁！敕修一座浮屠，胜救百万生灵。"皇上听了，慈心大发，当下传旨：重修弘教寺，限三个月内完工。

俗话说：皇上吹口气，下边唱台戏。一时间，万安山上忙碌起来了。瓦匠木匠成群结伙，砖瓦木料堆满山场。三个月过后，弘教寺修饰一新。大太监晏忠心想：庙无匾联难生色，山无刻石不出名。他就请主持和尚题写匾联。让主持和尚写几个字，那是手到擒来，不只题写了门楹对联，就是山洞石壁上也都写满了儒家格言和咏道诗。等轮到在半山腰里的大石头上写"弘教禅林"四个大字时，年老的主持和尚突然心力衰竭，墨洒笔落，不能挥笔了。在场的人都慌了手脚，有人掐他的"人中"，有人给他弯胳膊，好半天他才苏醒过来。他上气不接下气地说："我手臂麻木，不能动笔了！这'弘教禅林'四个字，只有请我的癞头弟子书写。没有哪一个人，能赛过他的笔力！"

那个癞头和尚听了师父的话，擦了一把脸上的眼泪，挽起袖子，不用毛笔用炊帚，不沾墨水沾汗水，"刷刷刷刷"写完了"弘教禅林"四个大字，又在旁边写了一行小字，是"下下人为上上人"。正要落款题名时，他举着炊帚不好下"笔"。主持和尚说："弟子，自从你进山以来，众位师兄都看不起你。师父我也有眼不识真人，连个法号也没有赐给你！今天就赐号‘一庵’吧！”癞头和尚听了住持的话，十分感动。施礼拜谢后，就在下边署写了“一庵”的名字。

住持和尚后来把衣钵传给了一庵和尚，这位癞头弟子就成了弘教寺的第二代住持僧。如今，弘教寺早就塌毁了，只有一庵和尚题写的摩崖刻石“弘教禅林”还留在山坡上。

（口述人：金平山）

神鸡石

在香山弘济寺旁边一个山沟里，有一块黑色的大石头，形状好似一只大母鸡，鸡头朝北、鸡尾朝南，尾巴下边有一个鸡蛋大的石洞。相传这是一只神鸡，曾经每天产下五枚鸡蛋，当地乡亲们叫它“下蛋石”，也叫“神鸡石”。

古时候，这弘济寺虽然不是一座大寺，但是香火旺盛，在香山一带也有点名气。庙里的方丈，是个心狠手毒、贪财好色的老和尚，手下有十几个弟子。弟子当中有个身体瘦弱、心地善良的小和尚，是京东人，因为家境贫寒，又赶上灾年，一个人讨饭到京西，被老方丈收入了佛门。在寺庙里，什么挑水做饭呀，扫天刮地呀，脏活累活都归他干。有一次，老方丈侮辱一个民间女子，被小和尚撞见，那老色鬼一气之下，就砸断了小和尚一条腿，把他赶出了庙门。

小和尚拖着一条伤腿，一瘸一拐地离开了弘济寺。回家去吧，路途遥远，就是到了家也还是挨饿；下山吧，人生地不熟，又没有地方去投亲靠友，他就走到一个山洞里，当作安身的地方。

他在山洞里躺了大半天，眼看就快天黑了，他又累又饿，靠在山石上迷迷糊糊地合上了眼。他忽然听见一阵“咕咕咕”的鸡叫，揉揉眼睛一看，山洞外边有一只黑色的大芦花鸡，正在草棵子里刨食吃呢！他走出洞去抓鸡，那芦花鸡就往前跑，追了几步，他猛扑过去，双手按住了芦花鸡，可芦花鸡变成了一只冰凉坚硬的石头鸡！更奇怪的是，他眼看着黑石头鸡一连生下来五个大鸡蛋！他拾起鸡蛋来掂一掂，每个都足有半斤重。

小和尚高兴得不得了！他把五个鸡蛋捡回山洞，又找来一个破瓦盆，舀了一盆山泉，再捡一把干柴，就煮起鸡蛋来了。煮熟了鸡蛋，他吞下一个又一个，直到吃了个肚儿圆。

从那天起，小和尚在每天太阳落山的时候，都到黑石头鸡那儿捡回五个鸡蛋，正好够三顿饭吃。

那一年，天下大旱，颗粒不收，到处都是逃荒要饭的人。弘济寺里也是缺粮少菜，十几个弟子都让老方丈打发走了。一天，老方丈饿得眼睛发蓝，下山去捡酸枣吃，走到石洞外边。见小和尚正在用瓦盆煮鸡蛋，小和尚伤腿也好了，吃得又白又胖，使他吃一惊。看着那一瓦盆大鸡蛋，他馋得直流口水，就问："小弟子，怎么三个月没见面，你就长得这么壮实啦？大鸡蛋是打哪儿弄来的呀？"小和尚是个诚实人，也不再提打断腿的事儿，就一五一十地把神鸡下蛋的事告诉了老和尚。老和尚乐得两眼眯成了一条线，赶紧"徒弟长徒弟短"地拉近乎，非让小和尚带着他找那只石头鸡去。小和尚说："师父肚子也饿了，先吃饱了再去吧。"老和尚狼吞虎咽，一连气吃下去四个大鸡蛋，才抹抹嘴说："吃饱啦，真香啊！"

太阳快落山了，师徒俩找到了黑石头鸡，眼看着生下来五枚大鸡蛋。老和尚看得出了神，眨巴眨巴眼睛，心想：有了这只神鸡，再也不愁肚子饿啦！可再一想：若是小和尚把神鸡下蛋的事告诉了别人，自己就不能独占这五个鸡蛋了。想来想去，他顿时见财起歹意，想暗害小和尚。就说："弟子，快捡好鸡蛋，咱们回寺去吧！"小和尚正在低头捡蛋，那老和尚搬起一块山石，就冲着徒弟的脑袋砸下去。可怜小和尚脑浆四溅，立时就死去了。

第二天，老和尚又去捡蛋，但是等了半天，石头鸡也没生一个鸡蛋。他急红了眼，想用手去掏，可石洞太小，伸不进去，他就找来一把手锤、一副铁钎，想把石洞凿大一些。一锤刚要砸下去，只听一阵“咕咕咕”的鸡叫，那只石头鸡又变成了芦花鸡，抓住老和尚的袈裟，用力啄他的脑袋。不多一会儿，和尚头被啄得到处都是血洞洞，很快就断了气。

如今，弘济寺早就塌毁了，贪财害命的老和尚也化成了一堆黄土。可是那块黑色的神鸡石，还立在香山下边的山沟里。

（口述人：陈国梁）

棋盘石边摆战场

香山西北的千山万岭中，有一座光秃秃的山峰，是香山一带的猎户经常猎鹰的地方，叫打鹰洼。打鹰洼有一块方方正正的大石头，上面刻着一副棋盘，因为年代久远，风吹雨打，已经模糊不清了，这就是棋盘石。相传，宋朝的守边名将杨六郎，曾经在这里与辽国的将领韩昌下棋斗智，摆开战场，把辽兵辽将杀得大败而逃。

当年，杨六郎带领一支宋军，在打鹰洼安营扎寨，每天在山上操练兵马，有时也和将士们在棋盘石上摆棋对阵。一天，六郎正在下棋，从北山飞马奔下来一名辽军使者，原来是辽将韩昌派人投战书了。六郎看完战书，不由得仰身哈哈大笑，稍加思索后，就对使者说："常言道：自古之兵非好战，你快回营告诉韩昌，就说我杨将军约他前来打鹰洼下棋。他若能赢了我，宋军甘愿后撤一箭之地；他若输了棋，辽军就该撤一箭之地。你家将军若不认输，就请他三日之后，前来对弈。"使者听了，说："小卒愿意回营如实禀报。"说完，纵身上马，回辽营去了。

第三天，香山顶上没有一丝云彩，天空瓦蓝瓦蓝的。杨六郎在打鹰洼又跟将士们摆开了棋阵。这时，就见大肚子韩昌带领两名辽兵，从北山上骑马走过来。杨六郎以军礼相待，把他迎到棋盘石旁边。大宋、北辽的两员大将，一南一北地面对面坐下来。一个是眉目清秀，谈笑自若，大有大将的气派；一个是熊腰腆肚，骄纵傲慢，眼神里藏着杀机。二人摆好棋子，一招一式拼杀起来。

正在你来我往，各不相让的时候，就听见北山上人喊马叫，战鼓咚咚，黑压压的一支辽军，从山上冲过来了。杨六郎好像什么也没听见，还是神情自若地下棋。坐在对面的韩昌，冷笑一声，把袖子一甩，站起身来，说："杨将军，这打鹰洼是逮鹰的地方，如今你已经成了网中之鸟，插翅难飞，还不快快束手就擒！"杨六郎也冷笑一声，说："韩将军，这盘棋，我看你是输定了！"话音刚落，就见东、南、西三面，数不清的宋军兵马，跟在"杨"字旗下，浩浩荡荡地杀了过来，把那一支辽军包围了。

韩昌见漫山遍野都是杨家兵将，自知中了埋伏，就垂头丧气地坐下来，看着棋盘石，说："杨将军，这盘棋，我认输了。情愿率军后退一箭之地，重划边界，各不相扰。"

二人各自传下将令，让自己的兵马撤走了。

杨六郎站起身来，说："我射出三箭，以最远的那个落点，重划大宋和北辽的边界。韩将军答应吗？"韩昌点点头说："就依杨将军！"

这时候，杨六郎弯弓搭箭，两臂一拉，弓如满月，只听"嗖！嗖！嗖！"连发三箭。第一箭飞过北山，落到前沙涧（箭）村，第二箭落到后沙涧（箭）村，第三支箭飞得更远，射在形状好像老虎的一块大白石头上，这就是白虎涧（箭）村。

韩昌一看，杨六郎有这么厉害的臂力，又有勇有谋，觉得自己远远不是他的对手，急忙带着那一支辽军逃跑了。他跑到白虎涧，扎下军营，再也不敢轻易向南进犯了。

（口述人：刘琛）

万花山的娘娘——照远不照近

在清代光绪年间，香山北边的万花山上有一座小庙叫娘娘庙，只有一门、一殿、一佛。虽然说庙很小，可是名气很大。每年四月十五日、十七日两天，上山来小庙烧香拜佛的人络绎不绝。山下老百姓当中有一句流传很广的歇后语："万花山的娘娘——照远不照近。"

早先，娘娘庙里供奉着一位万花娘娘。她盘腿坐禅，歪着脑袋，朝向东南，望着北京城的方向。庙里住着一位老和尚，老态龙钟，生活过得很是艰难。由于香火不旺，得不到有钱人的庇佑，小庙早就梁倾柱斜、墙破瓦碎了。

为了重修庙宇，再塑佛身，老和尚早就想化缘集资。无奈香山的旗官和财主们嫌它庙小又无权势，不肯给予丝毫的照应。于是，老和尚想出了一个主意：在卧佛寺通往万花山的路口上竖起一通石碑，镌刻的碑文是：

斗法卧佛前，万花一小仙。
庙破神灵大，保佑东南边。

碑碣竖立起来以后，到卧佛寺礼佛烧香的人，都要看一看石碑的碑文。天长日久，就不断有以身试佛的人。北京城里有一位亲王到卧佛寺拜佛，在路口看到了这段碑文，不由得心想：我为了夫人能降生一子，走遍了京城各大寺庙，参拜了多少位神佛，花费了多少银子，可就是没有一处神显灵。今天有缘，我要到万花山小庙里拜一拜这位万花娘娘。

这位年轻的王爷，攀登上高高的万花山，定睛一看，山场不大，庙门倾斜，呈现了一派荒废凄凉景象。他走进庙门，双腿跪在娘娘神像前，双手扶地，连叩三个神头。心里还默默地祷念着：

我有一妻，结婚五年。
既没生女，也没生男。
仙姑有灵，佛法无边。
求神佑我，儿女双全。
如果应验，再塑金颜。

礼佛完毕，王爷掸掉身上的尘土，走出神殿就要下山。这时老和尚走出禅房，拱手说道："阿弥陀佛，烧香要备香钱，这是自古以来的成例。"年轻的王爷恍然大悟，从腰中取出一锭白银，放回到殿内神案上，对老和尚说："如果娘娘显灵，我会重新上山修庙。"说完就下山去了。

据传，万花娘娘真的显灵了！第二年，年轻亲王的福晋果然身怀有孕，临盆时降生了一对双胞胎，一男一女，活泼可爱。亲王也是说话算数，请来京城营造厂的工匠们，破土动工。没多长时间，把这座一门一殿一佛的小破庙，修建成前后两层正殿，左有经堂、右有禅房的新庙了。

这段奇闻，一传十，十传百，几天之内就传遍了香山。

香山健锐营有位翼长，娶了个儿媳妇，三年不孕。急得他想抱孙子抱不上。四处去求签、问卦、请医，没一处灵验。正在没着落的时候，听说了万花娘娘显圣，翼长赶忙叫儿媳妇到万花山娘娘庙去请香。但是，多次拜佛许愿也没一点效应。当地就形成了那句歇后语："万花山的娘娘——照远不照近。"意思是说：远处的香客到万花山请香，娘娘就有求必应；香山一带的人来求仙，娘娘就不会照顾。

这句歇后语讲的是真的吗？香山一位八旬老者说："亲王出钱求庙是确有其事，至于那句歇后语和亲王家生双胞胎的故事，那是老和尚为了跟卧佛寺争香火、赚取京城香客的钱财而精心编造出来的。"

（口述人：赵洪义）

武松火烧广泉寺

香山一带流传着一句歇后语：广泉寺的和尚——奸、淫、邪、盗！

据说，这句话是古时候的梁山好汉武松说的，这里面有一段行者武松除暴安良的故事。

武松是山东阳谷人，他出家后，四处化缘求仙，遍访天下名寺。有一年，他来到北京西山的卧佛寺（唐代建兜率寺，元代以后才有卧佛寺的名称），见这里山环水绕，香火旺盛，就住了下来。一天早上，武松在松林里练武，打完一套“醉八仙”以后，就溜溜达达沿着樱桃沟，路过广泉寺边的山道，攀上了北山“憋死猫”。他看见一个愁眉苦脸的老头儿，坐在大青石上唉声叹气。武松上前一问，才知道：这个老头是山后白家疃人，他有个女儿在一个月前嫁到香山来了。当日起五更接女儿回家过“对月”（姑娘嫁到婆婆家一个月后，再回娘家住一个月，叫作“对月”）。没想到，路过广泉寺时，庙里蹿出来一个老和尚拦住去路，老头被几拳打倒在地，女儿被秃驴抢到庙里去了。

武松一听，就火冒三丈，对老头说：“俺早就听说了，广泉寺的和尚，奸、淫、邪、盗。看来，此话不假。老人家，你不必着急，等俺打进庙去，杀了他和尚，烧了他的庙，除掉这个祸害！把你的女儿搭救回来。”说完，站在大青石上，一跺脚，向山岭西边的广泉寺走去。

武松推开寺门，走进正殿，只见佛像狰狞，杀气森森，可看不见一个和尚，也听不到一点声响。他正在纳闷，忽然观音阁后边传出女人的呼救声。武松顺手抄起一根烧火棍，大喝一声，跳上前去，挑起佛像，见一个敞胸露肚的老秃驴，正在撕扯姑娘的衣裳，就一棍打在老和尚的秃头上。那老和尚痛得大叫一声蹿到地上，跟武松对打。他哪里是武松的对手，没有几个回合，就一边招架一边后退，瞅个空子，跑出山门，顺小道逃下山去。

武松也不再追赶，招呼姑娘快到“憋死猫”找她的父亲；随后，一把火点着了正殿门窗，把广泉寺烧掉了。

老头正坐在大青石上等消息，见广泉寺起了火，就走下山来找他的女儿。他看到武松和姑娘一前一后走过来，就迎上去跪在武松面前，说：“救命恩人，受我一拜。请问壮士尊姓大名？”这时，姑娘也跪下来，磕头谢恩。武松搀起老人，说：“老人家不要谢我。如今寺庙已被烧毁，必定有人追究。我明人不做暗事，放火者，行者武松是也。”说完，就催促父女二人离开这是非之地，快快回家。

武松护送那父女俩翻过了山梁，就被当地乡亲们称作“武松岭”了；武松岭的一块大青石上，有一个凹下去的脚印，人们说那是当年武松气得跺脚时踩出来的；武松对白家疃老头说的那句话：“广泉寺的和尚——奸、淫、邪、盗！”就成了一个歇后语流传下来啦。

（口述人：王来群）

香山曹雪芹传说

《石头记》记石头

在乾隆年间，曹雪芹住在正白旗写《石头记》。香山的老人爱说："《石头记》记石头。"曹雪芹写的这本书，从一开始说女娲补天剩下的一块顽石，被丢弃在青埂峰下，后来身入红尘，经历了悲欢离合，世态炎凉，一直到顽石归天，全书结束，就是写的一块顽石的故事。

在京西正白旗村西不远，就是樱桃沟。樱桃沟里横卧着一块石头。这块石头南北长四丈，东西宽两丈，高有一丈，远远望去，好像一个大元宝，人们就叫它元宝石。香山流传着几句顺口溜，说："元宝石，不值钱。石上松，木石缘。"这块元宝石，不是真的宝石，是假（贾）宝玉（玉），所以它才不值钱。曹雪芹就是仔细观察了元宝石，觉得它好像通了灵性，才写出了贾宝玉的故事。这就是"记石头"。

在樱桃沟下边的河滩里，有一种黑石头，叫画眉石。这种石头有一种特性，你摸摸它，手也染不成黑色，沾点清水研一研，能够画出黑道道，用水一冲，还能把黑道洗掉。所以过去皇宫里的嫔妃宫女和满族旗人妇女，就拿来描眉用，老年妇女也有用它染发的。画眉石也叫黛石，黛石就是黛玉。曹雪芹用黛玉给他书里的女主角起名字，写了她"质本洁来还洁去"的悲剧故事。这不又是"记石头"吗？

离元宝石不远，还有一块两丈多高的大青石，青石上孤零零地长着

石山松

一棵一尺粗细的桧树，树根把山石撑开了一道缝，扎到石头底下一股山泉里。泉水常年浇灌着桧树，桧树好像生长在大青石上。老百姓管这桩奇景叫“石上松”。曹雪芹受了这“石上松”的启发，写出了贾宝玉和林黛玉的爱情故事——木石姻缘。这就是人们常说的“石上松，木石缘”。这又是在“记石头”了。

曹雪芹在什么地方写的《石头记》呢？有时候在正白旗村的家里写，有时候在峒峪村酒馆写，有时候在山上写。在山上他最常去的地方，就是樱桃沟。他总是把笔墨纸张包在小包袱里，围在腰间，漫步到山涧里，登上元宝石。这块大石头上面有一个凹坑，坑里又凸出来一块方石，好像桌面，曹雪芹就是在这张“石桌”上写他的《石头记》。有时，他整天都在元宝石上写书，饿了就吃口干粮，渴了就喝口泉水。就这样，前前后后花了十年工夫，才把书写完了。

元宝石

曹雪芹的《石头记》已经流传了二百多年，每当人们在樱桃沟看到元宝石和“石上松”的时候，就会想到曹雪芹刻苦著书的情景，对这位大文学家怀着很深的敬意。

（口述人：何福元、舒成勋）

空空道人和疯和尚

老年人说，很早很早以前，从远方来了个骑着白鹿的老道，绕过卧佛寺，进了樱桃沟。他见这里清幽僻静，樱桃成林，山泉不断，是个修道求仙的天然胜地，就在“水尽头儿”的一个山洞里定居下来。

这位骑鹿人，生得骨骼不凡，童颜鹤发，有一身高超的本领。他不食人间烟火，专靠吐故纳新、导引吸气养生，腹内空空，可精力十分旺盛，自称“空空道人”。他住的这座山洞，被人们称作“白鹿洞”。这白鹿洞里有一块巨石，做了老道的石榻。空空道人整天盘坐在石榻上修身养性，五心朝天，两眼似闭不闭、似睁不睁，嘴里好像念念有词，人们很少看见他离开石洞。不知道是真是假，有人在这白鹿洞里发现了一堆酸枣核儿，说是老道每个时辰吃一个颗枣，一天十二颗；他根本就不会念经，嘴老动，那是在嚼酸枣呢；他也没多大道行，是靠吃这野果才活下来的。

春去秋来，寒来暑往，过了几个年头以后，又从天台山来了一个疯和尚，也到樱桃沟来修仙炼性，这就跟空空道人发生了争执，二人各不相让。空空道人火气蛮大，高声叫嚷：

此山是我开，
此树是我栽。

水火不能容，
僧道不往来！

疯和尚自知理亏，也要无理搅三分，想恃强凌弱，把人赶走，他说：

山水自然生，
林木本无栽。
金木生相克，
佛家斗法来！

空空道人一听，怒从心头起，就跟疯和尚约定日期斗法：比试坐禅，久者为胜，谁失败了就得离开白鹿洞，以后各不相扰。斗法的结果是那个疯和尚只坐了七天，就感到饥肠辘辘，干渴难熬，为求活命，自认败北，逃到山上一个石洞里继续修行去了。那空空道人一连坐了七七四十九天，依然精神爽快，气色如常；他只在疯和尚逃走时，睁眼看了看他的背影。

听老人们说，这空空道人住在樱桃沟修行了上百年，活了一百多岁。他老死以后，被埋在山坡上了。那疯和尚到底是什么时候离开的西山，就没人知道了。直到现在，还能找到疯和尚住的山洞，当地老乡管它叫“疯僧洞”；那空空道人住的白鹿洞，也叫“白鹿岩”。

空空道人死了许多年以后，曹雪芹从城里拔旗回营，住在正白旗写他的《红楼梦》。他常常到樱桃沟闲遛，总爱跟乡亲们打听当地的传说故事。后来，他就把疯和尚和空空道人的传闻，经过了一番编排，写进了他的书里。不信，你好好翻一翻《红楼梦》，那里的许多景致、故事，跟咱这香山卧佛寺还有数不清的瓜葛哩！

（口述人：韩永）

三个歇后语的来历

我们在香山地区，听到一些由于曹雪芹的生活经历、思想品格、秉性爱好所形成的歇后语。几位老人还向我们讲述了这些歇后语的来历。

贾宝玉住在小西屋——到哪儿说哪儿

曹雪芹写的《红楼梦》故事，我们这儿的人谁都能说上几段，有不少人还会唱鼓词呢。老人们说，贾宝玉的故事就是曹雪芹小时候经历的事儿。大伙都管曹雪芹叫贾宝玉。

听说“贾宝玉”小时候可阔啦，挺有钱的。东一座宅子，西一处院子，光房屋就有九十九间半——那时候皇上不许有钱人盖一百间房；家里的使唤人也有百十来个；吃的是山珍海味，穿的是绫罗绸缎，那是享尽了福啊！后来不知道出了什么事，家也抄了，使唤人也散了，“贾宝玉”连老婆也死了，就带着一个儿子逃到正白旗来，过着缺吃少穿的日子。“贾宝玉”就住在一间小西屋里，什么活儿也不会，肩不能挑担，手不能提篮，就知道喝两盅酒，写他小时候经过的事儿。他的孩子整天在外边跑着玩，一年下大雨，到河滩洗澡给淹死了。后来“贾宝玉”也病死了，死的时候才四十岁。

我小时候，四王府的老人常提起“贾宝玉”在营子里喝酒写书的事儿。谁家要是遇到过不去的事，生活有了困难，别人就劝他：“贾宝玉住在小西屋——到哪儿说哪儿吧！”

正白旗的曹雪芹——真个别

曹雪芹的性子个别，你说往东，他偏往西，穿着打扮个别；连写字画画都与众不同，也挺个别。可他能“个别”出道理来，不是见谁都故意憋着劲儿。

就说画画儿吧，人家都是一笔一画地画，画得越细致、越逼真越好；可曹雪芹画画儿跟别人不一样，先往纸上泼墨，再拿笔横涂竖抹，最后才勾边，画完了猛一看，是黑乎乎的一片，只有仔细看才能看出路数，越看越逼真、越爱看。他写字也很个别。有一次，香山三教寺的老和尚要给老爷殿挂一块大匾，求人题“千秋长存”四个字。因为字太大，别人用笔写不了，就请曹雪芹写。他不拿笔，只拿了一团棉球来到三教寺，先量好匾的长短，计算了字的大小，用棉花球沾了墨，一会儿就勾出了双笔的“千秋长存”四个字，再用墨填心。后来匾挂在大殿上，四个大字又大方又有劲，人们看了都说：这是曹雪芹用双勾法写的大字，别人谁也不行！

曹雪芹在日常生活上也挺个别。别人戴帽子都是正戴，他总是爱歪着戴；别人喜欢穿合身的衣服，他却常常穿大穿小、穿肥穿瘦，显得有点肋胧。就因为这个，我们这一带就出现了一歇后语；“正白旗的曹雪芹——真个别！”

个二爷的蓝点颏——又哨起来了

老人们说，曹雪芹这个人秉性高傲，为人处世与众不同，脾气很“个”，他又是排行老二，人称“个二爷”。他跟别的旗人一样，爱提笼架鸟，整天在茶馆酒肆里度日子。旗人养鸟一讲品种，二讲叫声，爱养百灵、画眉、黄雀。曹雪芹有点“个”，他喂了一只村里最常见的蓝点颏。这是一只很平常的鸟儿，毛色不华丽，个头也不惊人，但是叫唤起来声音洪亮、婉转动听，拉起长声打嘟噜，唱起歌来带水音。香山那么多旗人养鸟，没有一个敢跟个二爷比试的。

因为曹雪芹见多识广，能言善辩，闲聊起来，天南海北无所不谈，乡亲们都说他是人能“哨”、鸟会叫。所以香山每逢有人说古道今、高谈阔论的时候，就说是“个二爷的蓝点颏——又哨起来了！

（口述人：朱大娘、韩永、闫振华）

酒馆里的牢骚话

卧佛寺旁有一个峒峪村，村边有个关帝庙，庙前开了一家小小的酒店，人称峒峪酒馆。酒馆门前有一棵百年古槐，枝叶茂密，正好乘凉，是个饮酒闲聊的好地方。曹雪芹是峒峪酒馆的常客，他和好朋友鄂比三天两头在这里喝酒，两杯酒下肚，就天南地北，唠叨起来没完没了。天长地久，人们送给他们两个外号：一个叫“燕市酒徒”，一个叫“醉鬼鄂三”。

有一年秋天，天空阴沉沉的，随时落下几颗雨点，山风吹过来，已经有点凉飕飕的了。酒馆里坐着几位顾客，一声不吭地品着酒，显得很沉闷。酒馆掌柜坐在柜台前边，自言自语地说，“个二爷有几天没露面了”。他走到门口，看见正白旗方向走过来两汉子，一高一矮，高个子左手提鸟笼，右手比画着对矮个子讲着什么。掌柜的精神一抖，向顾客说：“说曹操，曹操就到；想娘家人，孩子他舅舅就来了。”原来那个提鸟笼子的正是“个二爷”——曹雪芹，那矮个汉子就是鄂比。

二人进门找张桌子坐下，掌柜的一边斟酒，一边问道：“这几天二爷出门去了？”雪芹说：“嗨，进城串个亲戚。”说到这儿，话就噎住了。掌柜的见他心情不好，也不再多问。

曹雪芹和鄂比一杯接一杯地往下灌，不一会儿，话又多起来了，又接上了刚才在路上的话茬儿。只见曹雪芹呷了一口酒，又吃了一筷子臭豆腐，对鄂比说："三老弟，如今这天子脚前，人心日下，那昔日交往、骨肉情谊全不顾了！"醉鬼鄂三叹了口气说："真是世态炎凉，人情冷暖，没法说呀！"说完，端起酒杯一饮而尽。曹雪芹接着说："我到王爷门前，连家人也不通报，我大发脾气，才进了大厅。看着人家那假善人要施舍的脸子，我憋了一肚子气，张嘴要回了爷爷那部《全唐诗》，愤然离开了王府。想当年，我爷爷在世时，八竿子打不着的亲戚都登门讨好，连门槛子都踢破了。看现在，嗨，真正是：穷在闹市无人问，钢钩子搭不上亲骨肉；富在深山有远亲，木榔头打不散无义宾朋。"

雪芹刚一说完，鄂比就接上去，说："这话不假，文字稍显粗俗，可讲的道理是一字千钧。你还记得我年前送给你的那副对联吗？

远富近贫，以礼相交天下少；疏亲慢友，因财而散世间多。这说的都是一个意思啊！"

雪芹会意地点点头，说："真不错，真不错！雅俗共赏啊！"

酒馆门外，雨丝不断。曹雪芹看见掌柜的正在一页页地翻他的账本，这正好提醒了他。雪芹喊了一声"掌柜的！"就从身上取出一个纸卷，放在桌上，掌柜的眉开眼笑地凑过来。雪芹对他说："这是我新画的一幅《彩虹图》，就送给你了。"说罢，提起鸟笼，和鄂比一起走出了酒馆。

酒店掌柜收起那幅画，提笔勾掉了曹雪芹的欠账。他想，这幅画，拿到书画店可以换几两银子。他朝雨中望望，燕市酒徒和醉鬼鄂三已经不见踪影了。

（口述人：张兆麟）

一拳石和仙掌石

在香山静宜园阆风亭下的盘道旁边，有一块两米多高的大石头，形状好像一个拳头，石上刻着“一拳石”三个字。离这儿不远，在雨香馆前，有一块像手掌似的石头，上面刻着“仙掌”两个字。据说，这五个字都是乾隆皇帝的手书。

为什么叫一拳石呢？乾隆怕人们不懂，就写了一首题目叫《春望》的诗，让人刻在一拳石的背面。这首诗说：“烟景不胜赏，春山渐可登。谁知初试步，却是最高层。”这是表白他少年得志，当了皇帝，掌握了全国的最高权力。那块仙掌石，平常都叫它仙人掌。这五个字放在一起，就是“仙人掌权”的意思。

有一天，曹雪芹和一位朋友爬香山，在阆风亭下看见了一拳石和仙掌石。朋友对他说：有些人光会捧场，说一拳石是“一全十”，题字的人是一个十全十美的人，说他是一个仙人一样的皇帝，讲政绩他天下太平，讲才学他书画齐名，讲享受他锦衣玉食，讲人伦他子孙满堂……听说他还自称是“十全老翁”呢！曹雪芹听了朋友的话，望一望四周，小声说：“一拳石，十不全；仙人掌，一石顽！碧云寺罗汉堂里有一位十不全和尚，你见过吗？他当他的仙人，我做我的顽石，能把我怎么样？”朋友听了雪芹的话，吓了一跳！他敢骂皇上是“十不全”，那不是忘义，就是不仁，是个缺少德行的人。说起碧云寺里那个泥塑的十不全和尚，那是又瞎又聋又瘸又哑，四肢五官没有一处没有毛病！至于曹雪芹自比顽石，那个朋友就更清楚了。雪芹爱赏石，爱画石，爱写石，连《石头记》里的贾宝玉也是“幻形入世”的一块顽石哩！他对雪芹笑了笑，说：“这话你知、我知，以后不能再讲了！”

说罢，二人并肩走下山来。

（口述人：何福元等）

智献龙凤图

乾隆十四年，为了显耀征服大小金川的胜利，乾隆皇帝在香山建立了一支特种部队，叫攻坚飞虎云梯健锐营，共有三千名将士。要按八旗制度为几千人营建“旗盘”，大兴土木，这是一个非常浩大的工程。乾隆派钦天监阴阳司到香山一带察看风水，选择建房吉地。

阴阳司带领一批人马，手拿罗盘等观测器具，由香山护军佐领陪同，登上了香山楼门。他们向东放眼望去，只见前面横着一道山梁，绿树葱茏，野花满山，好像一只展翅飞翔的凤凰。护军佐领告诉他：“这就是有名的凤凰山。”阴阳司听说凤凰山，心里大喜，就对大家说：“北边这座山叫作龟岭，这是一只神龟的背，远处那座山叫红山头，是神龟的头，眼前这个小山包是神龟的尾巴。神龟本是龙种。这里有龙有凤，正是龙蟠凤翔，确实是一块风水宝地呀！”他当下就决定绘图定位，在凤凰山两侧营建“旗盘”，北侧修建左翼四旗，南侧修建右翼四旗。

营造棋盘的吉地选好以后，就由工部拨款运料，调配工匠，并且发布告示：凤凰山南北两侧的汉族居民，限期拆房搬迁，逾期不迁者，按违旨论罪！

告示一出，这可急坏了汉族居民。他们世世代代住在香山，现在要被赶走，可到哪里去找安身之地呀！大家愁眉苦脸地想不出好办法。有人说，曹雪芹主意多，不如登门去请教他，也许会找出解决的法子。于是推举了一位德高望重的老人，到曹家去请教。曹雪芹一向对官府不满，爱替老百姓打抱不平，他对老人说："乡亲们不要着急，只要肯动脑筋，办法总会想出来的。"

第二天，曹雪芹吃罢早点，身穿鹤衣大氅，脚踩福字履，腰里围着一个小包袱，来到香山楼门。他把远近的山景仔细一打量，心里明白了：原来皇家在凤凰山两侧修建八旗营房，就是为了借凤凰展翅、神龟长寿这个虚名儿！可是你们不能不顾老百姓的死活呀！想着想着，曹雪芹有了主意，他从包袱里取出了文房四宝，挥笔画了凤凰和神龟，山下有八旗营房，远处是烟雾笼罩的紫禁城，最后随笔题写了"龙凤图"三个字。

曹雪芹迈步下山，直奔八旗营房，去求见总监老爷。他对总监说："听说朝廷要在香山修建旗盘，我是献八旗营建图来了。"总监问他有什么高见？曹雪芹说："这香山是块风水宝地，但五行缺水。山缺水则林不茂，林不茂则鸟不生——那凤凰怎能展翅高飞呢？再说，山缺水则龙被困，这也是不吉之兆啊！如今，为建旗盘而勒令汉民迁走，这对保住香山之水，可是一件危险的事情！"总监不知道自己犯了什么过错，破坏了香山的风水，连忙向曹雪芹求告，说："请先生指点。"雪芹看把他吓得那样子，心里觉得好笑，可他还是绷着脸一本正经地说："这'汉'字的偏旁是三点水，如若勒令汉民搬走，就是有意让香山之水外流，这是万万使不得的。请看我这龙凤图，可以让散居的汉民并进各村，然后按照'两满夹一汉'的格局，修建八旗营房。满字、汉字都有三点水，这就成了九点水，九者多也，香山水足了，就会龙蟠凤翔，保住风水不被破坏。"说完，就把龙凤图献给总监了。

总监对曹雪芹讲的道理深信不疑，就呈报工部，按照曹雪芹龙凤图中"两满夹一汉"的设计，修造了八旗营盘：左翼四旗是镶黄旗、正白旗、镶白旗、正蓝旗，中间夹着峒峪村、四王府、小府三个汉民村；右翼四旗是正黄旗、正红旗、镶蓝旗、镶红旗，中间夹着杰王府、弑子园、弹家坟三个汉民村。香山的汉族居民没有被赶走，他们感谢曹雪芹想出了巧计——画了一张龙凤图。

（口述人：舒成勋）

巧修跑马城

香山脚下有一座团城，一个是椭圆形的，老百姓都叫它“鸭蛋城”。鸭蛋城有南北两座城门，门洞上的城楼高大雄伟，叫阅武楼，是乾隆皇帝检阅健锐云梯营的地方，所以这里又叫演武厅。团城的东南有一座半圆形的跑马场，是八旗兵演习跑马射箭的地方。

这鸭蛋城是乾隆十三年修建的。因为工程浩大，时间紧迫，总监画图样的时候计算错了，工程结束以后，剩下了大量的砖瓦木料，这可急坏了工程总监，这若被皇上知道了，那是要杀头的。他左思右想，觉得没有活路，就买了酒肉，来到万安山一棵歪脖树下，准备吃饱喝足了，上吊完事。

这时候，从上坡上走下来了一个背粪筐的白胡子老头，听说他要寻短见，就对他说：“车到山前必有路，我给你推荐个能人，这人叫曹雪芹，家住正白旗，他有救你的办法。”老头说完，背起粪筐就下山了。

总监急忙赶到曹雪芹家，讨教解救的办法。雪芹就让总监领他登上阅武楼。他放眼一望，城前是一片广场，堆满了砖瓦木料，东南有一座古坟，坟上松柏树长得非常茂盛。曹雪芹一琢磨想出个办法说：“你看，这是一座明朝的公爷坟，风水很旺，那棵大枣树是早生贵子，四围的松柏树是万年长青。你现在修建了团城，这里方位属白虎，相书上说：

‘白虎压一丈，其势不可挡；青龙压一尺，一日败一日’，日后，这位公爷家要出贵人，篡夺大清的皇位。你按我说的话奏明皇上，皇上问及解救之法，你可以献策：要在团城东南再修建一座红色跑马城，就把公爷坟的风水破了。皇上若降旨命你修城，这些砖瓦木料不就……啊？”总监一听大喜，赶快抱拳道谢。雪芹说：“三天以后，到我家来取修城的图样。你快准备奏折去吧！”

不久，乾隆传下御旨，要在阅武楼南边修建跑马城。总监按照曹雪芹画的图样利用修团城剩下的砖瓦灰石，很快就建成了。

一天，乾隆驾到香山行宫，顺便来看团城。他由总监导引登上阅武楼。远远望去，那公爷坟果然风水很旺。坟西边，是新建的半圆形的跑马城，城垛子是尖尖的，所以又叫“锯齿狼牙城”；垛子像屋檐，雨水能顺着瓦垅流到城东去。城墙上半截是红砖砌成的，代表烈火，那锯齿就是火苗子；城墙下半截是用灰砖砌的，代表洪水。马城有五座城门，

阅武楼

从日出到日落总有一个城门是正对着太阳的，叫五鬼正阳门。跑马城东边又一字排开修了七座碉楼，每座碉楼向东有两个“滴子”（流水口），这叫七星楼、十四箭。围着马城是一圈宽阔的马道，专为演习跑马射箭用的。总监对乾隆皇帝说：“风水先生说，那座公爷坟的风水太旺。如今修了跑马城，灰城墙的洪水、十四箭的雨水冲它，红城墙的烈火、尖垛子的火苗子烧它，五鬼正阳门的太阳烤它，马道上的马蹄子踩它，任凭它有多么旺的风水都给破坏了。再说，这碉楼可以训练云梯兵，马道可以检阅跑马射箭，这跑马城修在阅武楼旁边，是名正言顺啊！”

乾隆听了总监的话，句句都合他的心思。回到香山行宫以后，就传下圣旨：总监修城有功，升为工部侍郎。

总监不但没有被杀头，还升了大官，对曹雪芹感激不尽。他把曹雪芹看作救命恩人，以礼相待；可是那位拾粪的白胡子老头，再也没有遇到过。

（口述人：席振瀛、赵伯英）

借钱修渠

从香山碧云寺往东到玉泉山，有一道弯弯曲曲的高墙，墙上架着一道狭窄的石槽，石槽里流着一股清清的泉水。这就是有名的引水石渠，是乾隆年间修成的。老人们说当时修了两道石渠，另一道是从樱桃沟到玉泉山。那一道石渠到现在还能找到残迹，在樱桃沟的山道边上；在正白旗村西河滩边上，还有一段一段的石槽，是豆渣石凿成的。从碧云寺修出来的石渠，就很难找到了，可马路边上还有一大段子长长的土坡，兴许就是被拆毁的高墙吧！

你信不信，修这道石渠的时候，曹雪芹还出主意整治过一个伏地财主呢！

这个伏地财主姓韩，曾经在皇家的东宫当过差，人称“东宫韩家”——不是他家出了东宫娘娘。韩老太爷财大气粗，为富不仁。西山一百〇八座煤窑，他家独占了那个零头；光是拉脚的骆驼就有几十“把”。韩家的大小人口活得金贵，连他家的牲口也高人一等，大年三十晚上要吃包饺子！东宫韩家开铺子赚黑心钱，放驴打滚的银子，街坊邻里净受他家的欺负。大伙早就想狠狠地整治整治他，好出一口气。曹雪芹对大伙儿说：善有善报，恶有恶报，别看他一时间横行霸道，到头来总有栽跟头的时候！

东宫韩家倒霉的日子，到底来了。

乾隆十五年，皇帝修建清漪园，加高了万寿山，扩大了昆明湖，可是天旱无雨，湖里缺水。光靠玉泉山的水，哪年哪月才能灌满昆明湖？乾隆皇帝眼都急红了，就招来代管三山郎中，限他三天之内献上灌湖良策，不然就要打板子，摘顶子，罢官治罪。

代管三山郎中领旨回府，急得睡不着觉，吃不下饭，平日离不开的二两烧酒不想喝了，一袋关东烟也不抽了，就见他一个劲儿唉声叹气。家里人不知内情，就问："你这是着了什么魔？心里有事，就唠叨出来，免得憋在肚里是块病。"三山郎中愁眉苦脸地说："事到如今，我也不瞒你们了。昆明湖里缺水，皇上让我三天拿出办法来。这老天爷不下雨，我能有什么办法？"他的妻子听完以后说："我当什么事呢，大活人还能让尿憋死？你没有办法，别人也都没有办法？我看呀，你还是找曹二爷请教请教去吧！他走南闯北，见多识广，经的事多啦，拍拍脑门儿就能救你的驾。"郎中一听，马上来了劲头，说："可也是！——我是给急蒙了，越想越往死胡同里钻。我是守着大庙忘记神仙。亏你给我提了个醒儿。"他话音儿还没落，就转身奔正白旗去了。

到了曹家，三山郎中说明了来意，拱手请曹二爷相助。曹雪芹迈着方步在院子走了个来回，站定以后说："我教你几句'借水真经'，回去秉明皇上，如果按着真经行事，就能保管昆明湖有水，你的顶戴不掉。这借水真经是：万寿山没水，玉泉山借；玉泉山没水，香山借；香山没水，东宫韩家借。"郎中听完，不懂这水如何借法，就请曹雪芹仔细指点。曹雪芹说：

香山引水石渠

“这昆明湖乃龙潜之地，岂能没水？如今水源不足，就得向天下第一泉——玉泉借；玉泉水不够，再朝香山借。香山每年雨水漫流，泉水走失，要是把泉水引到了玉泉山、昆明湖，就不愁它天旱不雨。朝香山借水，得修一道石槽，因为地势高低不平，石槽下还得修一道高高低低的长墙。这条七八里长的石渠，造价得用几万两银子。这钱从哪儿来？要向东宫韩家借，因为韩家开煤窑破了香山的风水。韩家舍了财，就能赎回破坏风水的罪过。”三山郎中听懂了“真经”，向曹雪芹恭恭敬敬地打个千，就告辞了。

乾隆皇帝听了三山郎中念完“借水真经”，见能引来香山的水，又不花皇家的钱，就连口称赞这是个好办法。当即传下御旨：按借水真经借钱修渠，引香山泉水灌满昆明湖。

皇上是金口玉言，一字出了口，九牛拉不回。东宫韩家不敢抗旨，只好把搜刮来的不义之财，“借”给皇上垒墙修渠。那石槽还没修到玉泉山，韩家就倾家荡产了。

从香山往玉泉山修了两道引水石槽，昆明湖不愁没水了，它成为京城西郊的一座小小的储水库。

（口述人：王永禄）

棋艺震香山

曹雪芹初来香山的时候，是个二十多岁的年轻人，他人生地不熟，默默无闻地度日子。有一次，他在春秋棋社杀败了一名威震香山的棋林老手，曹雪芹才在香山一带出了名。

那时候，香山行宫的东宫门前，有一条又繁华又热闹的买卖街。沿街全是商家店铺，也夹杂着几家说书的酒馆，唱曲儿的茶园，在八旗印房附近，还有一座专门供人品茶对弈的春秋棋社。棋社的主人是八旗宗室觉罗学堂的瑟夫赵先生。这位姓赵的瑟夫，年近古稀，学识渊博，他的棋艺高超，在香山一带从没遇到过敌手。他就依仗下得一手好棋，目空一切，自视为常胜将军、棋坛霸主。近一年来，他狂妄得很，简直有点霸道。每次与别人下棋，都要从衣兜里取出来一根铁钉，把老将钉死在棋盘上，不管你怎么“将”他，老将一动也不动。他声称：如果谁能杀败他，他就彻底认输，让人把那颗钉着的老将拔走。

香山附近的棋手们，轮番到春秋棋社，跟这位年老的瑟夫较量，一个一个都败下阵来。他们对赵瑟夫的霸气非常不满，但又赢不了他，人人憋了一肚子气。

“老将钉在棋盘上”的说法，传到曹雪芹的耳朵里。他决心跟老瑟夫比个高低，杀杀他的威风，就取出一把铁钳子掖在腰里，往西山坡走去。

曹雪芹进了买卖街，见这里人来人往，喊声嘈杂，有卖牛羊肉的，有卖香山白梨的，有唱八角鼓的，有唱十不闲的，十分热闹。他远远地看见了“春秋棋社”的招牌，走到门口，门楣上写着一副对联：“棋才冠八旗，艺名满香山。”曹雪芹笑了笑，就进了门。

棋社里正中一张桌子上，有两位老人正在对弈。一位手捻白须的银发老人，看着他那位举棋不定的对手，微微地笑着，好像说：你败局已定，不管怎么挣扎，也只有死路一条。雪芹看这种光景，断定手捻白须的人就是大名鼎鼎的赵瑟夫了。他凑到桌边，跟观棋的人一起，琢磨起赵瑟夫的棋路来。不多一会儿，赵先生连胜两盘，那位对手甘拜下风，站起来腾出了座位。

但是，满屋观棋的人，没有一个敢坐下来应战。一时，屋子里显得又寂静又紧张。

曹雪芹一甩袖子走上前去，对老瑟夫一边施礼一边说：“学生不才，敢请老先生赐教三盘。”老人见站在眼前的是一个二十多岁的年轻人，怎么会把他放在眼里？就满不在乎地说了声：“请！”随手指了棋盘，二人就拼杀起来。双方一来一往，刚杀了几个回合，老人的半边棋子还没动，就战胜曹雪芹。

第二盘棋又摆好了。曹雪芹变更棋路，一会儿明修栈道，暗度陈仓，一会儿调虎离山，顺手牵羊，攻势一步紧逼一步，杀得老瑟夫且战且退，左抵右挡。但他不愧是棋坛老手，一会儿金蝉脱壳，借尸还魂，一会儿巧施连环，李代桃僵，他退中有进，守中有攻，全力拼杀，终于扳成了平局。

第三盘是决定胜负的一局。赵瑟夫一边调兵遣将，一边暗自思量：这位年轻人果然身手不凡，那一招一式真厉害呀！他第一盘输给我，第二盘和棋，这叫作“欲擒故纵”，准备在第三盘取胜。如果我真的输给他，这老脸可往哪儿搁呀！那一边，曹雪芹早就胸有成竹，他想：“上阵不认父，举手不留情”，他放开手脚，连续进攻，举棋落子，锐气逼人。对方损兵折将，缩守孤城。雪芹来了个关门捉贼，擒贼擒王。赵瑟夫眼看要被“将”死，就想提子扤将，来苟延残喘。

这时候，围在四周观棋的人齐声大叫起来：“老将钉死了，不准挪动！”“扤将就算输棋啦！”曹雪芹不慌不忙地从腰间取出那把铁钳子来，夹住老将从棋盘上拔下来了。

赵瑟夫羞得满脸通红，他站起身来对大家说：“我赵某人从南京到北京，杀败过多少棋坛名手。没想到，今天在香山败在一位年轻人的手下。真是后生可畏呀！”香山的棋霸王认了输，走出棋社回家去了。

围着看的人见瑟夫败了，都说曹雪芹为大家出了气。从此以后，曹雪芹的棋艺在香山出了名。

（口述人：刘大爷）

打鹰洼逮兔鹘

有一年秋天，乾隆皇帝要到热河木兰“打围”，急需一只上等的好鹰。内务府上驷院鹘房是专为皇上驯养兔鹘的衙门，上驷院奉命把征鹰的旨意传达到香山八旗，要求半月之内交到鹘房一头兔鹘，过期按欺上论罪。

贡鹰的差事摊派到了正白旗，这可难住了佐领老爷。他想：这兔鹘生在塞北，住在悬崖，飞翔在太空，到哪儿去逮呢？正在发愁的时候，有人献策说“听说曹雪芹有捕鹰的绝技，不如请他来商量商量”。佐领就封了二两银子派人去请曹雪芹，他听说有征鹰的旨意，来到厅上就对佐领说：“官入民宅，大祸要来。”佐领说：“曹先生不要玩笑。现在传下圣旨，要正白旗献上一头上等的兔鹘，请先生设法逮鹰啊！”曹雪芹说：“这兔鹘乃是香山特产，个头不大，羽色灰白，眼光敏锐，膀力非凡，十分凶猛，是捕兔的高手。等我高兴了到打鹰洼逮一只就是了。不过，每天要有二斤南酒供我享用。”佐领说：“两斤好酒算得了什么，我在厅上天天摆宴，请曹先生不必客气。可这半月的期限是不容拖延的呀！”曹雪芹满有把握地说：“哪里用得了半个月，只三天就够了。”二人当下商定：半月之后上交一头兔鹘。

从这天起，曹雪芹每天都与佐领同桌共饮，喝够了抹嘴就走。还剩三天就要到期，佐领沉不住气了，绷着脸提醒曹雪芹，说："这是贡鹰！逾期不交那是欺君之罪呀！"曹雪芹让他看了看鸟笼里的"虎伯刺"和麻雀，对他说："请你给我派两个助手，我今天就要上山了。这几只小鸟就当逮鹰的活食；捕鹰网也早准备好了。"佐领给曹雪芹派了两名旗兵做助手，催促说："请曹先生赶快上路吧！"

曹雪芹带着两名助手登上玉皇顶，又往西北攀到最高处猴头峰，山峰东北有一块洼地，这就是打鹰洼。这里山势陡峭，风高气冷，每年秋天老鹰南下孵窝、春天北上脱毛都要路过这里，是香山猎户打鹰的地点。雪芹在打鹰洼找了块平地，挖了一个土坑，上边用木棍支起坑盖，拴了一只"虎伯刺"，这是吸引兔鹘的诱饵，因为"虎伯刺"是鹰的天敌，鹰一发现它，就非逮住它不可。雪芹又在旁边支起一根很长的细绳，躲在一块山石后边隐藏起来。刚到正午时分，从南天上飞来一只大鹰，直奔"虎伯刺"箭似的猛冲下来，那"虎伯刺"急忙跳到坑里，坑盖也盖住了。大鹰扑了一空，转身向几只瞎麻雀扑来。这时雪芹猛拉长绳，用网扣住了大鹰，三人迅速跑过去，把鹰捆了起来。雪芹一看，正是一头兔鹘，便收拾好捕鹰网，带着助手下山了。

要把新捕的野鹰驯成熟鹰，少说也得半月二十天。因为时间紧迫，曹雪芹采取了特殊的办法。他叫助手买了几斤羊肉，切成肉块后用麻裹住。雪芹说：这裹着麻的肉块能把兔鹘的"护肠油"全刮下来。他吩咐亮更开始熬鹰，只要鹰一闭眼，就用小锤敲它脑袋，不让它打盹儿睡觉，每过一更喂它两块肉吃。这样鹰处于半饥饿状态，一直熬到第二天亮更。雪芹查看了鹰屎的颜色以后，说："这只鹰的野性已经熬下去了，准备试鹰吧！"

曹雪芹在屋里对这只兔鹘做了初步训练以后，就让助手架着鹰走街串巷到处去遛鹰，然后又来到山底下反复训练。等这只鹰稍通"人性"以后，雪芹让助手架鹰到半里地以外的山坡上，他用肉块一逗引，那鹰就直飞下来，落到雪芹的右臂上，把肉吃了。这时，来了很多看热闹的人，连佐领也来了。说来也巧，一只野兔忽然从草丛里蹿了出来，雪芹一抖右臂，立刻放鹰。那兔鹘展开双翅直奔野兔，它用翅膀一扫，那野兔就掉头往回跑，快到雪芹跟前时，兔鹘张开两只爪子抓住了野兔的头、尾，按在地上。雪芹马上喂了大鹰一块肉，趁势把野兔夺了过来。

在场的人看到这精彩的表演，都称赞雪芹驯鹰的本领。佐领走到他面前，双手抱拳，说："谢谢曹先生，你为正白旗做了一件好事。要是不能按期献上这头兔鹘，上边怪罪下来，咱们可是担待不起呀！"

后来，听说正白旗佐领要举荐曹雪芹到上驷院去当差，被他拒绝了。他怎么会离开正白旗呢？因为他的《红楼梦》还没写完哪！

（口述人：关清泰）

曹雪芹相马

大清的天下是满族八旗兵在马上得来的，顺治皇帝曾经手里拿着弓箭对臣子们说：大清定天下就是靠的这弓！康熙皇帝每年都要带着皇子和大臣多次演练骑射，强调习武强兵为立国之本。乾隆皇帝建立了香山健锐营，更是把骑马射箭当作最重要的必修课。就这样，香山旗营里处处养马，户户善骑，以至于养马、相马、骑马、驯马就成了旗人必须懂得的生活常识。

香山健锐营为了演练骑术射箭，先后两次派人到蒙古地方选购军马，买回来的马表面看着挺精神，可真的操练起来，不是眼睛有毛病就是大腿蹄子出问题，马群里混着不少病马。这到底是怎么回事呢？大伙儿心里都清楚，因为派去买马的没有精通相马术，上了蒙古马贩子的当了。

为了能够买来好马，正白旗的牛爷举荐曹雪芹到了蒙古辛苦一趟。曹雪芹是精通相马术的行家，蒙古马贩子再狡猾也欺骗不了他。曹雪芹一行人来到蒙古马市，四处转悠仔细观察马匹。经过反复谈判协商，双方选定了吉日准备交马。

到了选马那天，马贩子事先将弱马、老马、病马经过一番整毛、上料、灌药等多方处理，把它们和好马、壮马混到一起赶进了马圈，这样一来，买马的人如果不懂相马术，只看毛色和体形这些马匹的外表，那就只有上当的份儿了。

曹雪芹生活经验丰富，是个什么世事都体验过、什么世面都见过的人，只见他来到马栏外一站，围着马圈一遛，瞧准一匹马，过去搬起马蹄看两眼，伸手翻开两只马眼左右端详，最后掰开马嘴看看口齿。经过这么一番检查品相，就把好马牵出来放在一起。那些有毛病的马就被剔除出去了。

经过一个来月的时间，曹雪芹一行人押着选购来的马群，回到香山健锐营。这群有点野性的好马，经过短期训练，步跑穿跳，样样动作都按指挥完成，成为合格的军马，没有一匹遭到淘汰。从此，曹雪芹在旗营里就以高超的相马术出了名。

曹雪芹凭什么根据来断定一匹马的好坏呢？原来他有一套相马的口诀：

远看一张皮，近瞧四只蹄。
买来先晃眼，回头再观曲。

口诀的意思是说：要从远处看马的皮毛光亮不光亮，毛色纯不纯；近看马蹄歪不歪，大小是不是合适；再检查马的眼睛有没有毛病；最后看马的臼齿上的“曲”就是微小的凹沟的大小和深浅，如果这匹马皮亮毛纯、蹄正且小，眼大又亮，曲深还多，那肯定就是一匹好马。

这套相马术的口诀，是马市上的把式们从多年的实践经验里总结出来的，但是从来不轻易传授给别人。那么曹雪芹是从哪里学来的呢？原来他是从曹府的老仆焦大那里学来的。

《红楼梦》里有个焦大，他的原型是曹家的马夫，为人老实，干活卖力气，颇得主人赏识，他伺候的主人去世后，他变成一个讨人嫌的老头子。但是曹雪芹对他很好，佩服他见多识广，经常听他讲天南海北的故事。每年六月二十四旗人给马王爷烧香上供的时候，焦大就给曹雪芹讲骑马、驯马、相马的经历，那相马口诀就让曹雪芹牢牢地记住了。

（口述人：舒成勋）

阅武楼前放风筝

乾隆年间，香山地区的老百姓，都爱放风筝。每年春秋二季，特别是过了春节，大人孩子都喜欢到阅武楼前边的校场上，牵丝抖线，玩个痛快。

有一年正月新春，放风筝的季节到了。镶白旗的鄂比先生，来到曹雪芹家，看见曹雪芹刚刚扎糊好一只比人还高的大风筝。这个风筝画着一个人头，下边是小燕的身子，腰里画了一排小狮子，还有一行“卍字不到头”的图案。他心里直纳闷儿，雪芹扎糊肥燕、瘦燕、小燕风筝，很拿手，今天的燕子风筝怎么长了个人头？就问曹雪芹：“这么大一只人头燕风筝，有什么讲究？”雪芹说：“你别奇怪，这只风筝是骂人用的。咱哥儿俩到跑马城去放风筝，我请你见识见识什么叫‘花钱买骂’。你愿意跟我走一趟吗？”鄂比说了一声“走！”拿起人头燕风筝就迈步出了屋门。曹雪芹也随手抄起“线车子”，就跟鄂比往阅武楼来了。

阅武楼前边的空场上，仨人一堆俩人一伙，到处都是放风筝的人，也有来看稀罕、凑热闹的。天空里有几十只各式各样的风筝，什么老鹰啦，大美人啦，蜈蚣啦，蝴蝶啦，七星啦，八卦啦，应有尽有。放风筝的人里边，有汉族的老汉和小伙子，也有满族八旗的富贵闲人。曹雪芹别好风筝牵线，请鄂比驾着“人头燕”，他举起线车子迎风跑了几步，一边抖线一边放线，那一人多高的大风筝，摇摇摆摆地飞上了天空。曹雪芹扎糊的风筝，在香山一带本来就很有名气，今天这个风筝个头特别大，色彩鲜艳，造型独特，因此早就吸引了人们的注意，有些人觉得自己的风筝太寒酸，比不过“人头燕”，就无精打采地缠线收起了风筝，凑到曹雪芹身边来看热闹。一会儿，曹雪芹和鄂比就被一群叫好的人围住了。

这时候，有一位八旗老爷走到人圈里，对曹雪芹说：“您这风筝出手吗？”雪芹回答说：“出手。要看给什么价钱。”这位老爷没问价钱，取出二十两银子交给了曹雪芹；雪芹也把线车子递给他，这就一手交钱一手交货拍板成交了。这位老爷买到一个精致超群的大风筝，赶紧动手缠线收回了“人头燕”，得意扬扬地回家去了。

曹雪芹对旁边的鄂比说：“那位八旗老爷花了二十两银子，买了‘骂’带回家去了。”鄂比说：“请问老兄，这骂从何来？”曹雪芹向他解释说：“我扎糊这个风筝，就是为骂那些富贵闲人的。我画的人头、燕身，还有狮子，是骂那些老爷长着个人样，实际是衣冠禽兽；我描的那行‘卍字不到头’的图案，是说那些老爷的富贵荣华的生活，不会永远过下去，兔子的尾巴——长不了！”鄂比听了这些话以后，哈哈大笑起来，他称赞曹雪芹说：“有见地，有智谋！兴之所至，笔底生花，嬉笑怒骂，皆成文章啊！”

（口述人：舒成勋）

测字先生

早年间，香山买卖街非常热闹，座商摊贩一字排开，五行八作样样齐全，离香山楼门不远，有一位摆摊测字的落第秀才，姓万名字通。他满腹经纶，靠精通一部《说字》，走遍京城内外。晚年图个清静，定居在香山，靠摆摊测字赚二两酒钱，打发剩下的日子。因为万字通学问大，心眼好，测字测出了名声，在香山一带也很受人尊敬。

有一年中秋节，天高气爽，满街果子飘香。万字通心情爽快，早早地来到香山楼门前，挂起招牌，开始接待顾客了。

可巧，这几天曹雪芹翻看周亮工的《说字》这部书，有不少新的见解，想找个志同道合的人探讨一番。他听说测字的万字通先生是位饱学之士，对文字学深有研究，就想到买卖街上拜访。

这天，他朝香山楼门走去，远远就望见了万字通的测字招牌。他挤在测字摊旁的人群里，听老先生测字。当一位中年妇女高高兴兴离开测字摊以后，一位二十来岁的小伙子，坐在桌前的小凳上，要求测字。万先生问他“贵姓”，小伙子说“姓牛”。问他为什么来测字，小伙子说：“我哥哥得了痨病，不知道有治没有？父亲说万先生测字灵验，让我来请教。”万先生让他写个字，他提起笔来手直哆嗦，不好意思地说：“我一辈子没念过书，不会写字。”先生让他随便画个什么都可以，他就在纸上画了一道。万先生手捻长须，边看边想，慢条斯理地说："你写的这是个'一'字。一者，生之尾、死之头也。你哥哥的病好不了啦，生命将尽，死要临头，快回去让你父亲准备料理后事吧！"

姓牛的小伙子一听，急得两眼冒金星，眼泪在眼圈里打转，一跺脚转身就要走。

曹雪芹伸手拦住他，扶他坐在凳子上，对他说："牛老弟，不要惊慌。听我来测你写的这个'一'字。你哥哥姓牛，牛字之尾加上一字乃是'生'字。有道是'生生不已'，有生无死，你哥哥长生有望。牛能生存，全赖吃草：你哥哥的生命，要靠吃草药把病治好才能维持。你快到山上采把山茶叶，焙干后，加上酸枣煎成药，多吃几服，你哥哥的病就会好起来的。"小伙子听完，向曹雪芹作了个揖，抹干眼泪，就跑到山上采药去了。

万字通先生对眼前的这位测字同行，先有几分敬畏，又有几分钦佩，按旗礼探身打了个千，说："先生学深似海，治病救人，在下敬佩万分，请问先生尊姓大名，哪个旗番？"曹雪芹双拳一抱，通了姓名，说："久闻万先生大名，特来一叙。"二人谈话投机，万字通扯下招牌，收了摊，拉着曹雪芹回家叙谈去了。

打这次以后，二人成了知心朋友，常在一起饮酒闲谈，还研究中国的文字学。曹雪芹文字学的功底，在写《石头记》时也表现出来了。

（口述人：韩永）

烹茶要属品香泉

香山的泉水可多啦！老人们说："香山遍地泉，大小七十眼。""香山三百寺，无寺没泉眼。"这里是神州宝地，名泉很多，要说哪一口泉水最好，说法就不同啦，什么"罗大天的泉养神仙，双清的泉炼过丹"。"喝了水源头儿的泉，养生保平安；常饮品香泉，管保活百年！"正白旗的曹雪芹尝遍了香山的泉水，他的评论是：泉水清，泉水甜，烹茶要属品香泉！

品香泉，源头在香山法海寺南边的一个山洼里，泉水清清，长流不断。曹雪芹和他的朋友鄂比先生，差不多每天早晨都要到这里来遛弯儿。回来的时候总要带上一壶品香泉的水，沏茶喝。鄂比直纳闷儿，有一次就问他：为什么单喜欢喝这个泉的水？曹雪芹告诉他："香山大小七十泉，我都品尝过了，独有这品香泉水清冽、味香甜，水质最轻，有养生延年的功能。不信，你可以尝一尝！"鄂比说："我看水源头儿的泉水也不错嘛！"雪芹笑了笑说："老弟说的可是外行话啦！水源头的泉水固然也不错，与品香泉相比，那就不可同日而语了！"鄂比听了，摇摇头说："恐怕也不见得吧！一股泉水，都让你给说神了。"

一天早晨，鄂比先生又来邀曹雪芹到香山闲遛。雪芹写《红楼梦》正写到兴头儿上，不能相陪，就请鄂比顺便给带回一壶品香泉的水来。

鄂比不负朋友的委托，把泉水捎回来递给曹雪芹。二人一边聊天，一边烧开了泉水，沏了两碗茶。雪芹刚喝了半碗，就把茶碗放在桌子上，问鄂比先生："这壶水是从哪股泉打来的？"鄂比一愣，笑着说："这是品香泉的水呀！"雪芹一听哈哈大笑，说："老兄你真会开玩笑。你不要蒙我啦！这壶水盛的是两股泉的水，一半是水源头儿的，一半是品香泉的！"鄂比见雪芹说的那么肯定，就问："莫非你刚才没有写书，偷偷跟着我上山去了？"雪芹说："我这碗茶，上边半碗水清味儿正，是品香泉的水；下边半碗就逊色多了，是水源头儿的泉水，——是你老兄捣鬼了吧？"

鄂比先生开的玩笑被雪芹看穿了，他就如实地告诉了雪芹，他确实是先去水源头儿灌了半壶水，又到品香泉灌了半壶水，想试一试雪芹能不能品尝出来。他称赞雪芹说："你真是茶仙再世，陆羽复生，不光有识别杜康的本领，还是一位品茶的高手啊！"

这个故事传出去，品香泉的水就出了名啦。远远近近的人都到香山来取水烹茶。有人还说：品香泉的水能医治百病，常年饮用还可以益寿延年哩！后来，乾隆皇帝也知道了，就在品香泉修建了一座小行宫，泉水被皇家独占了。乾隆住在紫禁城里的时候，也有一辆专门运送泉水的龙车，天天把品香泉的水送到皇宫里去。香山一带的老百姓，谁也喝不上品香泉的水啦！

（口述人：洪大爷）

壁画和折扇

有一年三伏天，闷热得“邪虎”，一向称为“避暑胜地”的香山，也是稍一动弹就汗水淋淋了。一到晚上，四王府的人就到村西路口上，凑在一块乘凉聊天。

有一回，因为天气冷热问题抬起扛来了。有人说：“老天爷是公平的，穷人热，阔人也照样热。”有人说：“老天爷不公平，穷人热了没办法，富人热了有人打扇送凉，水缸里镇着西瓜，想吃哪个切哪个。”这时候，曹雪芹也掺和进来了，他帮腔说：“天热了，阔人可以从南方搬到北方；天凉了，再从北方返回江南，热不着也冻不着，老天爷也向着阔人呀！”有个老头说：“曹二爷，您是能人，帮咱们治治这热天气吧！”曹雪芹说：“我能治热，鄂比能治冷。大伙跟我来吧！”

曹雪芹把大伙领到村北土地庙里。正殿的西墙是白的，鄂比研墨，雪芹执笔，就在西墙上涂抹起来。一会儿画出一个山谷，一条瀑布高高地垂下来；山坡上长满绿树，风吹得树枝摇摇摆摆。曹雪芹画完了，大伙站在正殿里赏画，不一会儿，就听到画上山谷里有哗哗流水的声音，又好像有小水星溅到脸上，有点凉丝丝的，使人简直忘记了是闷热的三伏天。那位老人对曹雪芹说：“好凉快呀，曹二爷把咱们领到水帘洞来啦！”

这时候，有个坐在门槛上的小伙子，面向鄂比说："请鄂比先生给我们治一治冷吧！"鄂比对他说："三伏天治冷，那叫不合时宜。等三九再说吧！"

秋去冬来，转眼就到了"三九"。那个小伙子到镶白旗找到鄂比先生，请他治冷。鄂比正围着火炉喝闷酒，就对小伙子说："你先坐下，咱爷儿俩先喝两杯"，等二人喝到脸烧耳热的时候，鄂比从抽屉里取出一把折扇，又在墨水里掺点朱砂，蘸饱了笔，抹了几下子就是几座山。他把画好的折扇递给小伙子，说："这把扇子能治冷，你带回家去吧！"

小伙子回到四王府，都快冻僵了，心里直纳闷，这折扇能治冷吗？他拿起扇子搧了搧，好像有点热气，他家里人却大嚷起来："你捣什么鬼？袄袖子都着火了！"小冷屋里顿时变得暖和起来，手脚也不僵了。他对家里人说："火神爷给我搬来了一座火焰山！这是鄂比先生教给我的治冷法呀！"

四王府的人，谁都没见过鄂比画的那把折扇，也没见过曹雪芹那幅壁画。这座土地庙，虽然残破荒废了，如今还在村北金山的山坡上，院里树大荫浓，每到三伏天，还有人来歇凉避暑呢！

（口述人：秦凤凯）

两把扇子

乾隆年间，曹雪芹的字画在香山一带很有点名气。据说，香山四王府有一个小书画店，因为倒卖曹雪芹的字画发了大财。

有一年夏天，香山地区流传疟子病，死的人很多，有的村整户三口五口地死人。四王府东北有个小府村，村里住着一个穷汉子刘三，以打柴为生，养活着八十岁的老母和妻儿老小共八口人。刘三也发起疟子来了。几天不能上山打柴，眼看就要断粮了，孩子们哭饥喊饿闹成了一团。刘三心里难受，背上柴筐，歪歪斜斜地往山上走。挪到一棵树底下，再也爬不动了，他越想越觉得没出路，就想寻死上吊。正好曹雪芹打这儿路过。他问明了缘由，就劝刘三不要寻短见，要想办法活下去，把孩子拉扯大，好好侍养老母。雪芹往身上摸了摸，分文也没带，就把随身用的一把折扇递给了刘三，对他说："这扇面上是我亲笔画的兰花，你拿到四王府小铺去，能卖上十两银子。回到家先请大夫治病，让大人孩子吃饱。剩下几两做本钱，开个小茶馆，凑合着过日子吧。"刘三绝处逢生，双手捧着折扇，也忘记了道谢，就病歪歪地下山回家去了。

刘三按着雪芹的嘱咐，治好了病，又开了个茶馆，生意还算兴隆，日子一年比一年好起来，为了报答曹雪芹的救命之恩，刘三请人给他挂了一块匾，上面刻着"仁风可树"四个金字。他逢人就说：曹二爷可是百里挑一的好人呀！

这件事传到当地一个财主耳朵里。这个财主自称是什么“王爷”，他财迷心窍，想占便宜，就登门去拜访曹雪芹。他进了曹家，就厚着脸皮说：“曹先生，我的大学生（大儿子）眼下要去乡试，请您给画个吉利画，题个吉利字吧！”说完，就把扇面摆在雪芹的小桌子上。曹雪芹看着财主那贪心的样子，觉得很好笑，决定嘲弄一下这个沽名趋利之徒，就对他说：“王爷要是不嫌弃，那我就献丑了。”他提笔蘸墨，三涂两抹就在扇面上画好了一枝枯梅，梅枝上落了一只张嘴叫的小麻雀。那财主不懂装懂，故作风雅，笑着说：“妙，妙！这分明是一幅《喜鹊登梅图》嘛！”画完，雪芹又在后边题了四行字，字体熟练流畅，龙飞凤舞。财主仔细一看，才认出是：

搧扇有风凉，
王子上学堂，
八月中秋考，
头榜状元郎。

他连说，“吉利话，吉利话！”拿起扇面，笑嘻嘻地告辞了。

财主有了曹雪芹亲笔字画的折扇以后，好像身价也高了。不管走到哪儿，他都摇头晃脑地摇着纸扇，还给别人讲《喜鹊登梅图》。但是有学问的人都冲着他笑，有人还说他是疯子、傻瓜。他起先感到莫名其妙，后来觉得有点不大对头，就请了一位老秀才给他讲说扇面上的字画。那老秀才说：“我说出来您千万别怪罪我。这幅画的意思是‘小家雀也想攀高枝’，这是指你家公子去乡试说的。后面的四句话是藏头诗，把每句话的头一个字连起来读就行了，那是骂人的话。你细琢磨就明白了。”这时财主才恍然大悟，他咬牙切齿地说：“你曹疯子真，真……”话还没说完，就气晕过去了。

（口述人：韩永）

瘸鬼还能推磨吗？

四王府有个大财主，叫张伯元。他早先本是一个专靠“耍胳膊根”吃饭的土混混，到乾隆十三年香山“飞虎云梯健锐营”建立以后，他才趁势发了财。当时，健锐营三千飞虎兵，年俸、季米、月钱粮，人人手头肥得流油，个个挥金如土，每天都要有成百上千两银子扔到四王府街上。四王府街上大铺子小买卖还真不少，张伯元看准了捞钱的机会，便在街中间石佛寺旁边开了一个小油盐店，一早一晚还带卖豆汁。八旗子弟有个习惯，每天早上起身后，头不梳脸不洗，先要到大街上喝碗豆汁，吃碟小菜。张家小铺自制的小菜，花样品种很多，什么茴香啦，腌萝卜啦，等等。还有酱大椒，咸里发甜，香脆可口，八旗人最爱吃。小油盐店的生意越做越兴隆，张伯元的家业也越来越大了。

常言说：人走时气马走膘，骆驼单走罗锅桥。张伯元这只“瞎猫”逮住了一只死耗子，一下子变成了暴发户。那是一年秋天，乾隆皇帝到香山卧佛寺登高望远，品尝野味。午餐摆在山坡上的重阳亭，皇上正吃烤鹿肉，八旗参领献上来一碟张家油盐店的酱大椒。乾隆咬了一口，又甜又脆，满口生香，吃完一只，还想再吃，他听说这是山村小铺自制的酱菜以后，倍加赞赏，当下赐予“天义酱园”的店名，亲笔题写了“天义”的匾额，并且传旨，皇宫里所用的酱菜，全部由天义酱园供奉。运送酱菜的小车上插一面黄龙旗，可以随意出入紫禁城，不管内城外城，不论三更五更，京师的城门要随时开门放行。这样没过几年，张伯元就成了香山一带数一数二的大财主。后来，他还在刑部捐了一个什么官儿，结交了一些有势力的人，他的名气就更大了。

张伯元有钱有势，财大气粗，成了正白旗的一霸。他鱼肉乡里，为所欲为。他有一句口头语：有钱能使鬼推磨！只要兜里有钱，想干什么就干什么。张伯元满七十岁那年，他的儿子为了炫耀气派，要给他爸办七十大寿。远亲近邻，高朋贵友，连那些八杆子打不着的亲戚都请到了，也请了有点名气的曹雪芹和鄂比先生。这一对好朋友不便推辞，就商量着前去祝寿，要瞅准机会，给他点颜色看。

办寿那天，整个四王府的一条街上，都飘着一股酒肉香。张家的“青水脊”门楼前，车马不断，人来客往，真是热闹。筵席都快散了，曹雪芹和鄂比才慢腾腾地走进了大门。抬头一看，屋门上贴着一副对联，写的是：

有钱能使鬼推磨
没钱臭虫都咬人

他俩交换了一下眼色，也没讲话，就进了屋门。张伯元赶快站起来让座，说：“今天二位先生光临，敝人不胜荣幸之至。”二人也不搭话，坐在椅子上就一对一盏地喝起酒来。

张伯元的儿子敬了一杯酒以后，就提出来请鄂比先生在大门里的影壁上画一幅《八仙祝寿图》。鄂比满口应承，就来到当院，在众人面前提笔涂抹起来。他先是画了一盘石磨，又画了一个青面獠牙的老怪物，瘸着一条腿正在推磨。大家都在纳闷，不知这是哪一仙？张家少爷问：“这是不是铁拐李前来献寿？”曹雪芹早就心领神会，指了指屋门上的对联，那位少爷好像才开了窍，连声说：“对，对！有钱能使鬼推磨嘛！这是家父常说的话。”

这时候，一位爱拍马屁的客人，请曹雪芹在右上角空白的地方，再题写一首祝寿的诗，说有了题诗，这幅画就更有意思了。曹雪芹也不推辞，接过毛笔，就在鄂比画的小鬼上边，写了句“这个老头不是人”。张家少爷见是一句骂人的话，刚要发作，曹雪芹又写完了第二句：“天上神仙下凡尘”，他一看又转怒为喜了。再看下面两句是：“老子孙子都是鬼，磨出金豆庆寿辰。”曹雪芹写完，把毛笔扔在当院，和鄂比先生说说笑笑地走出了张家门楼。

祝寿的乡邻们，都称赞这幅画画得好，题诗写得好：既有仙人祝寿，又画出了张伯元口头语的意思。张家少爷也十分得意。只有张伯元那老头子气得脸色发青，说：“那诗把我们祖孙三代都骂遍了，你们还高兴什么！不过，画的‘有钱能使鬼推磨’，还是合乎我的意思的。”客人们听了，先是一愣，接着都连连点头称是。

曹雪芹和鄂比先生出了张家门，顺着大街往西走。鄂比对雪芹说：“张伯元开口闭口都是‘有钱能使鬼推磨’，我画的那个老鬼，偏偏不给他张家推磨！只有一条腿的瘸鬼，怎么能推磨呢？”说完，二人哈哈大笑，又朝村西走去。

（口述人：舒成勋、王子贵）

鄂比画葡萄的故事

香山和玉泉山之间，有个四王府村，村里有个大财主叫张伯元，他活到六十六岁了，可看上了一位三十三岁的小姐，多方托人说媒，总算如愿以偿，定于八月中秋举行“九十九岁大婚礼”。一时间，张家粉刷新房，置办衣物，张灯结彩，非常热闹。

八月十三这天，眼看吉日就要到了，张伯元忽然心血来潮，望着雪白的墙壁，总觉得缺一点什么，就想请人画幅画挂上。请谁画呢？西山闻名的好画手当然要首推曹雪芹，他画石、画竹没人敢比。可是这位“个二爷”生性高傲，恐怕是请不来的。请不来“燕市酒徒”，请来“醉鬼鄂三”也好啊。那鄂比画的葡萄、兰花也是远近知名的。张伯元主意已定，就封了二两银子交给家人，去请鄂比先生。

家人在峒峪村酒馆找到了鄂比，他正在跟曹雪芹喝酒闲聊。听家人说明来意以后，他眯缝着醒眼，瞅了瞅那二两银子，说：“你家老爷给我送酒钱来了，我不好不收。你先回府，我随后就到。”曹雪芹对他说：“三老弟既然已经应允，要在张家住上两天，吃他个酒足饭饱。”说完，目送鄂比顺山坡往东走去。

鄂比到了张伯元家，自然免不了有好酒好菜招待。只见这位有名的醉鬼，端起酒杯猛喝——眼也不睁，山珍海味紧吃——头也不抬，每顿饭都得有两壶好酒下肚。吃饱喝足了，他也不拘礼节，躺在新房的炕上就呼呼大睡。到八月十四晚上，出份子送礼的亲戚朋友都来过了，鄂比还倒在炕上打呼噜呢。这可把张伯元急坏了，他叫醒鄂比，说时间紧迫，请他赶快动笔。鄂比半睁睡眼，慢腾腾地说："画画这玩意儿，要等心情爽快，才能挥洒自如；人现在心里憋得慌，没心思握笔。"说完，又倒头睡着了。张伯元没办法，只好到屋外转磨去了。

八月十五早晨，鄂比突然从炕上跳下来，连喊三声："来人哪，笔墨伺候！"张伯元听说鄂比要画画，赶快催人送来笔墨。鄂比说："我要的是笤帚疙瘩。"张伯元心里犯疑：这醉鬼鄂比成心要给我添麻烦呀？我倒要看看他想干什么，鄂比接过笤帚疙瘩，又要了个铜盆，倒上墨汁，再掺进一壶水。用笤帚疙瘩搅了搅，然后挽起袖子，对旁边围观的人说："请诸位躲远一点，待会儿我画画时，弄不好溅各位一身，可别怨我酒又喝多了。"只见他拿起笤帚疙瘩，在盆里沾足了墨汁，往顶棚上就是一阵左抡右甩。这哪里是挥毫作画，简直是练武术耍花刀呢！人们抬头一看，洞房雪白的顶棚变成了黑锅底！那六十六岁的新郎官，把鼻子都气歪了，结结巴巴地问："这，这——算什么画儿？"鄂比先生不紧不慢地呷了一口茶，说："心急吃不了煤火饭，嘴急喝不上豆儿粥。请耐心一点。"他把笤帚扔在地上，从腰里抽出一支画笔，站到炕上，一笔一画地描了起来。没过两袋烟的工夫，鄂比坐在安乐椅里，对张伯元说："我画完了，请欣赏吧！"

张伯元左端详右品味，只见黑乎乎的一大片，看不出子午卯酉来。他又急又气地说："鄂比先生，我十五岁考取秀才，三十岁中举，五十岁进皇宫，苏州唐伯虎的写意，秦淮徐文长的工笔，哪派的画我没见过？可就没见过你这画法呀！"鄂比说："我今天就是专让你见识见识我鄂比这奥妙之笔！"张伯元说："我对你这胡涂乱抹法实在不敢领教。请问，你这是哪家的传授？"鄂比说："我受师于燕市酒徒，他生于苏州，长于扬州，能够泼墨绘九州；他以天为纸，以地为案，以椽作笔，以河作墨，唐伯虎、徐文长哪能和他相比？”

张伯元听他说得振振有词，不知道他是吹牛，还是真有点本事，就怀着几分敬意说：“请问，怎么领略你这奥妙之笔呢？”鄂比看他谦恭的样子，就对他说：“古人云：横看成岭侧成峰，远近高低各不同。你刚才站的角度不对，所以看不到这画的奥妙。你躺在炕上瞧一瞧。”

张伯元躺在炕上稍一细看，就“哎呀！”一声赞叹。那顶棚好像葡萄架，挂满了一串串水灵灵的葡萄。那不是画，就像真的一样，谁见了都想摘下一串尝一尝啊！张伯元跳下炕来，双手一拱，说：“鄂比先生，钦佩！钦佩！确是奥妙之笔，神来之笔呀！今天算我张伯元长了见识。”鄂比看他服了气，就说：“我这算是胡涂乱抹。真讲神笔，那还得数我师傅——燕市酒徒啊！”说罢，就向镶白旗方向走去了。

（口述人：鄂振生、秦凤凯）

手到病除

曹雪芹搬到香山住下来以后，总爱独自一人到处闲遛，高岭深涧、古寺山泉，没有他不去的地方。有时候，他还翻山越岭到山后的白家疃一带，游山玩水，凭吊古迹，了解风土人情，搜集写作《红楼梦》的材料呢！

有一天，他绕过卧佛寺，翻过“憋死猫”（山名），沿着十八盘登上山顶，又顺着弯弯曲曲的山路走下去，来到了白家疃。在“贤王祠”附近的大街上，曹雪芹遇到一个瞎老太太，她用一根拐杖探路，摸索着往前走。雪芹见这个老太太破衣烂衫，挺可怜的，就走上去问她：“老大娘，您高寿啦？”老太太听这个人说话挺和气，就回答说：“我六十岁了。”问她的眼睛是哪年害的病？她说是胎里带来的，“一生下来眼仁上就有一层白丝，看东西模模糊糊的；岁数越大，眼神越是不济；到如今，眼前一片白雾，什么也看不见了”。

曹雪芹听了老太太讲害眼的经过，就告诉她：“要这么说，您这眼恐怕还有治。我今天帮您治一治好吗？”老太太半信半疑，想了一下就说：“那敢情好！就麻烦先生了。”

瞎老太太领着曹雪芹进了自家的破栅栏门，来到一间小黑屋里。雪芹说：“您得这病叫白蒙眼。我给您看病，一不扎针，二不吃药，您准备一炷香、一碟醋、两头蒜，我把白蒙底下的火淤血挤出来，您就能看见东西了。”老太太说：“香在佛龛里点着，醋在小桌上搁着，蒜在南墙上挂着，请您自个儿拿吧！”

曹雪芹从蒜辫子上摘下两头独头蒜，捣烂以后拌上醋，盛在小碟里，放在老太太的眼下。他又把点着的香火往醋碟里一沾，浸灭了火，趁着还有热气，就在她眼前晃动，不多一会儿，就见两滴黑血从老太太眼里流下来。她高兴地说：“我看到眼前有个红点，那——那就是您点着的灯亮儿吧？……您的医术真是高明，手到病除啊！”说着，就要跪下来道谢。雪芹把她搀到炕沿上坐下，她又问：“请问您先生大名，住在哪个村子？”曹雪芹说：“我姓石名头，家住大荒山。您也不用谢我，过几天我再来看您。”

以后，曹雪芹多次到过白家疃，看望这个老太太。有一位老先生说，老太太听说这位石头先生中年丧妻，就在白家疃给他说了个媳妇，但是正白旗佐领不准他们结婚，老太太就在白家疃盖了两间草房，成全了他们。

（口述人：席振瀛）

芹圃先生的医德

正白旗村子四周，到处都长着一种野草，叫野芹。这种野芹，开春时最先破土，夏天秋天长得很旺盛，冬天飘雪花了，有的野芹还没有完全枯死。曹雪芹懂得医道，他用野芹制成中药，治好了不少病人。

正白旗村东头住着一个寡妇，她丈夫在乾隆十三年攻打金川时，中箭阵亡了，给她留下了一个不满十岁的小女孩儿。娘儿俩相依为命，小女孩成了她的掌上明珠，喜欢什么就给买什么，要星星不敢给月亮。等到女孩长到十五六岁时，偏偏得了“女儿痨”，晚上睡觉前常常大口吐血。脸上没有一点血色。老寡妇整天心痛得哭天抹泪儿，今天到万花山烧香，明天去卧佛寺请佛，可就是不管用。

一天，有个老道给她画了一张符，上面写着咒语，让她贴在西山墙上，说是能驱鬼辟邪，免灾祛病，还骗走了二两银子。

画符贴在西墙上，下面还有几行小字，写着：“天皇皇，地皇皇，我家有个病姑娘。过路小伙念三遍，病好嫁你做妻房。”曹雪芹路过看见眉头一皱，哼了一声，说：“又是那老妖道骗钱来了！”就推开寡妇家的门，进到院子里。寡妇迎出来，告诉曹雪芹：“那个老道说，我家姑娘是邪气缠身，贴上这张符，让十七八岁的小伙子给冲一冲，病就会好啦！”曹雪芹对老寡妇说：“老阿妈，您别听那一套骗人的话。让我给你家姑娘看看病吧！”

曹雪芹跟着寡妇进到屋里，只见一个脸皮蜡黄的姑娘躺在床上，说了两句话，也是上气不接下气。雪芹让姑娘伸出手来，给她号了脉，对寡妇说：“这孩子的脉，沉而有力，气数不亏，寸脉细而不洪，乃是血量不足之兆。待我回家用野芹配成一服草药，吃上几剂，就会见好的。这病不难治，您不要着急了。”寡妇问一服药要多少钱？曹雪芹告诉她：“我用的药都是自己亲手采制，一个钱也不要。我看病行医，是为了帮助病人解除痛苦，不是为了赚钱。这是每个村野医生应有的医德呀！”

寡妇感激不尽，就跟着雪芹到家去取药。她回家后，按照雪芹的嘱咐：一天一小包，每包分三次吃完。没想到，这平平常常的草药，姑娘吃完收到了奇效。那个病姑娘到第三天就能坐起来了，第五天能自己下地，第十天病就大见成效了。娘儿俩高兴得不知道怎么好啦，抱在一块儿，哭一阵儿笑一阵儿。她们请人做了一块“华佗再世”的匾，亲手抬着送到曹雪芹家。

曹雪芹治好女儿痨的事儿，传遍了正白旗，远远近近前来求医的人就更多了。雪芹在村东开了一块地，培植了一片野匠，四周还围上了一道篱笆。他给这块培植野芹的园地，起了个名儿，叫“芹圃”。后来，曹雪芹用这块芹圃里的野芹制成草药，治好了很多病人。这些病人，不叫曹雪芹的名字，也不称呼他的号，就叫他“芹圃先生”。曹雪芹自己听了也很满意，就把芹圃作为自己的号了。

（口述人：赵思诚）

治病救人兼爱堂

曹雪芹从城里搬到香山定居以后，一方面写他的《红楼梦》，另一方面也开始了“不为良相，但做良医”为老百姓治病解难的生活。

曹雪芹医术高超，医德高尚。他为人看病不收诊费，只收草药。因为不花钱就看病，穷人病好了过意不去，又没钱交，就把自家的瓜果、葫芦等物送给他作为制药的材料。他还与四王府一家药铺约定，同样是不收诊费，只收药材，但是必须有曹雪芹扣上药房名字图章的字条。

这里就有一个曹雪芹治病救人的故事。

四王府村有一座“兼爱堂”药铺，掌柜的姓仁，年过半百，稍懂医道，乡亲们都称他仁先生。这仁先生原开一家小布店，勉强能维持生活。一年冬天用火不慎引起一场火灾，把布店烧得爪干毛净。仁先生心急火燎，急得不知所措，吃不香，睡不宁，有时就到酒馆去喝闷酒。

说来也巧，有一次在酒馆里正巧遇见独酌独饮的曹雪芹。仁先生久闻曹雪芹的大名，神交已久，知道他是个济危扶困、仁义兼爱，一身侠肠义胆的人，便凑了上去，打了个千，恭敬地说道：“久闻芹爷大名，如雷贯耳。今日在此相遇，深感荣幸之至。现今小弟家遭大变，无以为生，恳请芹爷给指条路吧！”

曹雪芹问他：“天下三百六十行你会哪一行啊？”

仁先生说："小弟自幼体弱，卖不了力气。先父就教我读了点医书，也懂点制药。后来我开了一家布店谋生。可惜因我不慎一把火把布店烧光了。我如今是一筹莫展呀！"说到伤心处，用手摸了摸眼眶。

曹雪芹听完后，说："你写个字，我来断一断你的前程。"

仁先生借来笔和纸放在桌上，思考了一下，便写了自己的姓——"仁"字。

曹雪芹看了一眼这个端端正正的仁字，随口说道："一人面前路两条，卖力不成卖布烧。若想求生需仁义，卖药要比卖布好。"

仁先生听完芹爷的批语，恍然大悟，一拍大腿，说道："芹爷一句话救了我的命。从明天起我就转行准备开药铺。"

曹雪芹说："你开药铺，可以。我有个条件，不知仁先生答应不答应？"

仁先生问："芹爷德高望重，料事神通，小弟岂有不答应之理。但不知是什么条件？"

曹雪芹一板一眼地说："我给你的药铺取个名字叫'兼爱堂'。以后你看到我开的有兼爱堂印章的药方，只能给药，不许收钱。用实际行动，体现你堂名的含义。"

仁先生点头称是，满口答应。道谢之后，便离开了酒馆。

经过个把月的紧张筹备，仁先生选择了吉日，兼爱堂挂彩开张了。

正式营业的头几天，前来抓药的穷人差不多都是拿着盖有"兼爱堂"印章的药方。仁先生恪守承诺，见方给药。到了月底一结账，大吃一惊，不由得感叹一声："我这买卖从姥姥家赔到姨父家去了！这还了得。"仁先生赶忙整衣掸尘，前往曹宅去拜访芹爷，请求他笔下留情。见到曹雪芹，没想到对方开口就问："仁先生，这几天的买卖怎么样？"

仁先生愁眉苦脸地说："唉，别提了，赔钱赔大发啦！"

曹雪芹不紧不慢地说："古人有言：将欲取之，必先予之。过不了多长时间，我管保你善名扬遍香山，有日进百银的好日子。"

仁先生说："我愿领教芹爷的妙策。"

曹雪芹略带神秘地低声说："此理只可神会，不能言传。天机不可泄露。"

仁先生觉得不好再问，就告别曹雪芹，抱着很大的期望回家去了。第二天早晨，太阳照亮了香山。兼爱堂后院的老槐树上，有一只喜鹊喳喳地叫。仁先生赚钱心切，以为喜鹊登枝预示着今天要发喜财了。他洗漱完毕，又把院子打扫一遍。刚想坐下来抽袋烟，就见旗营里窝老爷的家人呼哧呼哧地跑进来，对仁先生说："我们奉老爷之命，前来买药，你家药铺里膏丹丸散，中成草药，我们包圆了！"仁先生觉得这事太稀奇，就问："你家老爷买这么多药干什么？"二位家人齐声说："我们老爷说是到六月初六晾经那天，都舍给穷人'结福缘'使用。"

仁先生边听边把成药分门别类放到一个大箩筐里，称好了分量，算好了数量，估好了价钱，二位家人交完了药钱，扛着药筐走了。

仁先生突然发了财，这肯定是来源于芹爷的妙策，一定要请芹爷说出个究竟来。

正在这时，曹雪芹迈步走进了兼爱堂。仁先生赶忙请芹爷坐在上座，双手敬上香茶，请了早安，就坐在侧。曹雪芹开口问："仁先生这阵子买卖做得怎么样？"仁先生接过去说："托您的福，买卖做得挺好。窝老爷把中成药品全包圆买走了。我得好好感谢您，还得向您请教，您用了什么样的妙策？"曹雪芹一边品茶，一边道出了事情的原委。

原来这窝老爷名叫高鹏，曾经在圆明园供职，是个什么总管，家境豪富。他得了非常严重的头痛病，求遍名医，也没见丝毫的好转。他听说曹雪芹有很高的医术，一些重病号被他妙手回春。他就迁居到香山来，请曹雪芹看病。曹雪芹问清了病因和发病时的表现，切脉后开出药方，又经过针灸，高鹏的头痛病竟然痊愈了。窝老爷喜出望外，又是打千，又是作揖，千谢万谢，非要给二十两银子的赏钱。曹雪芹说："这银子我不能收。我是旗人，不能破了旗人的规矩。你要非出钱不可，我倒有个主意，你到四王府兼爱堂药铺把他的中成药全都买下来，到了六月初六各个寺庙晾经时，施舍给来往的穷人。这也是老爷积公德、结福缘的机会呀！”窝老爷满口答应，完全照办了。

仁先生听得入神，对芹爷的医术和道德品格佩服得五体投地，对他对自己的救助更是感恩戴德。仁先生请曹雪芹向他传授做人和行医的原则要求。曹雪芹留下了下面这些话：

> 不为良相，但做良医。
> 为医莫贪财，贪财乱行医。
> 行医心要正，心正医效奇。
> 百行德为首，不可坏心机。

（口述人：刘琛）

礼王坟前救车夫

曹雪芹住在香山的时候，常到礼王坟一带遛弯儿。

礼王坟，坐落在镶红旗东南，门头村的正南，占地有一百多亩，苍松翠柏，宝顶祠堂，很有气势。礼王坟东门前，由北往南有一条土道，门两边蹲着两座汉白玉石狮子，一公一母，十分威武；再往外，就是两棵古老的松树，一棵像龙头，一棵像龙尾，大风一刮，这条龙摇头摆尾，真像活的一样。人们说，礼王家代代将门，辈辈虎子，都是因为他家坟地的风水旺盛，门口有金龙银狮把门的缘故。礼王家也对这一对石狮和两棵龙松看得非常珍贵，加意保护，专门派了几名士兵日夜看守着：生怕有人损坏了这两对宝物，破掉他家的风水；若是发现有人走近石狮和龙松，立刻就会被赶走，弄得不好还会挨顿毒打的。

有一次刚下过大雨，土道上汪泥汪水的，走起来很滑。有一个赶车夫拉一车石头，出了门头村往南走，经过礼王坟东门时，窝在水汪里啦，车夫紧摇鞭子赶车，牲口一使劲，不巧车辕上的铁箍撞在石狮子上，碰下来一小块石片。这可气坏了守门的士兵，他们如狼似虎地冲过来，把车夫打得头破血流。车夫见闯了大祸，跪在地上苦苦哀求："老爷饶命！老爷饶命！"过路的人都上前替车夫求情，可是那伙士兵怒气冲天，不依不饶，非要把车夫逮走不可。

这时候，从北边走过来一个四十多岁的人。身披鹤衣大氅，脚踩福字履，眉目清秀，手拿一把折扇，走起路来很有气派。他压低嗓音训斥那几个士兵，说：“光天化日之下，殴打平民百姓，是何道理？”看门的士兵见有人出来“挡横”，但不知道这个人的来历如何，就仔细打量来人的穿着打扮。一个士兵说：狗拿耗子多管闲事，你是干什么吃的？”那个人说：“我是到王府的。”士兵听说这个人是“到（道）王府”的，当下就变了一副面孔，点头哈腰起来。有人问：“请问尊姓大名？”那个鹤衣大氅的人很生气地说：“回家问你们的主子去，让你们这些不睁眼的也见识见识！”吓得守门士兵们谁也不敢吭声了。

这时候，车夫趁机爬起来，向来人作了个揖，说：“请先生救命！”还把撞坏石狮子的经过，从头到尾讲了一遍。那人听罢，仰天哈哈大笑，把在场的人都笑糊涂了。等笑够了，他才对大家说：“说是这位车夫把石狮子撞坏了，这简直是没影的事！我把真情老实告诉你们吧！这对石狮子有百年的道行，经过长期修炼，已经成了精啦！每天五更时分，它都要到天下第一泉去喝水，昨天它去玉泉山的半路上，得罪了一个仙人，仙人变成一个捡粪的白胡子老头，举起粪勺砍在石狮子身上，砍下一块石片来。不信，你们就去看看嘛！”大伙围上去一看，果然是掉了一块月牙形的石片，像是用粪勺砍的。那人对士兵们说：“回去把我讲的话禀报你家主人，砍掉一个月牙儿，无关大局，以后要妥善看管才是。”一个岁数大些的士兵，向那个穿鹤衣大氅的人施了一礼，说：“谢谢先生的指点！”他回过头来，小声地对那几个年轻的士兵说：“若是说大车碰坏了石狮子，那就是咱们的失职，王爷要是怪罪下来，还有咱们的活命吗？”士兵们一下子醒悟过来，指着石狮子身上的月牙说：“这哪像是车撞的呀！”

赶车夫听了这些话，向旁边那位来人说了声“谢谢！”也顾不得身上的伤痛，一纵身坐上车，“啪！”地抽了一鞭子，飞也似的往南边去了。

那位穿鹤衣大氅的人，朝守坟的士兵微微一笑，一甩袖子，又到处闲遛去了。他是谁呢？他就是在山村著书的曹雪芹。

（口述人：席振瀛）

公道老儿

香山根儿底下的庄稼里，在两家的地界上，常常看到一丛一丛的绿草，春天开红花，秋天结圆果，头一年枯死，第二年再长。它比石头界桩还好，不怕人挪动。耕地时犁杖不剷它，它不会往边上张；若是犁断几根，它就很快长出来，还往那边蔓延。当地老乡管这种划分地界的草，叫“公道老儿”。

把公道老儿种在地界上，这是曹雪芹的主意。

原来，香山一带的庄稼地，都是十来亩地一块，大小差不多。那是清朝初年礼亲王跑马占地，把地分成许多份，赏给作战有功的旗人时划定的。过了一百来年，地主换了不少，地块可变化不大。

有个叫李老实的农民，种着一块八亩大的旱地。地东边是财主张家的地，两家的地界上，栽着一块一尺来高的界石。贪心的财主每年秋天耕地时，都多占李家的一犁地，界桩也往西边挪动一尺多。几年过去，被财主占去的地足有一丈多宽，连李老实父亲的坟头也被占过去了。李老实多次到财主家央告，都被赶出来了；请有脸面的人去说情，也碰了一鼻子灰。他气得没办法，就到县衙去告状。告了几次，也没人理睬，还说他是无理取闹。乡亲们劝他：“胳膊肘拧不过大腿，少种一亩半亩地算什么，你还是打掉门牙往肚里吞，忍了吧！”

李老实有股子犟脾气，硬是咽不下这口窝囊气。他到正白旗找曹雪芹，请他给出主意。曹雪芹想来想去，一拍大腿说：“行，我替你写状纸！”当下就写好，交给李老实，又向他交代了几句。

李老实马不停蹄来到宛平县，县官接到状纸，刚看了个开头，就气不打一处来。原来，状纸上写着：李老实告他死去的父亲嫌贫爱富。县官猛地把惊堂木一拍，大声喊叫：“把李老实这个小刁民押上堂来！”

李老实被带到大堂，跪下后，按着曹雪芹代他写的状纸的内容，说出了告他先父的缘由。他说：“我父亲活着的时候，忠实厚道，远富近贫，乡亲们都说他是个老实巴交的庄稼人。哪知道，他到了阴间以后，完全变了一个人，不甘心在自家的薄地里安寝，却投奔了财主，连坟头都带到财主家地里去了。请县老太爷给小民做主，惩办嫌贫爱富的先父！”

宛平县令听了李老实讲的一番话，气也消了。再看看状纸，写得蛮有味道，就问：“你先父的坟头跑到谁家地里去了？”李老实回答说：“请老爷秉正公断，姓张的财主家每年耕地时占我一犁地，现在占了足有一亩多，连先父的坟头都占到他家地里去了。”

县官听完，一阵大笑，说：“原来你告的不是你先父，倒是告的张家财主啊！”他当下断定，让财主家退还土地，重新竖立石桩，界限分明，各不相扰。

李老实想起了曹雪芹对他说的话，就对县官说：“香山有一种叫公道老儿的草，种在地界上，每年死而复生。谁要是想占便宜，犁断了公道老儿，它就往那边长。我家地界就种这种公道老儿吧！”县官答应说：“那就依你！”

李老实的官司打赢了，地界上长起一丛公道老儿。财主再也不敢占他家的土地了。

打那以后，香山一带的地界上，石桩子越来越少，都变成了一丛一丛的公道老儿。

（口述人：李永顺）

井台旁的对联

香山四王府村虽然背靠青山、面临平原，但是缺少水源，一座几百户人家的大村子，只有两眼水井。一眼井在街中间靠近山根的地方，村里的老百姓世世代代就喝这口井的水。还有一眼井在大财主张伯元的后花园里。

张伯元是个贪财的人，他硬说街中间的那口官井破了四王府的风水，就派人把井填死了。乡亲们没办法，只好央求张伯元，到他家后花园去挑水吃。狠心的财主说："到我家挑水也可以，但是得交水钱。"他在井台旁边放了一个闷葫芦瓦罐，谁要想来挑水，就得往瓦罐里投进一枚铜钱！

张伯元有钱有势，本村的居民谁也惹不起他，只好花钱到他家后花园去买水。四王府的大人小孩恨透了这个吸血鬼，不是指脊梁骨骂他，就是冲着他吐唾沫。这个骂他是横行霸道，那个咒他准会得痨病，让他把搜刮来的水费变成药钱。有人还说要到衙门里去告他，非要他花钱把街中间那口井挖开不可。

张伯元眼看着犯了众怒，又舍不得花钱挖井，就想出一个鬼主意来。他在井台旁边搭起来一座牌楼，提笔写了上联："丙丁壬癸何为水火。"他还扬言：若是有人对出下联，就算他认输，取消挑水付钱的规矩；若是没人对得出，那就“外甥打灯笼——照旧”！打一挑水交一枚铜钱。

为了对好下联，村里喝过点墨水的人，都到牌楼前琢磨。可两天过去了，没有一个人能写出下联。第三天早晨，张伯元正在井台旁边溜达，对着打水的人说：“哪位能对下联，啊？嘿嘿嘿！”他正笑得起劲儿，住在村西的曹雪芹走过来了。他站在牌楼前仔细端详了一会儿，他想，这有何难？张伯元是把我国古代的“五行”和“天干”对应起来，组成五个方向的办法，来写成对联，这上联用的是“南北丙丁火，北方壬癸水”；若想对下联，用“东方甲乙木，西方庚辛金”就行了。他问财主：“你说有人对出下联，就不收水费了，说话算数吗？”张伯元说：“君子一言，驷马难追！”曹雪芹当下就让人取来笔墨纸砚，挥笔写出了下联：“甲乙庚辛什么东西！”在一旁围观的人，见曹雪芹对出了下联，都冲着财主喊：“什么东西！什么东西！”

张伯元毕竟是个秀才出身，肚子里也装了点墨水，他见曹雪芹下联对得工整，还把他骂了一顿，就吩咐家人打碎了闷葫芦瓦罐，垂头丧气地溜进了月亮门。从此以后，四王府的乡亲们吃水再也不需要花钱了。

（口述人：何福元）

茶馆里吟成三首诗

香山健锐营正白旗有一位牛录章京（佐领），为了省事，人们都叫他牛章京。说他是嘎杂子琉璃球，看见谁家的大姑娘、小媳妇长得好看，心里就惦记着，想占便宜。旗营里钱粮一发下来，他就过手三分肥，克扣侵占，贪赃枉法。他虽然每月五两银子的俸禄，比当马甲的强多了，但他和支更的马甲一块当差时，总要想方设法撮人家一顿儿。人们背后管他叫磁公鸡、铁仙鹤、玻璃耗子琉璃猫。因为他有钱有势，别人都惹不起他，只有曹雪芹和鄂比敢跟他较量，那是“皂君庙的狮子——铁对”！

这牛章京不但贪财好色，还喜欢沾文濡墨，附庸风雅。平时在茶馆酒肆中，总是张口“大江东去苏东坡”闭口“李白、杜甫与萧何”。有一天，他吃完早饭，手拿一把新装裱的折扇，上边有手书自写的新作，晃晃悠悠来到四王府李记茶馆。他特意选择了一处显鼻子显眼的地方，坐好后，闷上茶。他扇了几下扇子，手指扇子上的诗，大声念起来：

一轮红日照八旗，
八旗江山不可摧。
皇恩浩荡满蒙汉，

满蒙汉吃皇家饭。
铁杆庄稼长老米，
老米收成没涝旱。

他刚念完诗，还想再说什么，旁边站起来一位身材健壮、气宇轩昂的人，他就是曹二爷的好友鄂比先生。他身边坐着名震西郊、才压群贤的曹雪芹，二人互相点头示意，鄂比就对牛章京说："你虽然念了一首诗，你也算不上半个文人。文人有文人的品格道德，你那歪诗只是溜须拍马之作，没有真情实感。如今八旗人寅吃卯粮，债台高筑，哪里还有什么'浩荡'！"说完，他也触景生情，吟成一首小诗，随口念出来：

一轮红日照八旗，
豆渣饭就萝卜皮。
皇恩浩荡满蒙汉，
炒菜不搁葱姜蒜。
铁杆庄稼长老米，
旱死禾苗不下雨。

牛章京听罢，心想：你鄂比敢在大庭广众面前攻击大清朝，要跟你理论理论。他正要说话，那边曹雪芹已经站起来，念他的新诗了：

健锐营中有一牛，
吃喝偷赌逞风流。
正白旗里有一章，
坑蒙拐骗嫌他脏。
香山脚下有一京，
聪明伶俐一身腥。

牛章京听完诗，也琢磨不出什么味，就说：“曹先生的诗比鄂比的好多了，明明白白的反对坑蒙拐骗……”他还没说完，鄂比就接着说开了：“曹先生的诗确是一首好诗，好在哪儿呢？这是一首藏头（尾）诗，把每句最后一个字隔行连起来念，就是‘牛章京流脏腥’。牛章京流脏腥，爷们群里不走，娘们群里磨磨蹭蹭。牛章京流脏腥，贪赃枉法的老爷，八旗哥儿们的混虫。牛章京流脏腥，交朋待友装傻充愣，混饭吃请透精明，曹先生的诗真是一首好诗啊！”

茶馆里的顾客们聚精会神地听鄂比先生谈诗。他讲完，才发现旁边座位上空空的，那位摇扇子的牛章京不知在什么时候溜走了。

（口述人：舒成勋）

红脸大汉的拳头

香山健锐营八旗建立以后，他们依仗着主子的权势，在香山一带耀武扬威，没人敢惹。平民百姓从营盘墙外经过，一些八旗兵丁举枪就打，拉弓就射，遭到冷箭的人只好自认倒霉，吃了亏也没地方说理去。一些八旗子弟也仗着出身高贵，胡作非为，四王府、峒峪村的汉族居民常有被他们辱骂、殴打的。人们都习惯地称呼这些八旗子弟为“小老爷子”。

当时曹雪芹正住在正白旗，虽然他也是旗人，但是他看不惯这些霸道的“小老爷子”，常为受欺负的人打抱不平。他当众奚落过“小老爷子”，有时也惩罚他们一下。

有一天，曹雪芹和他的一个朋友红脸大汉在四王府街上的人群里闲遛。这个红脸大汉头缠红巾，身材高大，体力过人，练得一身高超的拳术，也是个好打抱不平的人。有人说，他曾经在静宜园东宫门试图劫皇杠，结果认错了人，投出的飞刀差点没把宰相和珅扎死。那些横行霸道的“小老爷子”，对红脸大汉都是惧怕三分，特别是害怕他那像榔头一样的拳头。曹雪芹和红脸大汉遇到了一群人围成了堆，就挤进去，想看个究竟。原来是一个长着小迷糊眼的“小老爷子”，正跟一个卖糖葫芦的老头捣乱。“小迷糊眼”朝老头要了一串糖葫芦，扭头就走，老头朝他要钱，他不但不给，还说：“老爷吃你一串糖葫芦是瞧得起你，若是赏脸你不要脸，就别怪老爷我不客气！”吓得那个老头连忙露出笑脸赔不是。围着看热闹的群众，心里都憋着一股子气，但是没有一个人敢吭声。曹雪芹对红脸大汉小声说：“对付这号人，就得有一对老拳。”大汉说：“等我给他点颜色看看。”

那位红脸大汉向曹雪芹点了点头，一个箭步蹿上去，伸手抓住“小迷糊眼”的脖领子，就像提溜一只小鸡似的，训斥他说：“你凭什么吃了人家的东西不给钱？”这个八旗子弟是逞凶惯了的“小玩儿闹”，竟然不把红脸大汉放在眼里，他把眼一翻，说：“你敢动老爷一根毫毛，我叫你吃不了兜着走！”这句话可把大汉惹火儿了，他挥手一拳砸在“小老爷子”的鼻梁上，顺势右腿扫了一个绊子，把“小迷糊眼”撂倒在地，让他来了一个嘴啃泥。就这一拳一脚，让他想骂也不敢骂了，马上趴在地上求饶。

曹雪芹走上来对“小迷糊眼”说：“你还不赶快认错！”他头也没抬，赶紧说：“我再也不敢欺负人啦！”红脸大汉假装着火气更大了，说：“你不欺富人，专欺穷人，我偏要打抱不平！”说着，就又是一拳。曹雪芹问“小迷糊眼”：“这么不讲理，你是什么人？”他说：“我是旗人。”大汉举起了拳头，说：“老爷骑马你骑人，你好大的胆子！”拳头落下去，打得“小迷糊眼”哎哟妈哟地直叫唤。曹雪芹怕再动拳头打出了毛病，就对红脸大汉说：“他认了错，又答应给糖葫芦钱，就饶了他这一遭吧！”

那个“小老爷子”爬起来，把糖葫芦钱交给老头，一瘸一拐地冲出了人堆。登时，引起满街筒子人的哄笑。

（口述人：何福元）

武攻文治

卧佛寺西门外开了一座茶馆。这里山清水秀，古槐成荫。每年夏天，那些八旗的富贵闲人、寺庙的打杂和尚，还有一些当地住户，常来茶馆里喝茶消暑，聊天解闷。

来茶馆喝茶的人里头，有两个八旗兵丁，一个叫纪四，一个叫武喜。他们俩仗着会点拳术，常在这里动手动脚，欺负平民百姓。所以只要纪四和武喜一进茶馆，有些老实人怕惹麻烦，就赶紧躲开了。茶馆的老掌柜最害怕这两个人惹是生非，把买卖给搅了不算，闹不好还要碎壶砸碗、挨上几拳。

曹雪芹和他的好朋友红脸大汉，早就想教训这两个无赖，就是没得机会。说来也是冤家路窄，那天曹雪芹和红脸大汉到茶馆喝茶，正好碰到纪四和武喜在那里闹事。红脸大汉找座位的时候，踩到了纪四的脚尖，纪四“哎哟”一声，顿时翻了脸，大声骂起来：“你没长眼睛？大爷我坐着你看不见？”大汉回头看了他一眼，双手一拱，点了点头，表示歉意。坐在旁边的武喜不依不挠起来，捋胳膊挽袖子冲上来就要动武。

曹雪芹从后边跟上来，不紧不慢地说：“二位息怒！要动武得有个规矩。请问，你们是要文打，还是武打？是单打，还是群打？”武喜气冲冲地说："你武爷爷文的不该着，武的不欠着！"纪四打量了一下曹雪芹和红脸大汉，说："群打不算好汉，单打方是英雄！"红脸大汉听了，一抖身把长衫甩在一边，露出一身短打扮，上裹紧身衣，下穿宽腿灯笼裤，真是魁伟英武，气宇逼人。他摆出了一副要对阵的架势。

那纪四是逞强斗胜惯了的，在众人面前也不示弱。他来了个先发制人：从身上掏出一枚"乾隆通宝"的制钱，朝桌面上一扔，伸出右掌用力一劈，就听见"咔吧"一声，铜钱裂成两半。他捡起半块铜钱，扔给红脸大汉，说："今日有缘相会，就送给你半个铜钱做见面礼吧！"

这是下马威。在旁边围观的人都惊呆了，人人替大汉捏着一把汗。

那位红脸大汉左手接过了铜钱，一声不吭，用右手小拇指，在半块铜钱上轻轻地画了一个十字，那铜钱就又碎成了四块！他把碎块扔到桌面上，朝他的两名对手说："你爷爷是个光棍汉，孙子还没花过我的钱，你们拿去，买点花生、瓜子吃吧！"

围观的人们又是一惊。接着，就是一阵叫好、喝彩的声音。

纪四和武喜早就傻了眼，吓得浑身哆嗦，四只眼珠子滴溜乱转。愣了一会儿，才又是作揖又是施礼，结结巴巴地说："小的有眼不识……不识泰山，请老爷高抬贵手，饶……饶了我们这一遭儿吧！"

围观的人哄笑起来，眼瞅着两个无赖狼狈地逃走了。

红脸大汉拉着曹雪芹坐下来喝茶。茶馆老掌柜上前给斟满了碗，说："二位贵人，这可了不得啦！等你们走了，他俩再来找麻烦，我可怎么办呀？我的买卖也开不成啦！"曹雪芹喝了一口茶，对他说："老掌柜你不必害怕，我送你一副对联，贴在门口，既能消灾避难，又叫你买卖兴隆！"说完，取出文房四宝，挥笔就写，大家一看，写的是：

己巳一体多根尾巴小心砍掉

戊戌同形少点良心应该学好

雪芹写好对联，喝完茶，就跟红脸大汉一起出了茶馆。

茶馆老掌柜把对联贴在门口，看对联的人就跟赶庙会的一样。人们都说这副对联的内容很深，字眼对得工巧，书法雄秀神奇，不是大手笔断断写不出来。评论完对联以后，人们少不了要到茶馆里喝碗茶，老掌柜的生意越来越兴隆了。

纪四和武喜听说红脸大汉的朋友写了副对联，也混在人群里来看热闹。这俩虽说是八旗子弟，可不认识几个字，就让别人念给他们听。一个老头子念道："纪四一体，多根尾巴，小心砍掉；武喜同形，少点良心，应该学好。"纪四听了，心里直嘀咕："对联骂我干坏事，多根尾巴，好像禽兽一样，我要再做坏事，就把我的尾巴砍掉，好厉害呀！"武喜也暗中盘算："对联说我净欺负好人，没有良心，劝我要学好，别再动手打人了，给我指一条出路，我得好好想想啦！"他俩你瞅瞅我，我看看你，把脚一跺，齐声说："咱俩痛改前非，改邪归正吧！"他们向围观的人作了个揖，就点头哈腰地走开了。

俗话说："浪子回头金不换。"纪四和武喜从那以后，还真变好了。听说，他们俩还跟红脸大汉、曹雪芹交上了朋友。他们为什么能变好呢？先是红脸大汉的武功，后是曹雪芹的对联，这就叫作"武攻"和"文治"。

（口述人：韩永）

魔王殿参禅

香山“鬼见愁”的西南，有一座天台山，山上有魔王洞、魔王殿、苦修岭，传说是顺治皇帝修成正果、坐化成佛的地方。京城内外，方圆几十里，到这里烧香拜佛、求签许愿的人，成群结伙，来往不断。每年三月十六日，是天台山庙会的日子，赶庙、走会的，更是人山人海。

有一年天台山庙会，天刚蒙蒙亮，曹雪芹就随着“飞虎云梯健锐营”的文场会，赶着往天台山上头炷香。来到第一道山门前，只见各村来走会的人划地为界，各占一方。打五虎棍的，耍坛子的，打少林拳的，敲太平鼓的，都在大显身手，争抢头香。曹雪芹看着这些民间花会高手奉献的绝技，不住地点头称赞。

他看到很多香客，都往一个打坐的老和尚那里挤去。老和尚身披袈裟，手敲木鱼，口念佛经，身边放着一大一小两只木箱，大木箱里藏满了“红土药包”，小木箱里放着卖药的钱。据说，这红土神药是由魔王老爷（顺治皇帝）修炼时滴血的红土加工配制成的。这种药能包治百病，上治秃疮，下医痔疮，头痛脑热，上吐下泻，花钱不多，药到病除。聚到这里来的香客，取走一个红土药包，留下一份药钱；老和尚就手敲一下木鱼，口念一声“善哉！”

曹雪芹看了一会儿佛门卖药的场面，觉得又好笑又可气，这分明是佛门弟子假借神灵骗取民财的鬼把戏。他决定留在天台山，当晚要在大殿参禅问道，跟老和尚算账。

太阳落山了，天台山寺庙的暮鼓响起一百〇八下，曹雪芹在魔王殿参拜老和尚。刚刚落座，曹雪芹就说："佛门以慈悲为本。请问作何解释？"老和尚回答说："大慈与一切众生乐，大悲拔一切众生苦。佛门弟子都以慈悲为怀。"曹雪芹听完哈哈大笑，说："我看你是佛口不对佛心。你们是靠佛吃饭，赖佛穿衣，打着慈悲的招牌，贩卖假药骗取钱财。这是乐了谁，苦了谁？我看是地地道道的假慈悲！"老和尚看他的红土神药被揭穿了，就双手合十，双目微睁，念了一声"阿弥陀佛"，说："先生慧眼洞明，老衲钦佩之至。我等卖药也是出于无奈。请先生积积功德，让出家人吃口饱饭吧！"曹雪芹见老和尚认了输，就告辞下山去了。

天台山和尚卖假药的事，很快就传开了，到魔王殿许愿求药的香客也越来越少了。

（口述人：牛阔天）

智斗韩大力

话说清代乾隆年间，北京西郊香山飞虎云梯健锐营正白旗村，有两个出名的人物，一文一武。文的是《红楼梦》一书的作者曹雪芹，他满腹经纶善于斗智，人称“智多星”。武的是营中的骁骑校，生的虎背熊腰，力大过人，姓韩名雄，外号“韩大力”。

有一次，这一文一武在四王府茶馆碰上了，茶喝后来酽，话就透着多。韩大力道：“都说文站东，武站西，武的比文的低。我韩某人就不服这个说法。大清国是马上取得的。常言说，是话就带音儿，是草就有根儿。”曹雪芹知道这话是冲着他说的，眉头一皱计上心来，便站了起来向韩某施礼道：“咱们一文一武，三日之后卯时三刻于此地再见。古人有云，愣失江山不失约会。我有事先行一步啦！”说完，就见曹雪芹仰面朝天，扬长而去。

各位读者，你知道曹雪芹这一走，葫芦僧的葫芦里装的是什么药？原来，这茶馆门前摆着一块技勇石（八旗兵练习臂力的）足有二三百斤。这么重的石头，曹雪芹算了，阖旗中只有韩大力举得起来。为此，曹雪芹与茶馆合谋要以技勇石给韩大力上一堂教育课，让他长一长见识，也杀杀他一勇夫的威风。

三天之后的卯时三刻已到，韩大力准点来到茶馆，就见有几个人围着一块石头说三道四，韩大力拨开人群见技勇石上新添了一行字。俯身细瞧，上面写着："举起此石者，赏银百两。本店启。"这一行字，正击中了韩大力的豪勇之心。他伸手提了提这块石头。这时曹雪芹和茶馆老板从屋里出来，见韩大力指着石头说道："老板，这话可当真？""君子一言，驷马难追！"老板道。此话一出，有如军令，就看韩大力摆好骑马蹲裆式，先吸一口气，再一挺腰，双手一抠石沿儿，一下子竟把技勇石举过头顶。还耀武扬威地绕场一周，"咣当"一声，石归原位。然后说道："快拿一百两银子来，韩某等着用呢！"

老板就跟没听见一样，就见曹雪芹闪出来，说道："韩某人，你只见石上面一行字，下边底下还有字呢，你翻开看看。"韩大力一愣："怎么？底下还有字呢，是不是认为我举过一回了，再举举不起来啦？曹二爷，你别给我来这一套，我是老虎拉车。"一气之下又把技勇石举起来，抬眼一看，果然有小字一行：

惟韩大力举起不算。

韩大力有气无力地将石头扔在地上，自知上了曹雪芹的当。但又一想：这也是人家佩服我韩大力。得了，牙打掉了往肚子里咽吧，人家曹二爷用四两拨动了我二三百斤。在他回去的路上，仿佛还听到了曹雪芹吟了一首诗：

文站东来武站西，东边高来西边低。
若有廉颇不服蔺，请从左右悟禅机。

对话娶亲

西山的深山里有一个小村，叫高丽营。村里住的全是高丽人。高丽营的旗人，素来有与香山健锐营的旗人通婚的习俗。大多是高丽营的姑娘嫁到香山来。

双方成亲时，高丽营有个规矩，在出嫁姑娘的闺房门口横放一条板凳，上边坐着一位口齿伶俐又有学问的人，号称“把门人”。娶亲的人家来接新媳妇，必须派一个人与把门人对话，回答他提出的各种问题，直到把门人对答话完全满意了，才会放人。有时遇到相持不下，能对峙一个时辰。香山答话的人必须顺着把门人的意思回答，想法把他说服。而把门人却可以东拉西扯，天南海北地随意发问。所以若是要想让把门人把板凳搬走，让出接亲的路，需要动一番脑筋。

有一年，香山镶红旗一家到高丽营去接新媳妇，就遇到了麻烦。在新娘房门口，把门人和娶亲的一问一答如下：

问：什么人在门前鸡鸣狗叫？

答：打猎人见野猫蹿到狗院里，又喊又叫。

问：平地才有野猫跑，山村树多飞俊鸟。

答：高山出俊鸟，全往平原树枝上落。

把门人见对方不但不顺着自己的意思说，还连讽带刺小瞧山里人。

说死也不搬开板凳，叫香山的娶亲人家改天再来对话。镶红旗这家人，都等着接回来新媳妇喝喜酒。好不容易等回来娶亲的，却扑了一场空。新郎的父亲知道是和把门人的对话出了问题，急得在屋里转磨，搓着手说：“怎么办？怎么办？”有人出了个主意：“还是请曹二爷跑一趟吧！”这一提醒，新郎官拉着他的父亲，直奔正白旗曹家。曹雪芹听说事情缘由后，满口答应，进屋换了一身衣服，到镶红旗坐上车与新郎奔高丽营去了。

在闺房门外，把门人打量了一下新来的对话人，只见曹雪芹徒步走来，天庭饱满，双目有神，举止大方，一派斯文，像个有学问的人，这就展开了一场对话：

问：大白天，什么人敢叫闺房门？

答：陈家娶亲的人来叫蔡家的门。

问：叫门门不开，一条板凳拦住娶亲的人。

答：宁破一座庙，不破一桩婚，门神不拦娶亲的人。

问：什么人留下关屋的门？

答：鲁班爷巧手做出的门。

问：什么人留下铁门栓？

答：老君嘴吹风，拳打铁，打出的铁门栓。

问：什么人留下扣门的环？

答：秦琼敬德，为民兴出扣门的环。

问：来了多少秃瞎聋哑、缩肩弓背的人？

答：来了九十九个福大命大造化大的人。

问：为什么来了九十九个这样的人？

答：加上新娘子，凑成白头到老、恩爱绵长的百岁人。

问：回去多少人？

答：回去一对月下老拴住的新郎新娘两个人。

问：什么时候到？

答：黄道吉日进了贵家的门。

对话到这里，把门人听到的都是喜庆话，回答有理有据，严丝合缝。对手学问渊博，令人敬佩，就高兴地把板凳搬开，让新郎接走了新娘。

曹雪芹和一对新人像打了胜仗似的回到了镶红旗。家里人个个喜上眉梢，忙摆上一桌酒菜，为曹雪芹接风洗尘，开始了一席新婚盛宴。

（口述人：何福元）

啄木鸟殉葬

从前，香山健锐营有一家“红带子”，姓金，也不知道他是哪家王爷的后代，反正有钱有势：门挂千顷（地）牌，家产值万金，双脚一跺，香山都颤悠，指东点西，说一不二。可威风啦！

有一年六月，天气热得出奇，金老爷突然浑身抽疯，嘴歪眼斜，说是得了中风不语的病。他躺在炕上，哼哼唧唧，一连几天，粒米不沾，滴水不进，眼看就要咽气了，一家老小、孙男弟女在炕上炕下围了一大片。傍黑儿的时候，大少爷见他父亲要下来，就准备了文房四宝放到炕桌上。金老爷使尽了力气，仄着身子，提笔颤颤巍巍地写下了几行字。刚巧写完最后一笔，就扑倒在炕上，一命归阴了。

一家大小没顾上哭，围着炕桌仔细辨认金老爷那几行歪歪扭扭的字。金老爷虽然有家财万贯，可是没有人能够识文断字；那大少爷年轻时也到学堂里混过几天，没奈何他满脑瓜子装的都是浆糊，到这节骨眼上，那字还认识他，他却不认识字啦！家里人一商量，赶紧派人去请当村的风水先生李半仙，求他给解释是什么意思。

李半仙来到金家，展纸一看，就拿腔捏调地念起来：“老翁安卧上下寺，红男绿女各东西。孝儿莫学包公子，日后必有凤凰飞。”

金大少爷本来就是个糊涂虫，现在是越听越糊涂，就请李半仙给讲一讲是什么意思。李半仙喝了几口清茶，眨巴眨巴眼睛，故作学识高深地说开了：

金老爷写的这份遗嘱，每句都有隐语：第一句讲的是墓葬的地点，“上下寺”是指上方寺和下方寺，这两座寺院一座在过街塔西边，一座在东边，把金老爷埋葬在过街塔左边，这就叫“老翁安卧上下寺”了。第二句讲陪葬的东西“红男绿女”，是指一对正在办婚事的新郎新娘，把他们埋葬在金老爷的东西两侧，作为殉葬品。第三句，就是嘱咐金大少爷要按老爷讲的话办事，不要当“拧种”。有句俗语，叫“老包的儿子——拧种”嘛！第四句说，你们金家人日后必定会有人被皇上封为后妃，“凤凰飞”就是“封皇妃”。你们金家要家道兴旺、出贵人啦！以后就等着过荣华富贵的好日子吧！

金家老小一听李半仙的话，个个乐得眉开眼笑，丧事变成了喜事，都想过好日子去了，没有一人哭老爷子一声。

大少爷对李半仙说：到香山顶上过街塔买两块坟地很容易，可是要找那一对殉葬的新郎新娘那就不好办啦！李半仙说：“这有什么难处？过街塔郭老四家的儿子要娶亲，媳妇是老爷沟花家的三姑娘。前半晌他来求我选择喜日，我给他选定的是七天之后辰时过门，午后回拜。金老爷出丧也可以选在七天之后辰时。到时候，郭老四的儿子、媳妇，正好从坟地路过，派几名精壮武士把他俩捆绑起来，扔到墓穴里随葬，只要送殡的人不说出去，谁能知道有这回事呀？”金大少爷觉得李半仙讲得在理，送给他十两银子，就派人购置墓地，单等七天以后动手了。

常言说：没有不透风的墙。金大少爷跟李半仙商量找殉葬品的话，被金家的差人刘二听了个一清二楚。刘二和郭老四是亲戚，他当天夜里就上了山，到过街塔告诉了郭老四。郭家听了信儿，又是着急又是发愁，想不出对付的办法。郭老四想让儿子逃走，她娘又舍不得；儿子说要去找金家拼命，他爸又怕打不过人家倒惹了祸。后来还是刘二说：“不如去请教正白旗的曹雪芹。这位曹二爷满肚子都是主意，也许他会帮咱想出逃脱危险的法子。”郭老四说：“正白旗营四门戒备森严，咱一个穷山里人，能进得去吗？再说，我跟曹二爷一不沾亲，二不带故，人家也不肯出力呀？”刘二告诉他：“曹雪芹是个直性子人，专好打抱不平，解人危难，他做的好事可多啦！你还是找他碰碰运气吧！”

第二天一早，郭老四下山来到峒峪村酒馆门口，两眼盯着东南方向，专等曹雪芹来喝酒。不多一会儿。果然有个脚穿福字履的人走过来了，跟刘二说的曹雪芹的打扮一模一样。他上前一打听，正是曹雪芹。郭老四扑通一声跪在地上，说：“曹二爷救命！”

曹雪芹不知道是怎么回事，吓了一跳，连忙用双手把郭老四扶起来，说：“不必这样，有话请说！”郭老四把金大少爷要用他儿子媳妇陪葬的事，诉说了一遍，又苦苦哀求“曹二爷救命！”

曹雪芹想了想，说：“这事你不必害怕。等你家办喜事的时候，我自有对付的办法。不过你要给我准备好一对啄木鸟，千万不要忘记呀！”郭老四听了，半信半疑，双手高举过头向曹雪芹深深地作了一个揖，说了声“谢恩人！”就回过街塔去了。

几天以后，郭家的喜日到了，曹雪芹按照当地风俗，封了个红包儿，上面写好“喜敬”二字，带在身上，顺着静宜园的北墙根，来到半山腰里的过街塔村的郭老四家喝喜酒。

酒足饭饱以后，曹雪芹又在新房里“迷糊”了一会儿。过了晌午，他对郭老四说：“今天我陪新娘新郎回拜，你们放心，不到太阳落山，他们就会平平安安回山里来啦！……你把准备好的啄木鸟给我吧！”

曹雪芹提上用布罩蒙起来的鸟笼子，领着新郎新娘，几个人骑着小毛驴，咯噔咯噔出了村。

还没走出半里地，就见山窝里白茫茫的一片，原来是穿着孝服的金大少爷一家老小，正在服丧。曹雪芹叫小两口儿远点停下，自己下了驴，提着鸟笼子往送丧人群走去。这时候，金大少爷带着几个壮汉冲了上来。曹雪芹不慌不忙地先施一礼，说：“请问，您就是孝主吗？”金大少爷说：“正是。你来干什么？”雪芹说：“我虽然不以堪舆为业，但是会看风水。我看你家坟穴，脚踩飞仙庵，头顶双喜沟，有高飞喜庆之兆。可后辈能不能出现贵人，要看用何物陪葬。”金大少爷吞吞吐吐地说：“这，这要一对新婚夫妇！”曹雪芹假装吃了一惊，说：“你一定是听了狂人的邪说了！这是有意陷害你，让你吃人命官司。请你把那出主意的人叫来，我要跟他攀道论理！”

曹雪芹说到这里，吓得跟来送葬的李半仙，赶紧躲到人群后边去啦！

金大少爷说：“家父遗言，要用‘红男绿女’陪葬。请问这红男绿女是什么东西？”这时候，曹雪芹把布罩揭开，指着鸟笼子里的一对啄木鸟说：“请看，这只公鸟的头上是红色羽毛，母鸟是绿色羽毛，这对啄木鸟才是金大少爷说的红男绿女，啄木鸟与凤凰本是同种，用它殉葬，日后才有‘凤凰飞’；若是用两个大活人陪葬，那跟凤凰有什么关系？”

听到这里，那位糊涂少爷好像才明白过来了。他连忙朝曹雪芹作了个揖，说：“多谢，若不是先生指点，险些误了我金家的大事！”随手送上十两银子作为谢礼。

曹雪芹也不客气，接过银子，递走鸟笼，他回头向新郎新娘招招手，咯噔咯噔地陪着他们到老爷沟回拜去了。

（口述人：刘大爷）

花腔会闹丧棚

香山这个地方，汉满蒙回藏，五行八作，各色人等都有。在清代，这里有村民组织了不少民间文艺团体，有花钵会、秧歌会、少林会、文场会等。这种文化团体，当有钱人家办红白喜事时便应邀演出，热闹得很。

正白旗的曹雪芹，是香山诸会中有名的人物。他组织的“花腔会”，在香山方圆几十里也很叫得响。就连远在门头沟地区的人，有事儿都请“花腔会”去演出。花腔会的演员都是旗下人，玩票的子弟，南腔北曲，东打西敲，诸般民间小艺都拿得起来。尤其是他们能现场抓哏，即兴编词，很受观众欢迎。

在香山韩家府村，早先有一家富户，人称“花王家”。他家世代都在圆明园当花把式。到了乾隆年间，他为皇帝承办了几次“万花观赏会”，赚了不少白花花的银子，发了大财。于是在韩家府又盖房子又买地，成为有名的伏地财主。

有一年，花王家的老太太在八十岁时过世了。按照当地风俗，这称作“喜丧”，要在“接三”那天请诸“花会”演出贺丧。花王家请了正白旗的花腔会。双方说定：本家为犒赏演出，准备演员到场后，先烟，后茶，再吃，然后演出。抽的是关东烟，喝的是蒙顶茶，吃的是炒菜面。

到了演出那天，本家准备的易州烟、茉莉茶，吃的是炒菜面。但是菜炒得淡，面煮得生，引起了众位子弟的不满，发生了一场“闹丧棚”的风波。

演出开始了，曹雪芹一打响尺，示意大家先唱群曲。由曹雪芹现场领唱，大家跟着齐唱，曲调是岔曲的调儿，词要现编。

领唱：鞭敲金镫响，齐唱凯歌还。本家的关东烟放在哪边？

合唱：花王家有钱管不起关东烟。

领唱：鞭敲金镫响，齐唱凯歌还。花王家的蒙顶茶鲜与不鲜？

合唱：蒙顶茶长在蒙山顶，蒙顶茶与花王家挨不上边。

领唱：鞭敲金镫响，齐唱凯歌还。本家说的是炒菜面？

合唱：一窝丝成了疙瘩面，炒菜大师傅忘了搁盐。

这时丧主早就听不下去了，赶忙上前对曹雪芹说：“诸位八旗爷们，今天这事全赖本东照顾不周。请诸位消消气，有什么话完了再说。本东绝不亏待诸位。”说着，单腿一下跪，给大家磕了一个丧头，意思是：看在死者的面上，请求宽恕。

曹雪芹和八旗子弟们解开了疙瘩，要继续表演，缓和一下紧张的气氛。只听响板一敲，由曹雪芹唱段单曲。开口便是：

“这个老母是鬼不是人。”

丧主一听就愣住了，心想：这小子怎么又骂开街了。

接唱：“王母娘下凡八十春。”丧主听到这句，又把绷着的脸放开了。

第三句：“儿女三寸之舌把人骗。”丧主眼睛又瞪圆了，支棱着耳朵往下听。

第四句：“为的是送老母西天去成神。”

丧主听完演唱，心里痛快多了，连忙拱手作揖，向曹雪芹道谢，说：“您不但唱得好听，词也编得有意思。诸位也唱累了，待会儿后棚单备一桌，以表本东谢意。”

曹雪芹收住了响尺，叫大家收拾家伙，随东家到后棚去了。

（口述人：舒成勋）

心中一盏灯

过去，新媳妇过门以后，不是挨骂就是挨打，净受窝囊气，哪儿能过上一天舒心的日子。香山流传着一段顺口溜，说：

你敲鼓，我打锣，
新媳妇过门好难过！
拜公公，伺候婆婆，
不是打骂就是吆喝。
大气不敢出，
寸步不敢挪。
我的天呀，
多年的大道走成河，
新媳妇多咱熬成婆？

那时候，做媳妇的因为受气熬不下去，有逼得跳河下井的，还有上吊的。正白旗有一个受气的新媳妇，要不是曹雪芹给出主意，也得被逼跳河。

那是正白旗的一个姑娘，嫁到镶黄旗给一个佐领做媳妇。刚过门，她的婆婆受了一个长舌头邻居的挑唆，说当婆婆要有婆婆的威风，新媳妇是不打不听话，不骂立不下规矩。婆婆三天两头给她气受，不是揪头发，就是拧脸蛋儿，打得浑身青一块紫一块的。今天婆婆骂她“三天不打，上房揭瓦”，公公说她“两天不骂，下炕脱袜”。有一次，她给婆婆装烟点火，不留神把烟袋拿倒了，把烟锅往婆婆嘴边送，婆婆一口咬定，说媳妇有意要烫她的嘴，就连打带挠，把新媳妇的脸抓得横一道、竖一道，跟花瓜似的。

盼星星，盼月亮，好不容易盼到“过对月”了。过对月，就是新媳妇过门一个月以后，再回娘家过一个月。离开婆家以前，新媳妇到婆婆屋里去请安告别，婆婆出了个难题，说：“你回娘家过完对月，要给我带来‘三件一个东西’。若是带不回来，哼！咱就铁匠铺的小锤响——开打！”新媳问：“什么叫三件一个东西？”婆婆说：“你支棱起耳朵，听我说，这第一件是：

一条白蛇在乌江，
乌江两岸放光芒。
乌江有水蛇吐信，
乌江没水命就亡。

这第二件是：

嫩似藕，白似葱，
樱桃小口一点红。
陪伴郎君过一夜，
泪水汪汪到天明。

这第三件是：

大圆球，满天红，
里头住条小火虫。
白天火虫睡大觉，
夜晚火虫闹天宫。

新媳妇问：“这是什么东西呀？”婆说：“这三件是一个东西。是什么？回家问你妈去！”

新媳妇回到娘家，问妈妈，妈妈说“不知道”；问哥哥，哥哥说“不知道”；一家老小谁听说谁摇头。眼看对月就要过完了，闺女急得心里火烧火燎的，一天，她到河滩洗衣服，手里搓着衣裳，心里想着“三件一个东西”，眼里的泪珠吧嗒吧嗒往下掉。她越想越觉得路窄，还不如跳河死了，免得再回婆婆家挨打受气。

这时候曹雪芹到河滩遛弯儿，看见新媳妇在哭天抹泪儿，就问：“大妹子，你有什么为难的事，这么伤心？”新媳妇一看是曹雪芹，按街坊辈分论是同辈，就扑通跪在河边，叫了声“二哥！”就又哭起来了，她把婆婆出的难题说了一遍，求曹雪芹“救救苦命的大妹子”。

曹雪芹叫她站起来，对她说：“这有什么难办的！你婆婆是说了三个谜语，一个是小油灯，一个是蜡烛，一个是灯笼。这三件物说的是一个东西，就是用来照亮儿的灯。”新媳妇听完，也不哭了，转身要回家让她妈给买这三件东西去。曹雪芹说：“你用不着去买灯。回婆家跟她说：东西带来了，不在手中在心中。”接着，雪芹又念了四句顺口溜，让她记得牢牢的，千万不要忘掉。新媳妇向曹雪芹道了谢，就回家去了。

转眼过完对月，新媳妇回到婆家去。一进门，婆婆迎出来，劈头就问：“我叫你带的东西，带回来了吗？”新媳妇说：“带回来啦！不在手中在心中。”

打我我不恼，
背后有人挑。
心里似明镜，
照亮路一条。

婆婆听了，仔细一想：这新媳妇猜中了我的谜语，谜底是灯。灯笼是要“打”着的，灯笼后边要有人“挑”着。这“打”和“挑”字，都是一语双关，是说：婆婆打我，我也不恼，因为婆婆对我是好的，但是背后有人挑拨，婆婆才给我气受。可是我心里有一盏明灯，把这些都看清了。我好好伺候公婆，我往前走的路就是光明的了……想到这儿，婆婆露出了笑脸，拉着新媳妇的手，亲热地说：“你真是我聪明的好媳妇！快回屋去，从今往后，咱们娘儿俩再也别怄气啦！”

真的，打那天起，一家人和和睦睦过日子，再也没有翻过一次脸。新媳妇常常念叨：我能过上不受气的日子，是曹二哥给我心里点着了一盏灯啊！

（口述人：郭歪子）

发誓不再题诗

乾隆年间，香山八旗有个翼长过生日，想求曹雪芹给画一张祝寿的画。就封了几两银子，派差役送到正白旗曹雪芹家。雪芹一向孤高自赏，狂傲得很，从来不巴结那些有权有势的人，他对差役连连摆手，把他打发走了。

翼长老爷听了差役的禀报，把鼻子都气歪了，说："好一个不识抬举的曹疯子！哼，三请不如一骗，咱们走着瞧吧！"

曹雪芹是个见了山水玩不够、见了好酒喝不完的人。有一次，他又到樱桃沟去转悠。他正顺着山泉往上走，听到一阵飘飘忽忽的琴声，仔细一听，原来是一曲《志在山水》。这引起了他的雅兴，就顺着琴音来到一座幽静整洁的小庭院。小院中央，一张汉白玉石桌边，坐着一位长须老人，正在聚精会神地弹琴。那琴声一会儿急促有力，好像暴风骤雨；一会儿叮咚悦耳，好像山谷流泉。曹雪芹听得入了神，走到老人背后，禁不住说了句："满面春风皆朋友，要觅知音难上难。"老人猛一拨弦，琴声突然停止，回过头来招呼雪芹坐下。雪芹好像遇到了老相识，也不谦让，就坐在石桌旁的一面石鼓上。二人从琴曲谈到书画，真是情投意合，无话不说。

这时候，从房门里走出一个眉目清秀的小童子，请老人进屋饮酒。

老人约曹雪芹同饮，雪芹酒瘾发作，就跟进了屋。二人喝到半醉的时候，老人问雪芹的姓名，雪芹如实地告诉了他。这老人一听“曹雪芹”三个字，装作吃惊的样子说：“早就听说先生是有名的丹青妙手！近日来我也学画了几幅，请先生指点。”小童子从柜橱里取出几幅画，摆在桌案上。曹雪芹一张一张地品味，连连点头称赞，他说：“这画很见功夫。只是没有款题，可算是美中不足。”那老人就趁势说自己的书法不行，请曹雪芹赏光题字。雪芹乘着酒兴，挥笔就写。写完后把画笔扔在桌案上，端起酒杯一饮而尽。长须老人显出非常高兴的样子，一会儿眯缝双眼观看，一会儿歪头欣赏，他说：“先生的书法果然名不虚传，这一手章草真是写绝了！”

这一天，曹雪芹玩得很痛快，因为在僻静的山沟里遇到了一位知己。

过了几天，曹雪芹刚要出门，就碰到原先那个差役，请他参加翼长老爷的寿宴。曹雪芹哪里肯去，就要迈步出门。差役扑通一声跪倒在门槛上，苦苦地央求说：“曹二爷若是不赏脸，小人回去没法交代，轻则挨打挨骂，重则丢了饭碗。俗话说，不看僧面看佛面，就请您跟我走一趟吧！”雪芹想，我去了不吃不喝，走一趟也没关系。

曹雪芹跟着差役进了翼长的家，只见张灯结彩，宾客满堂，饭桌上摆满了鸡鸭鱼肉，墙壁上挂满了寿幛和书画。曹雪芹定睛一看，正中那几幅画上的题诗和题字，就是前几天他在樱桃沟小院里写的。那个弹琴的长须老人，正在跟翼长老爷举杯祝酒呢！曹雪芹知道自己受骗了，就骂了声“骗子！”一跺脚，离开了翼长老爷家。

曹雪芹走在大街上，脸都气白了。他后悔不该到生人家去喝酒！他埋怨自己把那些老爷们想得太善良了！他发誓，以后再也不给别人写诗题字了！

（口述人：韩永）

圣人不如挑水夫

曹雪芹在健锐营旗营里很有点名气。都说他心灵手巧，学富五车，四书五经都懂，五行八作精通，人们给他起个绰号叫“曹圣人”。街坊邻里碰到为难的事儿，都愿意找曹圣人给出个主意；就是闲着没事，也爱凑到一块儿，听他天南海北地聊上一通。特别是寒冬腊月，“老爷儿”落山早，昼短夜长，乡亲们更喜欢挤在更房、水屋子里，听曹雪芹闲“哨”。

早年间，旗营里的人都不是各家自己打水吃，营子里专门花钱雇山东人挑水挨户送。这些山东人，不管年岁大小，都叫“老山东儿”。他们住在水屋里，吃罢晚饭没事干，就把炉火拢得旺旺的，专等闲散旗人前来凑热闹儿。

有一天，曹圣人正在给大伙讲糊风筝的事儿，有个小伙子问他字念什么，当什么讲。这一问可提起了曹圣人的精气神儿，他把中国文字的知识全盘给端出来了。从仓颉造字讲到行草隶篆，从甲骨文讲到象形字，一会儿是王羲之写字的故事，一会儿是“寿”字的一百种写法，圣人讲得起劲，大伙听得入迷，整个水屋子里鸦雀无声，曹雪芹也有点洋洋得意了。

一位挑水的老山东，捡起一根木棍儿，在屋地上写了四个字，说：

“请问曹圣人，这几个字念什么？”曹圣人仔细端详，有的像竹叶，有的是几个小圆圈，左看右瞄也不认识，只好向老山东请教，说：“您这四个字还真把我考住了。请您指点。”那老山东也不客气，说：“这是鸟兽禽虫书，是按它们的脚印爪痕来辨认的象形字。这四个字念鸡、猫、鼠、熊，您看像不像？”曹圣人一看，果然是四种禽兽的脚印模样。他虽然没听说过什么“鸟兽禽虫书”，但是对这位老山东的巧思妙想还是非常佩服，就连忙说：“真像，真像，我得拜您为师了。”

还有一次，曹圣人在更房给大伙讲各种树木的事。什么金丝楠、沉香木、红松、黄柏啦，什么桑、枣、杜、榆、槐、桦、杉、梨、檀、椴啦，什么木质、木形、木色、木纹啦，样样说得都挺稀罕，讲得叫人越听越爱听。这时候，又出来一个当了半辈子木匠的老山东，他顺手从这兜里掏出一根半尺来长的木棍儿，说：“请问曹二爷，这是一种什么木头？”

曹雪芹接过小木棍，左看看右掂掂，用手指头弹弹，听听响声，凑到灯底下看看木色，到底不敢断定是什么木头。

那老山东要回小木棍，说：“这木头，生在云贵高原上，长在河南卧龙岗，天南地北到处有，高山平原随地生。它就是野火烧不尽，春风吹又生的蒿子。蒿子的硬秆，要在秋天经霜后连根拔下，放在墙后晾干，质地坚硬，带点香味，是制作拐杖的好材料。我们说它是亚赛沉香木，气死金丝楠。”曹雪芹听了，觉得这位老山东讲得在理，完全是经验之谈，感叹地说：“您说得好啊！天下活书胜死书，书生不如挑水夫。”

（口述人：舒成勋）

曹雪芹之死

乾隆二十八年中秋节，曹雪芹的小儿子在正白旗村西的河滩里淹死了。他非常思念自己的孩子，整天愁眉苦脸，吃不下饭，睡不着觉，就靠喝闷酒过日子。

一天，他的好朋友鄂比先生来他家探望，见他又在借酒浇愁，就劝他："常言说，酒是穿肠的毒药，这酒用得不好会伤人身体。你都愁出病来了，再也不要自己糟蹋自己啦！喝两杯酒不算什么，毁了身体，耽误了写书可是大事！"雪芹的身体确实是一天不如一天了，不满五十岁的人，成了病歪歪的老头子。鄂比知道他的生活很困难，就给他留下了二两银子，嘱咐他好好保养身体，就告辞了。

其实，鄂比是有名的醉鬼鄂三，他也是刚从酒馆里出来。他比曹雪芹的日子稍稍好过一点，因为他当过库兵，看管过银库，虽然库兵出入银库都要把衣服脱得精光，接受搜身检查，他还是能想出办法，每天几两、十几两地偷盗库银。就凭这么得来的一点积蓄，他整天泡在酒馆里，有时也接济一下曹雪芹。

鄂比的话提醒了曹雪芹，他又坐在桌前，写他的《石头记》了。

曹雪芹写书买不起好纸，都是用旧书页子翻过来叠好，在背面打草稿。他用的毛笔也跟别人不一样，铜笔帽很大，里边有一块泡着墨汁的

地藏沟

棉花。他常常带着这支毛笔和一些纸张游山玩水，什么时候脑子里想好了，马上就坐下来，把纸铺在石头上，摘下笔帽就可以写字。有一次，他外出时忘记带毛笔，正在酒馆里跟人聊天，忽然撒腿就往家里跑，弄得别人以为他是疯子，原来他是想好了一段故事，赶快跑回家去记下来。

就这么着，天天想儿子想得他愁容满面，不停地写书熬尽了心血，顿顿喝酒灌得他重病在身！乡亲们都说：曹二爷的日子不多了。

大年三十晚上，家家户户都在准备过年，有的包团圆饺子，有的放鞭炮，有钱人家的门口都挂上了灯笼。鄂比先生知道曹雪芹的年节难过，就割了几斤肉，提上两斤酒，到曹雪芹家去跟他喝两盅。他刚要进门，迎面走过来雪芹的邻居李老太太，告诉了他雪芹刚刚咽气的消息，还说雪芹临死前嘱咐：他自己的后事，就托付给鄂三老弟啦！鄂比问，雪芹还有什么遗言？李老太太说：雪芹嘱咐把他葬在地藏沟他儿子的坟旁边，别用棺材，也不用埋，扔到山沟里就行啦，说这么做省得破费钱财，还说与其埋在土里让蚯蚓吃了，还不如让鸟兽吃了好。李老太太一边擦泪一边说：“曹二爷花钱舍药给乡亲们看病，谁不说他好啊！这么好个人，怎么能扔在山沟让鸟兽给叨了？还是买口棺材吧！”

鄂比先生掏钱置了一口“狗碰头”的棺材，把曹雪芹入了殓。说是“狗碰头”，因为棺材板太薄，狗头一碰就能撞碎。按香山的风俗，年节期间不能埋人，只有等“破五”（过了正月初五）了，才能发丧。初六那天，鄂比请了几位乡亲，因为用不起阔人那种六十四人大杠、三十二人大杠，就由四个人抬着“独龙杠”，发送到正白旗义地——地藏沟。

曹雪芹“头顶寿安山，脚踩碧云寺”，在这个僻静的小山沟里长眠了。

曹雪芹这一辈子过得可真不容易呀！他早年丧父，中年丧妻，晚年丧子；他生于羊年（己未）又死于羊年（癸未）；他儿子死在中秋节，他自个儿死在阴历除夕，都让他“占绝”啦！他真是命苦啊！但是他不怕困难，不怕打击，他在香山写出了一部《红楼梦》，为人民做出了贡献。香山的乡亲们会永远怀念他的。

（口述人：何福元、舒成勋、刘老太太）

三

人物风物传说

康熙私访蜜香居

一天，康熙独自一人微服出了阜城门，走进一家名叫“蜜香居”的酒馆。这家酒馆顾客盈门，生意兴隆，楼上是雅座，专供王公显要、贵人公子宴饮；楼下卖的是大路饭菜，价格便宜。康熙迈步上楼，要了酒菜，自斟自饮起来。他留神观察周围的动静，一会儿就坐满了王爷公子。每一桌都摆满丰盛的酒席，可是很少有人动筷子。他们呷一口酒之后，就聊天的聊天，玩鸟的玩鸟，有的斗蛐蛐，有的骂大街……一个旗人的老头子指着自己的鸟笼说：我这只百灵是花二十两银子买来的；另一个旗人说：我这只“交嘴”能表演空中夺钱，就是出五十两银子也不能倒手！这些有钱人吃饱了、玩够了，喝得醉醺醺的，歪歪斜斜骂骂咧咧地就走了。留下那一桌桌的酒席，有的连筷子也没动，原封不动摆在那里。酒馆跑堂儿的把整盘整碗的酒菜，分类折箩，剩肉倒进盆里，剩菜倒在桶里，再端回厨房去。康熙一边看一边想：清兵入关刚刚五六十年，满族官员和八旗子弟就如此奢华靡费，吃喝玩乐，不图上进，这都是民族衰微、国家衰亡的征兆啊！

康熙付了酒钱，感慨万分地走下楼去。楼下，跑堂儿的正在大声叫卖：“刚出笼的肉包子！请尝一尝名满京师的‘百味香’啊！”店堂里挤满了人，有的袒胸露臂，有的高挽裤腿，一看就知道是打短、拉车、赶脚、背煤卖力气活儿的人。他们不吃饭也不喝酒，单等肉包子一出笼，就挤到跟前买上几个，站在一边吃完就走。一会儿一锅，几笼屉肉包子一抢而光。康熙看到这种情景，心里赞叹：这真个叫生意兴隆啊！他问身边的一个壮汉子：为什么到这儿买包子的人这么多？壮汉子说："蜜香居的肉包子个儿大，馅儿鲜，价钱便宜，比买别家的素包子还贱，卖苦力的都爱到这儿来吃包子。"

康熙又回到楼上，找到酒馆掌柜，问他：肉包子的价格怎么这么便宜，不是赔本赚吆喝吗？掌柜的见这个人龙眉凤目，不像个等闲之辈，就如实地告诉他："我这个买卖，一天能赚几十两银子。可是我卖包子是不想赚钱的，就是为了吸引得顾客盈门，扬名声，闯牌子。我的钱都是从你们这些达官贵人身上赚来的。"他还告诉康熙：如今的满汉官员、八旗子弟，专爱摆谱儿讲排场，不讲究花钱多少；只要伺候得他们感到满意，给多少银子都不在乎。他们吃的都是"猫食"，要来一桌酒席，吃不了几口。把他们剩下的肉菜，分类加工，做成肉包子，不但成本低，还馅儿鲜、味儿美，干力气活的穷汉子，花不了俩钱，这就是有名的"百味香"肉包子。康熙当即写了"百味斋"三个字，又题署了"康熙某年御笔"一行小字，派人送到蜜香居。酒馆掌柜的展开一看，见是皇上的亲笔题字，才想道：原来昨天那个龙眉凤眼的人就是当今的天子。他当下就请人做了一块金字横匾，悬挂在店堂前，从此，蜜香居改成了"百味斋"，名气一天比一天大，生意也越做越兴隆了。

康熙为百味斋题了匾额，心里还惦记着那帮只顾吃喝玩乐的王公贵人。他派人到百味斋去查访，逐个记下了他们的姓名、官职和住址，在那年春节，每户送给他们一副御书对联，写的是：

一粥一饭当思来之不易

半缕半丝恒念物之维艰

康熙想用皇帝的名义，教育和感化那些只图个人享乐、不顾天下安危的王公贵人。据说，有些人还真的变好了，有些人还是老样儿，照旧醉生梦死地过日子。

（口述人：沙永海）

韩大力掼死鳌拜

康熙皇帝登基的时候，还是一个八岁的小孩子，他不能亲理朝政，天下大事全由辅政四大臣做主。尤其是辅政大臣鳌拜，他自恃功高，不光不把那三个辅政大臣放在眼里，就是连皇上也得听他的摆布。

每天早朝，都是鳌拜领着小皇上登上金銮殿，接受文武百官的朝拜。不管有什么奏折，鳌拜说怎么处置就怎么处置，他常常提起御用的朱笔，替皇上批复奏章。有一次皇上没听鳌拜的话，被鳌拜在屁股上打了三巴掌，他当面不敢说话，背后去找皇太后哭诉。朝中大臣谁要是反对鳌拜，轻的丢官坐牢，重的就要丢了性命。大臣们把这些事看得一清二楚，都把鳌拜的话当成圣旨，凡是鳌拜让办的事情，没人敢说一个“不”字。

康熙皇帝长到十岁，就打定主意要除掉鳌拜。他在八旗子弟中，选了一百名身强力壮的少年。整天陪着他练习拳术，研究武艺。不到一年时间，这百名拳手人人精通拳术，个个武艺高强，许多武林高手都不是他们的对手。这百名拳手里有四个大力士，就是张大力、韩大力、王大力和赵大力。强中自有强中手，那韩大力是镶红旗人，自幼父母双亡，因为生活贫苦，就到西苑校场去“挑缺”。他光有一身笨力气，骑马射箭的武艺都很平常，没有被挑选上。韩大力不服气，就闯进演武厅找主考官去讲理。主考官看他身材魁伟、膀阔腰粗，就问他："你有什么了不起的能耐，敢胡冲乱闯，扰乱演武场？"韩大力说："我日食斗餐，力大无穷，连这演武厅前的石狮子，我也能举过头顶！"主考官瞅了瞅旁边的石狮子，少说也有五六尺高，没有千斤也得七八百斤重，连他也举不起来，就说："你能举起来，就算你考中了；若是举不动，就算取闹官府，可是要治罪的呀！"

韩大力心里有数，就答应按主考官的条件办。他说："要举狮子不难，可我今天还没吃饭呢！"主考官让人端来一盘子烙饼，足有六七斤，还有一碗熟肉，也有两斤上下。韩大力烙饼卷猪肉，样子好像老和尚吹喇叭，大口大口往下吞，不到一袋烟工夫就吃光了。他还一个劲儿地抱怨：主考官送来的烙饼太少，让他只吃了一个半饱。韩大力一抹嘴，大步跨到石狮子旁边，一手揪住后腿，一手抓住前腿，一弯腰，吼了一声，就把石狮子举过了头，在主考官面前走了一个来回，又把石狮子放回了原地。

就这样，韩大力在北京出了名。正好在这时候，皇上正从八旗子弟中挑选少壮大力士，韩大力就被选进宫去，陪皇上习拳练武。韩大力本来就有满身力气，后来又学会了拳术，真是如虎添翼，没有一个人是他的对手。

康熙皇帝把这百名壮士训练好了，就想对鳌拜动手啦！一次，皇上带着太监突然到鳌拜家去探访，一进门，见鳌拜脸色慌张，好像做了亏心事。皇上坐到炕沿上，顺手一掀，见皮褥子底下放着一把刀。这时候，吓得鳌拜脸色如灰，汗珠子吧嗒吧嗒往下掉。皇上好像根本没把这把刀当作一回事，劝慰鳌拜说："随身带刀本是我满洲旧俗，我们不能忘记老祖宗啊！"他又说了几句勉励的话，就起身走了。

康熙觉得除掉鳌拜的时机已经到了，就先择了一个好日子，邀鳌拜到宫中饮酒。自从上次褥下藏刀被发现以后，鳌拜心里一个劲嘀咕，生怕皇上对他下手。可他也是个精通骑射的人，凭着一身武艺，就仗着胆子进了皇宫。迈进宫门，他见皇上正在跟一帮十几岁的孩子玩拳弄棒，个个武术高超，招式精彩。鳌拜看得来了兴趣，有点手痒，皇上就顺水推舟，说："你也是一名武林老将，今天不妨跟几名少年玩玩，也让他们长长见识。"那鳌拜本来就想显示一下本领，又听康熙这么一激，赶忙脱掉朝服，换上褡裢，就跟少年们打斗起来。少年壮士们都没有斗过鳌拜，连张大力、王大力、赵大力也被摔倒在地。这时候，皇上朝韩大力努了努嘴，韩大力就赶到当院来。鳌拜看到这个高个子壮汉，先是吓了一跳，还没想好路数，二人就扭在一起了，只见韩大力两手一伸，像两把钳子，死死地抓住鳌拜的右腿和右胳膊，轻轻地举过头顶，往下猛一摔，扑通一声，鳌拜已经变成了肉饼，瘫在地上了。

原来，这是康熙设好的圈套，这天就是要在摔跤场上处死鳌拜，铲除这个大权奸。刚刚十二岁的康熙皇帝，在这个回合里显示了他的雄才大略，给那些胆敢反对他的大臣，来了一个下马威。

后来，跟随康熙操练武术的这百名少年壮士，一个个都受到皇上的重用。那个摔死鳌拜的韩大力，被封为达摩稣王；晚年死去后，葬在北京西郊的金山脚下。他的墓地，当地老百姓都叫它"韩家府"。

（口述人：陈禄）

天下第一家

一天，早朝已退，文武百官都各自散去，只有和珅跪在金銮殿不走。乾隆皇帝问他："你不随众人退朝，莫非有什么要紧事吗？"和珅说："启禀万岁，我近日听说，刘墉私藏八旗公款，在他的山东老家大兴土木，修建了一座比御花园还要讲究的园林。刘墉心存不轨，望皇上明察。"乾隆听了一愣，皱起了眉头一想：都说你刘罗锅子为官清正，原来你也是个口是心非的贪官呀！他降旨要在暗地里严加查访，说："捉奸要拿双，捉贼要有赃"，嘱咐和珅一旦抓住证据就火速禀报！和珅见皇上对刘祸子产生了怀疑，高高兴兴地退朝，跟他的狐朋狗党耍阴谋诡计去了。

俗话说，墙有耳朵，门有眼睛，没有不透风的篱笆。和珅告御状的事，早就通过一个御前太监的嘴，传到刘罗锅子的耳朵里，刘罗锅子苦苦地思量，他说：这次老夫我要将计就计，非让你和珅舍了财又丢丑不可！

一天晚上，刘大人府第的后门打开了，从院子里赶出来一队骡马，马背驮着许多鼓鼓囊囊的口袋，口袋上都贴着"皇杠"封条，这队骡马神不知鬼不觉地出了东直门，一直往东走去。

和珅派出去的暗探，都躲藏在刘府四周，把马队的活动侦查得一清二楚，就马上飞报和珅。和珅得到这一消息如获至宝，立即派八旗兵把刘罗锅子的马队追回，拘禁看押起来。

第二天早朝，和珅把准备好的奏折呈递给乾隆。皇上一看奏折，当下就是一脸怒气，他追问刘罗锅子：“此折奏你驮运万两白银，到山东营造园林，果有此事吗？”刘罗锅子诚惶诚恐地回答说：“禀报皇上，臣下确有此事。”皇上生气了，斥责说：“你身为大清高官，口吃朝廷俸禄，百姓夸你是包拯再世。你可好，克扣八旗银两，营造豪华园林，还有何面目见我！”刘罗锅子看皇上横眉竖目，是真动了气，就说：“乞万岁息怒，我的马队昨日驮走的是一些砖瓦；另有二十万两白银，都是朝廷发给的俸禄，我多年积攒下来的，并不是克扣所得，如若不信，请皇上当面查点。”

说查点就查点，乾隆皇帝带着刘墉和文武百官由和珅领路，来到现场。他请人把几十个口袋全都打开，但是从口袋里倒出来的全是破砖烂瓦，连一锭银子也没有。皇上弄不清是怎么回事，看看和珅，这位和大人吓得脸色煞白，汗珠吧嗒吧嗒往下掉。刘罗锅子假装着急的样子，对皇上说：“启禀万岁，我那二十万两白银被换成砖头瓦块了。和大人干出这种事来，还想嫁祸于我。望皇上做主，替为臣把白银追回来。”乾隆的怒气转到和珅头上，大声责骂：“和珅，你诬告贤良，盗窃银两，你知罪吗？”和珅见自己的阴谋漏了底，害人不成，反被刘罗锅子倒打一耙，又犯了欺君之罪，吓得连话也说不利落了。乾隆火气更大了，当下宣布：“限三天之内，和珅要把二十万两白银送还刘墉！”说完，把袖子一甩就上轿回宫去了。

和珅偷鸡不成蚀把米，在第三天头上，把多年来搜刮的民脂民膏，凑足了二十万两银子，乘车送给刘罗锅子。刘罗锅子清点完毕，就装了几十口袋，派人赶着马队，运往山东救济灾民去了。

乾隆回到宫中，左思右想，还是放心不下：没有查出刘墉克扣银两的罪证，但是刘墉修建豪华园林的事，是真还是假？他决定趁南巡的机会，亲自到刘墉的老家查看一番。这一天，皇帝南巡的一列人马，来到山东济南府地界。老远看见一户民宅，杨柳成行，溪水环绕，是一处风景幽雅的地方。走到跟前一看，门上写着一副对联：

心为大清，不要管刘姓何姓

志在报国，何必分汉人满人

横批是“天下第一家”。乾隆思索了一会儿，觉得有点好笑。普天之下，除了爱新觉罗氏我弘历这一支，有谁敢来妄称什么第一家呢？他想知道个究竟，就去叩门。随意敲门后，走出来一位黑胡子老头，有六七十岁。乾隆问他：“请问，这天下第一家作何解释？”黑胡子老人摇摇头说：“这事还得问我的父亲。”乾隆跟随进到二门，老头敲了几下门，又迎出来一位花白胡子老头，有九十多岁，乾隆躬身施礼，就问：“请问，这天下第一家作何解释？”花白胡子老人也摇摇头说：“这事还得问我的父亲。”乾隆暗自琢磨，这两位老者仪态高雅，举止非凡，必然有点来历，断然不是一般人家。这时候，第三道门已经打开，迎出来一位白胡子老头，约莫有百岁开外的年纪。他穿着一身素色衣裳，手拄一根龙头拐杖，乾隆就赶紧上前行礼。老人连忙把皇上扶起来，说；“请万岁免礼。”皇帝的随从正在纳闷，皇上是一国之首，为什么向一个乡下老人行礼呢？就听乾隆对老人说：“我在年幼时，听皇祖（康熙皇帝）对我说，他曾经把一根龙头拐杖赐给济南府一位功臣，这根龙杖被敕封为‘上打君，下打臣’，有至高无上的权威，我怎么敢失礼呢？”白胡子老人微微一笑，高声喊道：“皇上驾临敝舍，家人快来迎接！”这一声好似洪钟，传遍几层院落，不一会儿，全家百十来口人都跪在当院，见过了皇上，又都散去了。

乾隆跟着白胡子老人来到堂屋，他已经对大门上的横批有了点理解，但他还是问道：“请问，这天下第一家作何解释？”那老人捋了捋尺把长的白胡子，慢慢地说："我家自秦汉以来，宗族兴旺，枝蔓繁盛，遍及天下各府州县，算起来总共出了八十个翰林，三个状元，十二个宰相，成百个王侯。如今老夫我是五世同堂，全家共有人丁一百单八个。"说着，从柜橱里取出一卷黄绫来。打开一看，写的是"天下第一家"，下署康熙某年御笔。印有皇帝的玉玺。乾隆对老人说："这么说，这就是刘爱卿的家了。"老人点头说："刘墉正是老夫的重孙。这孩儿性情直憨，恐有不周之处，还望皇上海涵。"乾隆说："正是因为刘爱卿秉公正直，我才如此器重他呀！"

这时已是正午，老人说："已到吃午饭的时辰，请皇上赏光就在寒舍用膳。"乾隆点头答应了，只听钟声一响，端上了饭菜。皇上还以为是山珍海味呢，没想到是一个盘子里盛着个玉米面窝头，还有两碗青菜汤，老人把窝头切成四块，递给皇上一块。乾隆勉强吃下半块窝头，就再也咽不下去了，剩下那三块全让老人吃光了，乾隆看着老人吃得那样香甜，断定他是粗茶淡饭，勤俭度日的，这与和珅家那种花天酒地的生活，是无法相比的。

乾隆南巡返回北京后，对刘墉更加赏识、信赖了，对和珅又增加了几分疑虑。

（口述人：范志山）

纳兰性德骂和尚

纳兰，全名纳兰性德，清初康熙年间大学士明珠的长子，填词最好，人说是天上文曲星转世，人间李后主再生。但是他却“如孔夫子叹颜回——才高命短”，31 岁还没过“罗成关”就驾鹤归天啦，可惜了。可是关于他天才薄命的传说故事，却在海淀区上庄、北坞、双榆树代代相传。下面就讲一段《纳兰以词骂和尚》的故事。

传说纳兰性德在海淀的上庄、北坞、水磨、双榆树都有宅子。他生得眉清目秀，是一个十足的潘安式的人物。常言说男才女貌，金玉良缘，他娶了一位有着闭月羞花之貌、沉鱼落雁之容的卢氏小姐为妻，真是一对连神仙都羡慕的恩爱夫妻。但是好花不长开，好景不长在，没过三年，卢氏就一病不起，到天上见“警幻仙姑”去了。那个时候，不兴火化，讲究埋棺土葬。土葬要修好坟地，坟地有墓门、牌楼、地宫、阴阳两宅的设施，工程很大一时完不了工，卢氏的遗体只好放在棺材里，停寄在双榆树附近的双林寺古庙，等到墓地完工再入土为安。

双林寺是明代太监冯保修建的，他请来河北老家的无业游民来管理这座寺庙。这些游民剃去头发，穿上袈裟就成了和尚，用今天的话说，根本没有资质，把双林寺闹得乌烟瘴气、奸淫败俗，人曰：双林庙双林庙，前门进姑子，后门进老道。

且说卢氏的棺木停放在这座古庙以后，纳兰性德就不思茶饭，晚上一睡觉就梦见卢氏对他说："一日夫妻百日恩，你把我放在双林寺不管我啦？"于是，纳兰性德就从双榆树搬到双林寺为卢氏守灵，以尽丈夫之道。

纳兰性德在双林寺守了一年灵，有时与高僧对坐参禅；有时夜间参星拜斗吐故纳新；有时随法僧出外做法事；有时静听撞钟和尚"紧十八慢十八"地撞钟……在这一年里，他看到了许多寺庙黑洞里的怪事，以"杀盗淫妄酒"戒律衡量和尚的言行，百思不解其由，决心要向双林寺的色空长老请教明白求得解脱。

一个深秋望日，纳兰性德顶着银色的月光踩着落地的黄叶，敲开了色空长老的丈室。色空正在打木鱼消磨时光，见大施主纳兰性德不请而来，一定有好事，忙起身打了个问讯，说道："善哉善哉！大施主入我静室有喜事否？"纳兰性德也学着色空双手合十，然后说道："色空上人，本施主来贵寺一年啦，以槛外人俗眼所见，陋耳所闻，有五个问题须上人灌顶。一是双林寺旁为什么建姑子庵？二是佛门以'行善以不得利'为信条，为什么贵寺行善事完了伸手向香客要钱？三是为什么为患者治病以香灰一包为药？四是为什么佛殿移佛像而停死尸？五是施主给钱多，经就念得欢，钟就敲得响？"

这五个问题，着实击中了色空长老的软肋，看他如何接招儿。

色空长老掀开盖碗品了三口清茶，闭着眼睛说道："本僧看你很有佛缘，不打诳语。先说第一个问题，佛门由色悟空，这只是佛理，真正空了色，一般僧人做不到的。你看天上飞的，地上跑的，水里游的，哪个不配对儿？和尚庙挨着姑子庵，有什么可怪的呢？第二个行善要钱的问题，恕老僧直言：人渴了喝水，冷了穿衣，饿了吃饭。和尚是人不是神，做善事不要钱，茶从何处来，饭从何处来，衣从何处来？第三个问题即包香灰治病一事，须知香是百草精料所制，经火一燃已消了毒，病人喝下去如治不了病，也死不了人。第四个问题嘛，这也是人之常情，当今天子脚下，哪个不是‘穷在市街无人问，富在深山有远亲’的势利眼，这种‘舍命不舍财’的风气搅得佛门不净，清规不清哩。你这个大施主别太把和尚当佛祖啦！最后一个问题嘛，移走佛像停死尸，是为了增加寺庙的收入。佛像坐在位置上他不会下钱，还要给它烧香上供花钱，让它挪窝儿停上尸棺，租窝钱加上做法事超度亡魂钱，够二寺僧一年喝粥的。老僧如此回答，不知施主能否解脱？”

纳兰性德听罢老僧一席话谈，如梦初醒：原来寺庙的和尚，也离不开市场规矩，他们捞钱的手段比老百姓高明罢了，那就是“指佛吃饭赖佛穿衣”。一旦佛像影响了挣钱，可以用死尸顶替佛像，这种行为，慈善吗？纳兰性德觉得太可笑啦，便写了一首对口词式的词：

大寺，钟寺，双林寺，寺寺蒙事；
佛庙，道庙，姑庙，庙庙不妙；
法钟，金钟，晨钟，钟钟乱敲；
东殿，西殿，后殿，殿殿停尸；
佛事，法事，善事，事事要钱；
念经，念佛，念咒，念念骗人；
老僧，高僧，沙僧，僧僧不僧。

（口述人：杨和尚）

师徒俩对对儿

京西玉泉山前北坞村，清代末民国初出了一位能工巧匠，大名党子玉，外号“镇京西”。修过东北张作霖张大帅的帅府，建过袁大头袁世凯的坟地。因此发了财，也出了名。他是“样式雷”第七代传人雷廷昌的徒弟。著名建筑学家梁思成在 1952 年给中国人民大学的学生讲课时曾提到过党子玉这个人，并感叹地说，“可惜党子玉不在人世啦”。虽说他人不在世了，可是，他和师傅雷廷昌对对儿的故事却流传于京西民间，说来很有趣味。

清朝末年，有一次雷廷昌和党子玉师徒爷儿俩应邀到香山四王府参加鲁班庙竣工典礼。说白喽，也就是参加修建的瓦匠、木匠加上小工吃一次“官东”。这师徒爷俩骑着小毛驴在串铃的叮当声中来到四王府，老远就见鲁班庙前空场上众瓦木匠弟兄正在吆五喝六，挥拳行令……

个中有人高喊了一声“镇京西驾到！”党子玉一听，感到扎耳朵，先是跳下毛驴将师傅扶下，接着拱手向众人施礼道：“各位父老乡亲，兄弟姐妹，今天光临驾到的不是我党子玉，而是这位‘样式雷’，我的师傅雷廷昌。”众弟子一听说“样式雷”，如雷贯耳，纷纷抱拳施礼道：“我等乡间草民，有眼不识金镶玉，还望祖师爷多多包涵！”雷廷昌也是个见过世面的人，到什么山唱什么歌，也双手一抱，说道：“哪里哪里，咱们一家人不说两家话。今日身临贵梓就是要拜一拜乡贤智叟呀！”话音刚落，闪出一位身穿长衫的文人，他说道：“寒儒见二位仪表堂堂，又是吃‘皇粮’的，定是手眼非凡，满腹经纶，寒儒正愁鲁班庙的对联写不出来呢，敬请二位大师为小庙撰联一副，以光耀山野呢，如何？”雷廷玉见有人如此请托不知怎样回答，便用眼光直盯着徒弟。党子玉眼明心快，说道：“师傅在上，咱爷儿俩本是鲁班的传人，为祖师庙撰写对联也属分内之事，何况盛情难却，以徒弟之见，还是请师傅写上联，我出下联。”雷廷昌二话没说，只说了一句“献丑啦”。眉头一皱，联上心来，脱口而出：“七水八木九根尺。”党子玉见师傅编出上联，随口道：“三砖五瓦一刀灰。”众位瓦匠、木匠听罢师徒的上下对联，心里都暗暗道：“对得好，真是把瓦匠、木匠的活计说得很到家了，也很对榫。”

可是，常言道：隔行如隔山。那位穿长衫的文人平日四体不勤，五谷不分，哪里知道什么七水八木，三砖五瓦呢。于是他躬身施礼道：“对联上下迎对分明，四音平仄也极上口，堪称是即兴妙对儿。可是上联的‘七水八木’，下联的‘三砖五瓦’究指何义，在下就不明白了，还望‘样式雷’大师指点迷津。”“样式雷”说道：“对联上下本出自家传《鲁班诀》的两句诀语。《鲁班诀》是吾家上祖所编，口耳相传，父子相袭，决不传外姓。到了我这辈儿，我感到中国建筑艺术不应保守独传，不然，就有失传之可能，所以我就传给了我的徒弟党子玉。至于说‘七水八木’‘三砖五瓦’作何解释，下面就让我的徒弟党子玉回答吧！”

党子玉接着师傅的话音说道：“七水：回水、平水、散水、滴水、清水、分水和扇水；八木：戗木、枕木、楞木、雀木、替木、拓木、榻脚木和扶脊木。九根尺是说木匠使用的尺子共有九种。三砖是：花砖、青砖和金砖；五瓦是：盖瓦、筒瓦、猫头瓦、阴阳瓦和琉璃瓦。一刀灰即抹灰条。这副对联放在鲁班庙前最好不过啦！”

这位寒儒听了“样式雷”和党子玉的解释，大饱了耳福，方知瓦木匠的活计内容还很丰富，不可小看，顿生敬意。于是捋胳膊挽袖子，叫人拿来文房四宝，执笔濡墨，上下一挥，一副“七水八木九根尺；三砖五瓦一刀灰”的颜体楷书就写出来了。典礼前，贴在鲁班庙门上，千人瞧万人看，都说对联撰得好，非此中人是对不到这个水平的。

（口述人：王长禄）

兴工地的传说

六郎庄的小地名很多，如小狮子胡同、南楼大官场、杨家桥等，都有一段美妙的传说，唯独兴工地有其名无其实。这是为何？请听分解。

据老辈人说，所谓兴工地，是六郎庄最早开辟出来的一块稻地；兴工，是说开始的工程；地者指稻田。最初时，人们还能指出哪块是新开的，哪块是后开的，随着时间的流逝，兴工地的概念就渐渐地往事如烟了。

清代乾隆年间，皇宫人口日繁，开支巨大，三宫六院七十二嫔妃外加宫女，达数百人之多。她们的化妆费（时称胭脂费）不能按时发给。为了解决这一问题，乾隆皇帝下令在六郎庄的沼泽地带开辟 365 顷稻田，其岁收作为宫中的胭脂费专款专用。以故，六郎庄的稻田又称“胭脂地”。

为什么要开辟 365 顷呢？老人们说，因为当时皇宫每天的胭脂费相当于一顷稻田的年收入。

六郎庄的稻田，又有南七北六 13 圈之说。说到 13 圈，老辈人是这样说的：当年，生产力十分低下，开辟 365 顷稻地是一项艰巨的工程。为了体现举国一统体制的优越性，皇帝下令南七北六 13 个省，每一省负责开辟一顷地，作为对皇家的贡献。

这样说来，所谓的兴工地，就是由某一省最先完工的一圈地。

兴工地，是直隶省交给宛平县开辟的。传说，竣工时，宛平县的县令带着“三老”（封建社会，县设“三老”，即选几位德高望重的老人，以备顾问，时称三老。）众人，在该地举行了“鞭打春牛”的仪式。牛是泥塑的，唱春歌奠酒毕，一声锣响，县令拿皮鞭力打春牛，俟后“三老”人等相继鞭打，直到打碎为止。然后，有人把牛泥撒入兴工地中，以求风调雨顺，五谷丰登。还有农民将泥块拿回家中，供入佛龛，逢春祭奠，以示敬土。

为什么打泥牛呢？因为牛性属土，故而憨厚诚实。它是农耕文化的象征，是农民的朋友。吃的是草，贡献的是牛奶。人们所熟知的牛郎织女的故事，正体现了这一文化思想。

365 顷稻田开辟出来之后，六郎庄的百姓不懂插秧育秧技术，政府请来了广东、福建的农民充当老师。青出于蓝胜于蓝，六郎庄的农民后来成为京西水乡稻农的正宗。许多他乡的农民前来取经，连水稻专家都来学习。京西稻的故乡六郎庄，一时声名鹊起。

当年，从福建、广东请来的农民，老百姓叫“蚕蛮子”，其中有姓曾的、姓魏的、姓林的，尤以姓林的居多，最后定居在与六郎庄一河之隔的船营村。

六郎庄在元代前，是一片沼泽，明朝时因建清华园、勺园才渐有开发；至清初，康熙、乾隆在此开辟大量稻田。最先开工的是直隶宛平县，先将河泥堆在大街的原始地段上，渐渐形成了东西走向，达三里长的土岗。乾隆年间修造清漪园，为美化环境，由内务府出面用国帑将土道夯打成三合土（以白灰拌土夯实，分三次夯打）的大道，并于两旁种上杨柳兼植桃树，每至春天，形成一道美丽的风摆柳浪起伏如烟的景象，人曰柳浪庄。顾太清笔下的“得意东风快马蹄，细草沙堤。几枝丰艳照清溪？垂杨外，小桥西……”（《燕归梁》词）便有柳浪庄的影子。

（口述人：郭长生）

读活书和死读书

“木匠读活书有才，先生读死书无用。”这是父老口耳相传的联语，赞美了劳动人民的聪明才智，讽刺了“孔乙己”式的秀才先生。

传说在清代乾隆年间的一年夏季，六郎庄闹了一次水灾，凡是“平地滚”的屋子都进了水，百姓苦不堪言。事后诸葛亮，有司亡羊补牢，在六郎庄修筑了一项防洪水利工程。经测量发现六郎庄的地貌，是南高而北低。一下大雨，万泉庄、巴沟的水直往六郎庄灌。于是，有司决定在西苑南侧建设一座有泄水功能的石桥（此桥时称六郎庄的屁股眼）。桥修成后，需要设一块闸板，以便提放水位。可是没有工匠能够将铁钩固定在闸板上。有司请来海淀镇的一位秀才出身的先生，帮助出主意想办法。这位先生挺认真，翻阅了不少古代《考工志》的书，也不见如何将铁钩钩住闸板的记载，只好向有司摇头表示：爱莫能助也！有司无奈之下，张贴告示，求贤：

各路士工农商，凡有能将铁钩钩住闸板者，可揭榜速来内务府工程处接洽。奖金面谈。

大清乾隆甲戌年三月 xx 日布

次日晨，就有一位年轻的工匠揭下告示，前来工程处地点向堂官述说揭榜理由：

“我爷爷曾跟我讲过，古桥闸板铁钩要钩住闸板，须先在闸板横向打一眼，竖向打一眼直触横眼。横向眼处置放一块生铁，然后，再用一根熟铁棍从竖眼往下锤，直锤到熟铁从横眼处滋出可弯成钩状为止。”

“用一块水曲柳的柳木板，最好！”

有司听了木匠的一番话，恍然大悟，便将任务交给木匠完成。木匠量木打眼，置办生熟二铁，画线定尺，垂锤打凿，很快就用铁钩钩住了闸板。

那么，为何要用水曲柳的柳木板呢？这有两个原因：一是水曲柳木的涨性大；二是木性柔软。闸板经水泡越用越结实。

这个故事流传多年，不知什么时候有个无名氏给编写成了一副对联：“木匠读活书有才，先生死读书无用。”

（口述人：王乐儒）

水仙庵的娘娘

玉泉山下有一个南坞村，《高亮赶水》的故事说，远在明朝就有这座古老的小村了。南坞村有一座小庙叫水仙庵，庙里供奉一座菩萨像——水仙娘娘。她不是水仙花娘娘，她是掌管圣水的神仙。她在节骨眼上能显灵，为老百姓办好事。

水仙庵旁边有一眼古井，井口四周的石头上刻着十五道浅沟。水仙庵每年四月初一到十五日举办庙会，共十五天。乡亲们给这口古井起了个名字，叫“半个月”。水仙庵的香火可旺了。不仅庙会期间十里八村的乡亲们都来这里进香朝拜，就是那些到妙峰山拜神的香客返回城里路过时，也要给水仙娘娘烧一炷香。每逢天旱不雨，远亲近邻都要在水仙庵“半个月”井前，设水陆道场，求仙降雨，可热闹啦！

有一年，从立春到五月十三，老天爷一滴雨没下，眼看着地里的禾苗快干死了，各村的水井也干了。于是周围的村子、皇庄、高庄、东冉、西冉等村的老百姓，都到南坞村烧香求雨。正在鞭炮齐鸣、盼神显灵的时候，有人大声喊：“半个月井里冒水啦！”人们看到干枯的井桶盛满了清亮亮的水。南坞村解除了旱情。

半个月井出水的消息刚传出去，皇庄的庄头就来到井前，打着皇家的旗号强行封井。他公开宣布：“这地是皇家的地，井是皇家的井。没有我发的水牌，谁也不准到这口井打水。”

可是说也奇怪，就在庄头封井的这天夜里，半个月井的水又干了。庄头派人挖井，也没有挖出一滴水来。

更为奇怪的是，南坞村附近几个村的穷苦人家，每天早晨都发现家里的水缸盛满了水。有人说，他影影绰绰地看见每天夜深人静时，便有一位十七八岁的姑娘，挑着水桶往各家送水。还说，挑水的人活像南坞村小庙里的水仙娘娘。

这件事很快传遍了北京西郊，都说是水仙娘娘显圣，救济受苦的穷人，不让欺负老百姓的皇庄阴谋得逞。几个村的老百姓感戴水仙娘娘的圣德，重新把水仙庵修葺一新。而那个仗势欺压百姓的庄头，偷偷溜回了京城，再也不敢在西郊露面了。

（口述人：刘德水）

吴三桂吃烟

俗话说："东三省有三怪，窗户纸儿糊在外，养活了孩子吊起来，十七八岁的姑娘叼着大烟袋。"由此可见，满族人吸烟，不论男女，已成风气。吸烟还有很多规矩，比如，招待客人，主人先要送上一袋关东烟，表示欢迎。递烟时要左手捏住烟嘴，右手拿着锅，横着送上去。等客人吸过烟之后，才能喝茶、吃饭、饮酒。这就是常说的"未曾酒饭先敬烟"。提到敬烟，民间有一段吴三桂"吃烟"的故事。

传说，明朝山海关总兵吴三桂，引领清兵入关时，他偷偷地跑到沈阳故宫去求见多尔衮。多尔衮得到消息后，赶忙率领八旗旗主，在中和大殿里密见吴三桂。参加会见的人分宾主坐定以后，多尔衮以满俗旧礼，先向吴三桂敬上一袋烟，有礼貌地说："请吃烟。"

吴三桂本来没吸过烟，也不知道关东烟是什么东西。冷不丁地见多尔衮递过来一根二尺多长的黑木杆，木杆的一端是翡翠的嘴儿，另一端是铜制的锅儿，锅里装满黄色的粉末。吴三桂误以为这烟袋是满族人特制的餐具，这锅里装的是什么稀罕的食品。他恭恭敬敬地接过烟袋，一张嘴就把锅里的烟末倒在嘴里，一点一点地吃了起来。

吴三桂嘴里的烟，又苦又辣。吐出来吧，又怕主子见怪，不吐吧，实在难忍难咽。为了讨好新主子，用力一仰脖子，终于把烟咽到肚子里。咽完烟还低声谄媚说："这东西还有点甜味儿呢。"

坐在一旁的多尔衮和八旗旗主们，看着吴三桂的狼狈相，早就忍不住哈哈大笑起来。有人还要再向吴三桂敬一袋烟，被多尔衮断然制止了。

吴三桂后来弄懂了什么叫"吃烟""吸烟"，但是沈阳故宫的耻辱却终生难以忘怀。这心灵上的阴影，是否在他举起反清旗帜，发动"三藩之乱"时也起了一点作用呢？

（口述人：彦士伦）

徐老三的传说

大觉寺位于北京西郊旸台山东麓，是一座有着八百多年历史的古刹，林深气爽，古迹荟萃；尤以泉水清流闻名于京都。

离大觉寺不远的地方，早先有个小小的山村，名叫徐各庄，十几户人家都姓徐，世代以砍柴牧羊为业。

传说，自辽代在旸台山修建大觉寺以后，皇帝常来这里拈香拜佛。寺以人贵，一时间，寺庙香火很旺，和尚多达一千人，原有的一眼泉水的流量，远不够寺庙饮用，寺院吃水十分困难。为了解决水源不足，长老派大小和尚分头入山寻找水源。和尚们有的入山即返，有的畏险怯步，急得长老忙请来徐各庄的村民，恳求帮助寻找水源，并许诺：如有人解决了寺院吃水问题，本寺白给其“四十亩”香火地。徐各庄有个叫徐老三的小伙子，当即向长老表示：三天之内，保管大觉寺池中水满，长流不息。长老听了徐老三的话，半信半疑地说：“本寺乃佛门净土，不可戏言。”徐老三道：“本人生性诚实，言必取信。但愿长老不要食言就是了。”长老念一声“阿弥陀佛”端茶送客。徐老三也学佛礼，打了一个“问讯”表示告辞。

头两天过了，到了第三天头上，长老带着大和尚、小沙弥来到寺院蓄水池边，只见池中水花四溅，如鸣佩环，乐得众和尚直道：“善哉！”

第四天，徐老三一大早就来到方丈室，向长老讨取四十亩香火地。长老双目微闭，手捻素珠，咬舌道：“我说的是十四亩，没有说四十亩呀！”徐老三见长老胡搅蛮缠，不守信用，一跺脚就跑出了寺院……

第五天，长老正在方丈院中练习“达摩老祖易筋经”。只听寺中“大了”跑来喊道：“长老，不好了，池水龙头不流了。”长老忙收了姿势，随“大了”来到池边。长老看在眼里，心想，莫非徐老三搞了鬼？非得给他四十亩香火地才行。于是派“大了”到徐各庄请徐老三来商量。

徐老三被请到寺内方丈室，长老拿出四十亩香火地地契，道：“本寺四十亩香火地，从今天起就属于你的了，还望你还回大觉寺的水呀！”徐老三接过地契道：“明天‘亮寅’时，大觉寺蓄水池的水又哗哗作响了。”

说到这里，听故事的一定会问：“徐老三这小子是怎么弄来水的呢？”

原来，大觉寺西北的山，重峦叠嶂，千回百转，是人迹罕至的地方。山中有一眼泉水，常年伏流不息。徐老三常到山中放羊，发现此伏流而下，恰好与流往大觉寺另一股水流相错而流，只要稍加穿凿，就能将两泉水合成一股，徐老三便跑到深山又将那泉水汇合处用石堵住，断了大觉寺的水源。当长老将地契给了他时，他又跑到那里将堵石清除，水又流放了大觉寺。

（口述人：李富）

鹫峰哪吒庙的来历

北京西郊西山地区有一座风景秀丽的鹫峰山庄，古木参天，怪石嶙峋，泉水叮咚，飞鸟翔集；还有那各具特色的“朝阳洞”“听松待宾”“为我佳处”“盘景轩”等风光景致，很受游人的喜爱，人们亲切地称它为“小黄山”。更引人称奇的是山上有一座古庙，内供玉皇大帝、哪吒、顺风耳和千里眼四位天神尊像。此庙是“西山三百七十寺”中，绝无仅有的哪吒庙。建于何时不详。

鹫峰山庄东边八里，有一座小山，山下有潭，名黑龙潭，山上出产煤炭和画眉石，因而名画眉山。离画眉山西一箭之地，又有一泓水，人称白龙潭，水从一座白色山峰中流出，山叫白龙山。白龙山出产白石灰，为当地百姓提供了用不完取不尽的抹墙石料。白龙山北五里许有一座山，山下有温泉，可治皮肤病，饮之延年益寿，人以为是真龙显圣，所以取名显龙山。显龙山西侧有一条南北走向的山峦，盛产大青石，质地坚硬、纹理精美，可供建筑材料，人称青龙石。站在鹫峰山顶眺望，画眉山、白龙山、显龙山和青龙山，如四条巨龙飞舞，气势颇为壮观，人称“四龙托鹫峰”。

那么，鹫峰为何建哪吒庙？画眉山何以产黑石，显龙山如何出温泉，青龙山怎么会产大青石，白龙山石灰又从何处来？说来这里面还有一段美妙的神话传说哩。

很早很早以前，东海龙王有五个龙子，大龙子因作孽多端，被哪吒抽筋扒皮治死了。剩下那四位龙子，大的叫不习文，二的叫不练武，三的叫不做工，四的叫不务农。这哥四个在老龙王的娇生惯养下，整天游手好闲，吃喝玩乐，不务正业。他们在水中世界玩够了，又想到高山峻岭中享受人间五福。人间哪里的山景最好呢？于是把兵头将尾的蟹将军找来一问，说是塞北幽州的西山最好，而西山最好的美景就是那座鹫峰山庄。四位龙子一听，心里乐开了花，立马禀报老龙王，要离开东海去西山取经，老龙王不明龙子去西山的真正目的，就一口答应了他们的请求。

四位龙子领了龙王发给的路条，腾云驾雾离开了东海奔西山而来。当他们来到西山的时候，正赶上山村三月春光好的时节，放开龙睛一看，山上古寺红对绿，山下桃李绿映红，条条瀑布飞白练，对对飞鸟绕长空。四位龙子看得眼花缭乱，乐得摇头摆尾，不禁笑着说："这里风景如画，山珍遍地，五谷满原，真是在东海打着灯笼也找不见的好地方呀！要是在这儿住一辈子，那才叫没有白活。"四位龙子一合计，便在鹫峰山上的朝阳洞落户了。从此，秀丽的山峰就变秃了，清澈的泉水变浑了，满山的果树烧焦了，林中的鸟儿不见了。老百姓的桃源天地被搅得乌烟瘴气，人们万分痛恨龙子的胡作非为，但也没办法制服龙子，只好穷忍着，睡不着眯着，一心等待着降龙伏虎人。

一次玉皇大帝的使者，顺风耳和千里眼来到西山微服私访，体察民情，见老百姓人人愁眉苦脸，个个唉声叹气，便向百姓打听情由。百姓道："自从西山来了四位龙子，见吃就吃，不给就抢，抢了还拿，拿了还打，百姓是哑巴吃黄连，有苦说不出。"二位天使又找百鸟调查，百鸟说："四龙子强占鹫峰，可把我们害苦了。他们吃了我们的山鸡，摔死了我们的燕雀，赶跑了我们的凤凰……弄得我们家破人亡，妻离子散。"

顺风耳和千里眼，耳听为实，眼见真情，便掏出朱砂笔，用仓颉字将百姓、百鸟诉说的情况一一记录在案，回去向玉皇大帝禀报。

玉皇大帝接到二位天使的报告以后，勃然大怒，一拍惊堂木，招来托塔天王李靖、瑶池王母娘娘、担山的二郎神、偷桃的东方朔，还有何仙姑、蓝彩和、瘸拐李、张果老、曹国舅、吕洞宾、汉钟离、韩湘子八仙，商谈捉拿四个龙子，为民除害事宜。四龙子凶恶蛮横，使得众神会开许久，也未有良策。就在众神举棋不定之际，就见紫霄殿把门的哪吒推门而进，大声吼道："启禀玉皇大帝，自从我上次闹海，抽了大龙哥的筋，扒了他的皮，为民除害以后，我便割肉还母，剔骨还父，化成莲花体，一心在此把门，不问龙海闹事。今日听了四个龙子闹西山的情况，不免动了凡心，请求出战降伏四个龙子，解百姓水深火热之中。"玉皇大帝见哪吒请命出战，心中大喜，于是拔出令箭扔予哪吒，示意快快出征。

那哪吒手提红缨枪，脚踩风火轮，身着红兜肚，腕戴降妖镯，领命出了南天门，加速风火轮，直奔塞北幽州西山胜境。

再说四位龙子，这一日正在西山大扫荡，哄散百鸟飞出林，不叫百兽此山存；禁止百姓樵与牧，砍去百花枝与根。正当四位龙子肆意骚扰山林之时，就听天上一阵风响，抬头一看，飞来一人，此人不是别人，正是抽去大哥龙筋的哪吒。仇人见面，分外眼红，四位龙子昂首伸爪，拉开与哪吒大战的架势。那哪吒也是来者不善，善者不来，解下"红兜肚"一挥，不见海水沸起，这才醒悟此处不是东海水泽，"红兜肚"这件煮海的宝物在山区已无灵性。于是抛出"降妖镯"，又见"降妖镯"一去不回头，原来这降妖镯只降妖怪，不治孽龙。这哪吒只得挺起红缨枪力战四位龙子。四位龙子轮番与哪吒恶战，只杀得天昏地暗，飞沙走石，一直杀到太阳落山，双方才暂停大战，各自打道回府，并声言明日再战。

哪吒回到天宫卧在床上翻来覆去睡不着，苦思降龙的办法。鸡叫头遍时，想出一个办法：去找当年大禹治水时使用过的降龙杵。非降龙杵，治不服四位龙子。

原来远古时期，大禹治水成功，一是靠定海针不使海水横流泛滥，二是靠降龙杵镇杀恶龙，不使其兴风作浪。大禹治水后，那定海针归孙悟空所有，成了兵器金箍棒；那降龙杵锁在三十三天旮旯庵，加封不启，任何人不得使用。

第二天一大早，哪吒来到紫霄殿启禀玉皇大帝开封旮旯庵，借出降龙杵，不然难以制服四个龙子。玉皇大帝立即批示看守旮旯庵的螃蟹将军，速将降龙杵取出交给哪吒，不得有误。

且说哪吒手拿降龙杵第二天与四条龙子再战时，也真是奇怪，那降龙杵一出手就电光闪闪，雷声大作，四条龙子一个个如同没了魂儿似的癞蛤蟆趴在地上一动也不敢动。哪吒见四位龙子已被制服，便要将龙子一一打死，以免后患。这时节，一条黑龙道："请饶命，我愿化作一座黑山，为百姓提供烧火做饭的煤炭，描眉打鬓的黛石。"一条白龙道："我愿变成一座出产白灰的山峰，为百姓提供抹墙的白粉，将功折罪。"一条红龙道："我是一条海中的火焰龙，愿化成一座山，用我的火力将山泉烤热形成温泉，治疗百姓的皮肤病，以解瘙痒之苦。"一条青龙道："我愿化成一座长长的青石山，出产大青石，为百姓提供建筑石料。"哪吒听罢，觉得在理，便令他们飞向指定地点化成小山。自此，西山一带便出现了温泉的显龙山，黑龙潭的画眉山，白龙潭的白虎山和显龙山西边的青龙山。哪吒眼见西山又出现了秀丽的景色，百鸟唱枝头，百兽满山游，百姓安居又乐业，百花竞风流的桃花源景象，这才返回天宫去了。

不知过了多少年，后人为了追念哪吒降龙的功绩，便根据这个故事在鹫峰朝阳洞前建起了一座小庙，供奉为降龙做出贡献的四位天神：玉皇大帝在中，顺风耳在左，千里眼在右，哪吒在前。不知是哪位文人骚客还在庙门上刻下一副对联：

小庙耸鹫峰哪吒功绩劳千古；
大山镇妖孽龙子罪恶臭万年。

（口述人：陈德）

老爷山和老爷庙

莽莽苍苍的西山，连绵不断几十里，真是山套山，峰连峰，多少山峰数也数不清。其中有一座不算高的山峰叫老爷山，老爷山上有一座老爷庙。提起这老爷庙，还有一段故事哩！

在很早很早以前，凤凰岭下有一个小村庄，村里的财主家雇着一位姓魏的长工。这老魏生得身材高大，臂力过人，一手能提三百斤，干起活儿来十个小伙子也比不过他。他手宽脚大，手掌像簸箕，脚底板足有一尺三，那双老山鞋活像一对小船儿。论饭量，每顿都要升米斤面，稀粥要喝一瓦盆。财主虽嫌他的饭量大，但是喜欢他那使不完的力气，每年还是出三倍的工钱雇老魏当长工。

这一年，刚过清明节，财主给老魏派了活儿：要把村西十亩好地全种上伏地高粱。老魏扛上高粱籽，提起镐头，迈开大步下了地。他选出五粒种籽，在这块地的四个角上播种了四粒，一粒播在地中间，剩下的高粱种籽，他都散给一起扛活的穷哥们儿了。

老天爷给了一场及时雨，高粱出土了；又是几个好天气，小苗长了半尺高。一天，财主溜达来到村西，去看老魏给小苗松土。走到地头，只见地里光秃秃的，看不出垄，看不见苗，不禁大吃一惊。他不敢惹翻了老魏，但又怕颗粒不收，就连讽带刺地冲着老魏说：“嗬，今年的苗出得真齐呀！是不是太密了？”老魏假装听不懂他的反话，就憨里憨气地说：“密了？密了我再间间苗。”说罢，随手把地角的四棵苗全拔了。

龙泉寺（老爷庙）

他把小苗扔到财主跟前，又问：“这回行了吧！”财主直眉瞪眼地盯了老魏一眼，气鼓鼓地回村去了。

吃罢晚饭，老魏被财主叫到上房。财主问：“今年的年景不错，我的高粱能打多少？”“人家打五斗，我给你收一石，只多不会少。”财主听了老魏的话直纳闷：你一根高粱能打出十亩地的粮食？这不是睁眼说瞎话吗？他眨巴眨巴贼眼，就把想好的鬼主意端出来了。他说：“咱俩订好合同：你若是打不了那么多的粮食，我扣你两年的工钱！”“我要打得了呢？你得给我双份工钱！”“好，一言为定！”老魏和财主就这样把条件讲死了。

那真是一个风调雨顺的年头啊！老魏种的高粱，是眼瞅着随风儿长。人家的高粱长得一人高了，老魏的那棵长成了一棵大树；人家的高粱穗有尺把长，老魏那棵高粱穗的阴凉足足盖了三亩地；人家的高粱穗金灿灿地“晒米儿”了，老魏的高粱啊，粒大籽饱，像一颗颗紫葡萄！

过了白露节，该砍高粱了。八月十七日这天，老魏带上麻袋，赶着车下地了。狡猾的财主偷偷地跟在后边。老魏把车停在“高粱树”旁边，双手抱住桶口粗的秫秸摇晃起来。那葡萄粒大小的高粱籽，像冰雹一样“唰啦唰啦”往下落，一会儿就积了厚厚的一层。正当老魏操起铁锨要装麻袋的时候，躲在大树旁的财主，被那么多粮食惊呆了，他大喊一声：“这高粱赛过了小山啊！”就朝老魏奔过去了。但是当他走到大车旁边时，那结实累累的高粱树和满地的粮食，都在一眨眼的工夫没有踪影了。

就在这时候，长工老魏露出不高兴的样子，一跺脚，朝西山大步流星地走去了。

村里的穷哥们儿，听说财主气走了老魏，都赶到村西，把财主狠狠地揍了一顿，就分头到山里找老魏去了。他们跑遍了一道道山梁，查遍了一条条山谷，再也找不到长工老魏了。只是在凤凰岭前一座山峰上，捡到了老魏的一只老山鞋。

经全村的人商量，在捡鞋的地方，给老魏修了一座庙，这就是魏老爷庙，俗称庙；这座山，就叫老爷山了。每年八月十七日这天，远远近近的老百姓，都要去老爷庙烧香，还送上一双一尺三寸长的老山鞋，放在庙院里的一张石桌底下。据说，每年去送鞋时，都能见到有一双鞋底都磨薄了的旧鞋，那是魏老爷穿它干活时磨下去的。

（口述人：王会计）

魏老爷的传说

相传古时候，北京西北郊北安河村有家恶霸地主，坐地称王，抢男霸女，外号人称张霸天。

有一年，当地来了位不速之客，自称祖籍山东济南府，姓魏，名字不详，他力大如牛，日食斗餐，都叫他魏老爷。他向张霸天租种了四十亩旱地，双方言明，租地由魏老爷自耕自耘，施肥下种一律自备，完秋每亩交粮二百斤，好年成租量不增，赖年头租量不减，为表诚信，魏、张二人还指天发誓：拉钩上吊，说到做到。上有天下有地，中间有良心，谁要是中途反悔，天打地虐五雷轰。

且说魏老爷租地以后，到了“谷雨前后，栽瓜点豆”的时节，他一不犁耕，二不施肥，只见他左手提斗，右手撒种，来一个漫天扬。张霸天看在眼里，想在心里：这小子种地是“脑袋疼拍屁股——瞎耽误工夫！”邻里农夫则讥笑他：“羊群里出骆驼——个色。”

到了立夏“水满池塘，草满陂”之季，魏老爷的地简直是：“癞头疮的脑袋——没几根毛（儿）。”等到榜头遍时，魏老爷手提大锄连草带苗一起锄，只在地的东南西北中，留下五棵苗。榜三遍定亩时，他又将东南西北的四棵苗锄掉，只留中间一棵。这四十亩地一棵苗，谁见了都新鲜。从此，魏老爷就一心一意地为这棵苗浇水施肥锄草，闷尖打杈拿虫子。如此种地，这般干活，气得张霸天找他算账："你这么种地，完秋拿什么交我八千斤粮食？"魏老爷道："咱们君子一言驷马难追，到时候一斤都少不了你的！""我从南京到北京，没见过你这么种地的！""树林子大，什么鸟都有，你没见过的事情多着呢！"就这样，你一言我一语，气得张霸天甩袖而走。

秋分一过，白露到来，这四十亩地一棵亩秀出一硕大的穗子，红里透白，白中含紫，赛玛瑙、如珍珠，别人都不晓得这是什么谷子。

九月九重阳，五谷上了场，别家都在打场扬谷。独魏老爷与众不同，他不打场不扬场也不上场，只在这棵庄稼下放上簸箩、簸箕，手拿一根枣木杆子，一边打一边念："打一打二再打三，打出高粱囤满尖；打三打四再打五，打出的麦子没法数；打五打六再打八，打出的玉米堆满家；打八打九再打十，五谷杂粮遍地是。"就这样，他打一下就"哗啦"一声，地上落了一层粮食，共打了一百单八下，打出的五谷比四十亩地产的还多。魏老爷除如数交租外，其余的都分给了十二联村的鳏寡孤独、瘸聋病哑的老百姓。这事气得张霸天与魏老爷及十二联村的百姓结下了仇，他总想勾结官府，率领民团攻打十二联村，以解心头之气，以威吓魏老爷。

一年的春天，张霸天招兵买马，借草存粮已毕，向十二联村下了战书。战书写道：

> 自古以来，有冤的报冤，有仇的报仇，我北安河村民，与十联村有不共戴天之仇，拟于四月初一在草场与你们开战，若我民团战败，愿向十二联村称臣，若十二联村战败，每村每年要向北安河交租百担，猪百头，羊百只。
>
> 切切此布勿谓言之不预！
>
> 北安河民团启

十二联村诸位会头接到战书以后，请来魏老爷共商和战大计，魏老爷道："张霸天来势不善。我们只有智取不得强攻，只要如此如此，这般这般，方能取胜。"众会头听了魏老爷一番言语，各个称善，人人叫好，于是回村，准备应战。

原来魏老爷的主意是：令各村事先在草场阵地插上树枝、鲜花，并且洒上糖水，再放上几十箱蜂。到开战那天，民团男士手拿大刀长矛埋伏四方，听锣响为号出击。

四月初一那天，旭日东升，春风和暖，北安河民团在张霸天的率领下，气势汹汹向草场开来，当他们来到草场地界时，见这里花草缤纷，树枝青绿，飞蝶乱舞，蜜蜂盘绕，不由得摘花的摘花，折枝的折枝，逮蝶的逮蝶，早惹得蜜蜂怒上心头，倾巢而出，直蛰得北安河民团勇士们鼻青脸肿，哭爹叫娘，乱作一团。这时，只听一声锣响，十二联村村民团乡勇如猛虎出山，蛟龙入海，从四面八方杀出。只杀得北安河民团落花流水，望风而逃。此一战，十二联村大获全胜，张霸天再也不敢称霸了。

自从草场一战后，十二联村的村民敬魏老爷为神农。在他的领导下，各村筑围为垒，划地为疆。男耕女织，春种秋收，夏耘冬藏，家家过着"门虽设而常开，只知有汉无论魏晋"的桃花源式的小康生活。

光阴迅速如箭，不觉岁月增添，没过几年，魏老爷请乡亲们前来家中吃酒。酒过三巡，菜过五味，魏老爷举杯说道："我本天上神农下界，造神庇佑一方。如今功德已满，要往名山修道。闻说妙峰山那里山清水秀、温和气爽、风景宜人，是个修身养性的好地方。从今后我将到那里去栖身，望乡亲种地自食，织布自农，各守本业，与人为善，好自为之。"说着一拱手便告辞了乡亲们，乡亲们苦留相劝，怎奈魏老爷主意已定，棒打不回，大家只得端起酒杯为他饯行。

魏老爷到了妙峰山，选了一块阳宅吉地，自己和泥自己砌，瓦匠木匠一身担，盖了一间小屋。白天上山采芝摘果，夜间在屋内烧丹炼汞，守庚申，就这样“坐七练九、参星拜斗”地修炼道性。一天他手提泥壶木勺下山打水，回来时，见一位如花似玉的美娘子盘腿坐在他的炕沿上，两眼微闭，口念佛经。魏老爷好生奇怪，忙向前问道：“娘子，你是何人，敢闯进我的宝榻盘坐参禅？”娘子双眼睁开，娇声细语地说：“此山是我开，此屋是我盖，要说是你的，拿出证据来！”魏老爷一听，火了，忙道：“你这臭娘儿们，光天化日之下，竟敢诬人清白！讹诈于人！”“你这花老道，为何跑到女人屋里，有何居心？”

二人唇枪舌剑，评说世理，谁也说不服谁，便请来玉皇大帝秉正公断。玉皇大帝听罢二位的陈述之词，便先问娘子道：“你有何证据说你先来此地？”娘子道：“褥下有一根金簪子。”说着，从褥下取出示与玉皇大帝，玉皇大帝又问魏老爷有何凭据，魏老爷自知娘子欺人有术，一时分辨不清。便提壶持勺，一跺脚下山去了。自此，妙峰山便归了这位娘娘，这位娘娘就是东嶽大帝泰山神的女儿碧霞元君。

再说魏老爷下山走到山泉边，越想越生气，便生报复之心，用水壶将山泉盛走，洒到离妙峰山不远的一座小庙下。从此妙峰山山泉虽好，可就是五行缺水，而这小庙背山之道却流水叮咚，清流不断，远近闻名，人们名其曰龙泉寺，至今妙峰山仍缺水，龙泉寺水流如注。

魏老爷把水洒到龙泉寺后，就在此住下来了，数年后他在此羽化登仙，修得正果。山下的十二联村，为了替魏老爷讨回公道，对抗妙峰山的香火，便在山上修了一座庙，庙内供奉魏老爷肉胎佛像，人称魏老爷庙。庙宇竣工那天，正值四月初一，村民们在此举行了盛大的庆祝活动：高跷会、少林会、狮子会、幡会……云集此地。特别是台头村的吵子会引人注目：前面有四个彪形大汉抬着一座肥头大耳、面目憨厚的坐身人像，后面跟着八个吹鼓手，有吹的有打的，十分热闹。人说这佛像就是魏老爷。龙泉寺山道两侧，卖农具种子的，编织刺绣的，土产风物的，应有尽有，形成一种别开生面的民间花会，后来人们称为“十二联村庄稼会”。此后每逢四月初一，当地村民便云集此地举行花会以纪念这位农神魏老爷。

（口述人：陈德）

火烧潭柘寺，水淹北京城

北京人常爱说“先有潭柘寺，后有北京城”。这句成语是说潭柘寺的修建的历史，比北京城还要久远。这里也暗含着“后不潜先”的道理。关于这寺和城，还有句流传很广的俗语：“火烧潭柘寺，水淹北京城。”至于这句话的来历，仁者见仁，智者见智，就各说各话了。

熟悉北京历史的老人说：潭柘寺位于北京西郊的崇山峻岭中，是这里最古老的寺庙。庙前有柘树，庙后有龙潭。庙宇不算很大，但是佛教徒多达三千，香火很旺。它属下的香火地，就有水地 3600 亩，旱地 3600 亩。再说，潭柘寺的住持僧名叫觉理。他佛学渊博，传教有方，在佛门地界名噪一时，更为潭柘寺锦上添花，威震四方。

当时正是乾隆皇帝当政的全盛时期。乾隆也是一个“爱穿佛衣，赖佛吃饭”的人。他曾经在京西大觉寺出家，并且修建讲经堂参禅悟理，精通佛学经典，自认为是文殊菩萨转世，称“文殊大皇帝”。他听说觉理名扬佛门，便要驾临潭柘寺，与这位名僧参禅斗法。觉理和尚身居潭柘寺，心知天下事，早就做好迎战的准备。

乾隆皇帝带着文武大臣直奔潭柘寺而来。觉理和尚率领众僧在头道山门以佛礼迎接。乾隆看在眼里，心中好不自在，当面说：“朕乃当今皇上，为何不以君臣之礼相迎？”觉理随口回答说：“俗语说，到什么山唱什么歌，这里是潭柘寺，不是北京城。”乾隆听罢，气不打一处来，但又不好发作，便随觉理进了山门。

在宽大的讲经堂里，乾隆坐东朝西，觉理反向落座，众僧和大臣分别在南北两侧坐下。参禅开始，乾隆刚才吃了一个闭门羹，这回先下手为强，抢先说：“东为上首，西为下首。”觉理说：“下为西首，上为东西。”乾隆见老和尚骂自己是“东西”，更是起火，就反问：“佛在西天，怎能普照人间？”觉理辩驳说：“一月水即一切水。佛好比是月，一切水好比是人间。月在空中，影在水中。谁道不能普照？”二人一东一西，你言我语，越说越崩。乾隆恼羞成怒，发狠说：“你这秃驴不服大清管教，我就要火烧潭柘寺！”觉理软中有硬地回答：“你若火烧我的潭柘寺，我就水淹你的北京城！”这场论战就这样结束了，交战双方不欢而散。

这就是“火烧潭柘寺，水淹北京城”这句俗语的来历。

但是，熟悉北京风物的老人说，这句俗语的来历与乾隆皇帝无关。“火烧潭柘寺”说的是，潭柘寺内为众僧煮粥的大铁锅的底部，铸有“潭柘寺”三个字。因为僧徒每天都要起炊做饭，烧火熬粥，正好大火烧烤那“潭柘寺”三个字，便生出了“火烧潭柘寺”的话来。那“水淹北京城”呢？原来在北海以东，有座东不压桥。桥下流水潺潺，水底下有一块大青石，石上刻有“北京城”三个字。这就生出“水淹北京城”的话来。这才是“火烧潭柘寺，水淹北京城”的真正来历。

（口述人：李润）

穆寡妇智斗陈壁君

在20世纪二三十年代，北京前门外樱桃斜街有一家经营炒疙瘩的小饭铺，别看门脸不起眼，名气却很大。上自达官贵人，下至三轮车夫都闻风来这里吃饭。买卖惊动了四九城。字号人称穆柯寨。那么，一个小饭铺，为什么取了这样威风凛凛的名字呢？说来还真有点意思。

原来这个小饭铺最初叫广福馆，取“广为民众造口头福”之意，足见掌柜的经营思想的高尚。

掌柜的既无当官的后台，也非五尺高的汉子，而是一位伶牙俐齿、又白又胖、性格倔强的穆寡妇。

她炒疙瘩的做法，用上等面粉拌成硬团，先用快刀削成疙瘩形状，煮熟过水晾干，再用小磨香油炒一次，加上五香豆腐再炒，同时拌上绿豆渣条及韭菜沫再炒一次，经过这三炒，再适当加些胡椒面或其他香料搅匀，吃起来口口香。

当广福馆营业时，就见穆寡妇站在木案旁，左手执刀，右手把面团，削起面来刀光闪闪。许多人前来吃饭，与其说为了吃炒疙瘩，不如说为了看穆寡妇削面。

来广福馆的顾客踢破了门槛子。为了方便顾客，利于经营，广福馆立了一个规矩：无论何人，排队买饭，夹塞的是混蛋，捣乱的是王八蛋。有时碰到蛮横夹塞的人，穆寡妇非但不卖给他吃，还要骂他是混蛋王八蛋。倘若碰上伤兵、警察、青皮以及耍胳膊根的，穆寡妇就甩掉衣服，手持削面快刀跟你拼个死活。就这样，不知有多少人都败在她的手下。因此，凡到广福馆吃饭的人，都能自觉排队，秩序井然有条。

也有鸡蛋往石头上撞的，不是别人，她就是国民党副总裁汪精卫的老婆陈璧君。

有一次，陈璧君乘车绕北京城兜风，路过樱桃斜街，听说广福馆的炒疙瘩是北京一绝，想换换口味，便叫司机停车。她径直进了饭馆，挤到人群前面，掏出名片，声称要先买。穆寡妇将刀往案上一剁，说道："国有国法，店有店规，我这里不管你是陈璧君还是宋美龄，就是慈禧太后来了也是后边排队去！"陈璧君见对方恶言伤人不给面子，不禁火上心头，说道："你这个胖娘儿们，竟敢在老娘头上动土，真是狗咬吕洞宾，不认真人。我问你，你这个饭馆还想不想开了？"穆寡妇也不示弱，大声说道："开买卖我交税钱，我一不偷，二不抢，三不养汉，凭手艺吃饭。你凭什么不让我开？"说完转过头对顾客道："甜姐儿们，蜜妹儿们，主持公道的老爷儿们，你们评评这个理！"穆寡妇这么一说，在场的顾客就像开了锅一样，有的说："不卖她，有什么崩儿，让她使去！"有的斥道："去，排队去，就你姓陈的花虎伯喇——个色！"还有人小声说："这回她可遇见吃生米的了！"

陈璧君见这阵势，知道众怒难犯，又怕打不成狐狸弄一屁股臊，扭头就往外走。一边走还一边说："老娘从南京到北京，从天津到西京，还没见过你这样的。咱们骑驴看账本，走着瞧吧！"穆寡妇也反唇相讥："林子大了，什么鸟都有。今天也让你长长见识。"陈璧君出门上了车，只见车屁股一冒烟就开走了。

广福馆里的顾客可都后怕了，都劝穆寡妇好汉不吃眼前亏，出去躲两天，看看动静再说。穆寡妇也真有股子拧劲儿，表示非要与陈璧君掰掰腕子不可。

第二天，广福馆刚开门，穆寡妇照常操刀削面，顾客依然满座盈门。正在热闹之时，来了四个警察，为首的开口道："姓穆的，唯你不聪明，唯你不圣明，汪府打发我们爷们儿，请您辛苦一趟，陈夫人要请客吃炒疙瘩。您也别着急，您也别上火。胳膊拧不过大腿，跟我们走一趟，我们爷们儿的差事就算交代了。"

穆寡妇见来者不善，善者不来，也知道吃骨头的狗，没有不替主子咬人的，二话没说就抄起快刀、炒勺，叫伙家带着硬面、作料随警察去了。

巳时三刻，汪府上已是高朋满座，笑语喧天，都等着大饱口福并一睹穆寡妇削面的风采。陈璧君此日打扮得花枝招展，傲气十足得坐在太师椅上，一心想在穆寡妇面前耍威风，报昨天的一箭之仇。可她却没想想对手也是一位老虎头上长角，大象都敢惹的主儿。

没一根儿烟的工夫，穆寡妇已将炒疙瘩炒好端上客厅。还没等陈璧君耍威风，她倒先下手为强了。只见她敞胸露怀，腰系围裙，手持快刀闯进来，开口道："诸位长官，请先别动筷。你们都是识文断字的人，我有几句话要说，请大家评评理。昨天陈璧君到本店吃炒疙瘩，后来非要先买，我不卖她，她就演出今天这台戏，想让我当众现眼。青天白日之下，一国总裁的夫人竟然如此欺负一个寡妇算什么本事。"说到这儿，话锋一转，又对陈璧君说道："陈夫人，你今天要说清楚，是你的不是，还是我的过错，不然，别怪你穆姑奶奶红刀子进去，白刀子出来，脏了你家的宅院。"陈璧君见穆寡妇真要玩命，吓得目瞪口呆，不知如何是好。诸位来客见势不妙，生怕惹出人命有损于汪总裁的名声。于是纷纷好言相劝，派人乖乖地将穆寡妇送回广福馆。结果是陈璧君偷鸡不成反蚀把米，穆寡妇下下人却胜了上上人。

好事不出门，坏事行千里，穆寡妇大闹陈璧君的这台戏，第二天就传得满城风雨。老百姓无不佩服穆寡妇有胆有识，说她可与杨家将的寡妇穆桂英征西抗敌媲美，于是就将广福馆叫了穆柯寨。一时间，穆柯寨的名气赛过全聚德，不让东来顺。

常言说：想当官得会要心眼，想发财得会玩儿大胆儿，这话却有三分道理，穆寡妇把穆柯寨开得名动九城，日进斗金，全凭的是玩儿大胆儿。

（口述人：陈武荣）

四

有关民间文学的文章

喜读张嘉鼎《曹雪芹的传说》

去年，我曾在《民间文学》杂志上，读到张嘉鼎同志搜集整理的几则曹雪芹的故事，它引起了我极大的兴趣。今年，我又收到嘉鼎同志送给我的一本《曹雪芹的传说》（河北人民出版社出版）。我拿着这本薄薄的小书，欣喜非常，爱不释手，一口气把它读完了。我不禁为书中描绘曹雪芹的一连串娓娓动听的故事所吸引；掩卷沉思，也为执笔者付出的辛勤劳作所感动。

脍炙人口的我国古典小说《红楼梦》，早已成为中外公认的现实主义名著。但对于它的作者曹雪芹，人们却所知甚少。嘉鼎同志把流传在民间的这些活的故事，搜集整理成为《曹雪芹的传说》，使我们看到了这位二百年前的伟大作家的生活、思想、性格及其音容笑貌。这对我们认识曹雪芹这个历史人物，是有积极意义的。

人物传说，作为民间文学中群众口头创作的一种，它“总是借助一定的人物，表现人民的爱憎和思想感情”“由始至终贯穿着人民的思想和想象”。（张紫晨《民间文学基本知识》）摆在我们面前的这22则曹雪芹的故事，就是“人民热爱曹雪芹的结晶，传说本身，就是曹雪芹理想化的果实”（端木蕻良语）。香山一带的人民群众，按照自己的意志，创造了口头文学中的曹雪芹形象。他是一个专心致志、呕心沥血、埋头著书的人，他是一个嗜酒好饮、刚直倔强、蔑视权贵的“傲性子人”，他是一个爱好交游、讲究义气、济危扶困的善心人，他是一个深通医道、能诗善画、多才多艺的人。《曹雪芹的传说》对这些方面做了深刻的描绘。健锐营的副都统赫老爷做五十大寿，要曹雪芹给画一幅“祝寿图”，他却送去一副对联、两坛清水。那些老爷们拿水当酒喝，还自欺欺人地说：“真乃佳酿也！”（《送礼》）曹雪芹不仅以他的聪明机智，无情地嘲弄了那些权贵，还凭借各种熟练的技艺，惩罚那些欺压民众的权势者。他曾以“摔胯背胯”治疗骨折的高超医术，飞起一脚把副都统老爷踢出七八步开外去。（《看病》）对那些生活困苦、遇到危难的平民百姓，曹雪芹充满了同情心，想方设法帮助他们渡过难关。他从海淀的湖水中，救了一个因病跳水自杀的人，并为他治好了“黄病”（《民间验方救乡邻》）。他教会镶黄旗的一位贫苦老人制作盆景的技艺，使老人能够卖艺为生，安度晚年。（《香山盆景》）在这些口头传说中，显示了曹雪芹与人民群众的密切联系，以及他对香山一带社会生活、自然风貌的细致观察和深刻了解。

《曹雪芹的传说》中最引人注目的，是那些关于这位作家的家世生平以及他如何写作《红楼梦》的故事。曹雪芹从北京城里迁到香山以后，住在什么地方？故事说：“他住的地点在四王府的西边、地藏沟口左边靠近河的地方”，“一处邻山傍水、长满竹子的院落”。还住过镶黄旗北营子。他死后葬在哪里？故事说：因为曹雪芹家贫，不能埋到很远很远的祖坟去，“他只能就近下葬了。据说墓地就在香山地藏沟的一块旗人义地里”。故事又说：曹雪芹已经写完了《红楼梦》后四十回。但在他死后送葬时，被人剪成祭奠亡人的纸钱，焚为灰烬或随风飘落散失了。后来由曹雪芹的好友鄂比之子高鹗执笔，才又把后四十回补齐了。（《曹雪芹〈红楼梦〉》）故事还说：曹雪芹从香山、海淀一带吸取了很多创作素材，像空空道人、妙玉、柳湘莲等人，都能在现实生活中找到原型（“庙吁”和“妙玉”“空空道人”和他的诗歌）。

这些情节，读来是颇有兴味的。我们知道，人物传说中的事件，有些是确实存在的历史事实，有些则是讲述者虚构出来的。《曹雪芹的传说》中的那些事件、情节，看来虚构幻想的成分较多，但也不会全属虚构；究竟有哪些事实是曹雪芹的亲身经历，那就需要专家去做考据工作了。不论如何，我们还是可以通过这些故事，来加深对曹雪芹思想性格的了解的。

张嘉鼎同志是个非常勤奋的人。他生在香山，长在香山，自幼从长辈和乡邻父老那里听到许多曹雪芹的故事。他又刻意经营八年之久，利用业余时间，克服种种困难，整理成这部可贵的小书。这对北京民间文学的搜集整理工作是一个贡献，对研究伟大作家曹雪芹的家世生平，也不无参考价值。我们希望嘉鼎同志继续努力，为北京民间文学的发展，为社会主义精神文明建设，做出新的成绩。

（张宝章，1982 年）

《曹雪芹在香山》前言

北京西郊的香山脚下，是清代伟大的文学家曹雪芹呕心沥血写作《红楼梦》的地方，也是他生活劳作、漫游吟咏、饮酒放歌的所在。这里留下了他的喜怒哀乐、爱情、理想。关于他注重友谊、济危扶困、孤高狂傲、蔑视权贵、才气纵横、埋头著书的种种动人传说，至今还激荡、扣动着当地居民的心扉。

我们踏遍山原，访古稽沉，辨认曹雪芹刻印在村老乡邻心头的音容笑貌，追寻山岩沃土上映出的这位天才作家的身影遗踪，这里的山石水泉、鲜花古树、酒肆庙宇、风物传说，都跟曹雪芹有着割不断的联系。

曹雪芹在二十七八岁的时候，离开京城到山村著书。他的好友敦诚在《寄怀曹雪芹霑》这首诗中写过："劝君莫弹食客铗，劝君莫扣富儿门。残杯冷炙有德色，不如著书黄叶村。"这"黄叶村"就在香山健锐营一带。与曹雪芹过从甚密、互有唱和的敦诚、敦敏、张宜泉诸人写的"庐结西郊""西郊信步""日望西山""门外山川"等诗句，以及诗中关于雪芹居住环境的描绘，就足以证明了。

但这黄叶村在哪里？它是专有的村名呢，还是泛指那些黄叶飘飘、秋色幽美的村落？

我们迎着刚劲的秋风，登上香山的顶峰"鬼见愁"，放眼四望，漫山遍野除了黄栌的红叶和松柏的绿叶，便全是黄叶。那么，在曹雪芹生活的清代乾隆年间，这一带是否也是黄叶满山呢？雪芹的同时代人郑板桥，在访香山碧云寺的住持青崖和尚时，曾经写道："西风肯结万山缘，吹破浓云作冷烟。匹马寻径黄叶寺，雨晴稻熟早秋天。"比这再早一些，明朝人邬佐卿就用"满山黄叶雨，历乱洒人衣"（《饭香山寺》）的诗句描绘过香山黄叶。

敦诚的"不如著书黄叶村"，是从康熙年间的历城进士、号称"王黄叶"的王苹的诗句"黄叶林间自著书"演化来的。而宋朝的苏轼曾写过"扁舟一棹归何处？家在江南黄叶村"，陆游也有"放臣不复望修门，身寄江头黄叶村"之句。放翁自称放逐之臣，寄居在黄叶村，但他不忘国事，胸怀壮志，这与流落在西郊的曹雪芹的处境和心怀是多么相似啊！

由友人带领，我们在香山十八盘的石路边，找到了一块巨石，上刻"春雪秋鸿"四字。红学家吴恩裕认定，此四字为"乾隆所题"。巨石下方刻有"宿松黄叶邨临别留念"字样。不管这行小字是乾隆时或以后什么年代所写，大体可以认定，香山一带确有黄叶村的名称。引人注意的是，敦敏在《西郊同人游眺兼有所吊》诗中，也提到了"黄叶村"："秋色召人上古墩，秋风瑟瑟敞平原。遥山千叠白云径，清馨一声黄叶村。"敦氏兄弟都写了黄叶村，若不是有一个叫黄叶村的地方，是很难设想的。考虑到前面所引的郑板桥诗，把卧佛寺称为黄叶寺，可以认为：曹雪芹埋头著书的这个黄叶村，当在香山十八盘到卧佛寺附近的地方。

香山正黄旗的张永海老人，在 1963 年对著名红学家吴恩裕说过："曹雪芹搬到香山是按拨旗回营的例，住在正白旗，在四王府之西地藏地沟口左边靠近河滩的地方。那儿今天还有一棵 200 多年的大槐树。"他还说：鄂比曾送给雪芹一副对联："远富近贫，以礼相交天下有；疏亲慢友，因财绝义世间多。"到 1971 年 4 月，处在地藏沟口的正白旗三十九号西轩，发现了题壁诗文，西壁正中写的就是鄂比那副对联（仅有三字之差）。当初传出此联时，人们对它的真实性还难以确定，如今发现了对联的文字记载，说明此联并非后人编造；而把朋友赠雪芹的对联写在雪芹的居处，这应该是顺理成章的事情。

题壁诗文中，还有“拙笔学书”“学题拙笔”的署名，和两处写明“丙寅”纪年，一些红学家推定，丙寅年是指乾隆十一年。无独有偶，1977年在北京又发现了两只黄松木书箱，经一些红学家考证，这一对书箱确系曹雪芹的遗物。书箱上刻着“题芹溪处士句”“乾隆二十五年岁在庚辰上巳”，并有“拙笔写兰”的署名。著名红学家冯其庸在《二百年来的一次重大发现》一文中指出：拙笔乃是曹雪芹的朋友，书箱是曹雪芹续妻时拙笔送给她的。而“拙笔写兰”与“拙笔学书”的字体又极其相似，说明这两个拙笔纯系一人。题壁诗文与书箱二者互相印证，确证了它们的历史真实性，这进一步使我们推断：正白旗三十九号旗下老屋，很可能就是曹雪芹故居；而正白旗，正处在卧佛寺和香山十八盘联结线的东侧，距卧佛寺只有二里之遥；当地老人还说，过去正白旗村栽满了楸树，楸叶经霜最先变成黄叶。据此判断，正白旗就是黄叶村，是颇有道理的。

我们站在旗下老屋门前的古槐树旁，想象着二百多年前曹雪芹在这里过着“举家食粥酒常赊”的艰难生活和他“醉余奋扫如椽笔”的情景，心里充满了敬意。

乾隆二十六年初秋，曹雪芹曾经和他的好友张宜泉结伴，从黄叶村的住地出发，顺着樱桃沟的山泉，经过退翁亭，攀上五华山，沿着荒凉的山径，来到破刹广泉寺同游。这里偏僻寂寞，人迹罕至，庙墙早已颓倒塌毁了，残碑上的字迹也无法辨认。只有秋蝉在稀落的树枝上遥相呼唤，蟋蟀在空荡的神厨上唱着凄凉的歌。他们二人在这里徘徊瞻眺，倾吐心曲，抚今追昔，感慨万端。曹雪芹是素来不轻易动笔写诗的，这时也吟诵出一首七律《西郊信步憩废寺》。

张宜泉是满族旗人，家住黄叶村以东十几里外的海淀，以舌耕授徒为业，因有“家世之隐”嗜吟好饮，孤傲愤激，与曹雪芹意气相投。他听了曹雪芹的诗，仔细品味，即兴吟出《和曹雪芹〈西郊信步憩废寺〉原韵》：

君诗曾未等闲吟，
破刹今游寄兴深。
碑暗定知含雨色，
墙颓可见补云阴。
蝉鸣荒径遥相唤，
蛩唱空厨近自寻。
寂寞西郊人到罕，
有谁曳杖过烟林。

那时的广泉寺已是一座废寺。上溯80年即康熙十九年，曹雪芹的祖父曹寅的至友宋荦，也曾登上五华山，用相同的字韵，写了一首吟咏广泉寺的七律，题为《广泉寺用阮亭题纯庵洞庭诗卷韵》。这位绵津山人，“振策”去寻“破寺”，“荒径”寂寂，“残碑无字”；不过当时还有“雏僧”拿“硬黄”纸向宋荦索诗呢！

在曹雪芹吟诗二百多年后的一个重阳节，我们顺着曹雪芹当年的足迹，去寻找广泉寺遗址。“不识广泉寺，泉眼有路通。”出卧佛寺西门，沿着樱桃沟的水泥路，绕过红星小桥，循溪北行，在蛇形山径上“振策”攀登。一刻钟以后，发现废寺右侧有一口直径五尺的古井，深约两丈，井口上横卧一块长方形碑石。因年久风化，碑上字迹多已模糊不清，但“广泉古井”四个楷书大字和左下角“中华”“周×居士修”等字样尚依稀可辨。原来这废寺遗址在几十年前，被周家花园即樱桃沟的主人、北洋军阀的内阁部长周肇祥，建成为他的夫人陈默娴的墓地了。

张宜泉诗的结句是“有谁曳杖过烟林”。何谓“烟林”？据查，古代诗人常将“烟”字与杨柳连在一起使用，如“杨柳堆烟”（欧阳修）、“烟柳画桥”（柳永）、“染柳烟浓”（李清照）、“湖柳如烟”（郑板桥）等；乾隆皇帝为玉泉山下界湖楼石牌坊题写的横联是“佳春烟柳”，可见“烟林”一般是指柳林。“有谁曳杖过烟林”这句诗告诉我们：从曹雪芹居处到广泉寺的路上，要穿过一片柳林。翻开《红楼梦》第一回，便有作者的自述：“况对着晨风夕月、阶柳庭花，更觉润人笔墨。”其中“阶柳”二字很值得注意。香山老人们讲：正白旗村西的河滩东侧，砌有一道豆渣石的石阶，蜿蜒伸向樱桃沟。沿着石阶，植柳成行，每年春季岸柳垂青，烟树迷蒙，好一派阳春烟景。据传，乾隆皇帝每年都到香山静宜园避痘，他误信柳絮是传染水痘的媒介，他怕柳絮，但又喜爱“佳春烟柳”，就传下御旨：正白旗河墙以西，不准栽种柳树；而在石墙东侧，培植成了一道阶柳绿带。

当我们离开广泉寺遗址，顺原路“曳杖”下山，看到当年用豆渣石修筑的河墙痕迹，从樱桃沟迤逦向正白旗村东延伸。我们登上石阶，金风送爽，高柳飘丝，使人顿有所悟：原来这条阶柳绿带，就是曹雪芹所说的“阶柳”和张宜泉笔下的“烟林”！试想，深秋的山风染黄了柳叶，村里村外一片金黄，这正白旗不就真的变成了“黄叶村”吗？

曹雪芹在山村著书，他的丰富的写作素材，就是曹氏家族的兴衰，他本身由富贵荣华到“举家食粥”的遭遇，以及他对当时社会的感受和观察。香山一带的社会状况和自然风物，也给他的艺术创作以巨大的启迪和影响。

香山老人们有很多传说，讲哪些景物被曹雪芹写到《红楼梦》里去了，说得活灵活现，好像事实就是如此。曹雪芹并不是整天闷在小屋里写书，他常到各处游逛，最爱去的地方是佟峪村酒馆和樱桃沟。老人们有言：“《石头记》，记石头”，说《石头记》是记载在石头上的故事，是记载石头的故事，是在石头上记载下来的故事。这些，都可以在樱桃沟里找到实物说明。

樱桃沟，“两山相夹，小径如线，乱水淙淙，深入数里”（见《宸垣识略》）。在樱桃沟的尽头，有一个白鹿岩，岩下是白鹿洞，西南方向的山坡还有一个“疯僧洞”。据《日下旧闻考》记载：“瓮山西北越横岭，白鹿岩在焉。有白石如幢，屹立岭上……岩高数十丈，嵌空欲堕，中虚可旋两车。”相传，一位骑着白鹿的道人，曾在这里修道求仙，他不吃人间烟火食，专靠餐霞饮露为生，腹内空空，可精力十分旺盛，自称“空空道人”。后来，从天台山来了一位疯和尚，与空空道人争夺白鹿洞，僧道坐禅斗法，疯和尚败走，逃到“疯僧洞”修炼去了。《红楼梦》上说：“有个空空道人访道求仙，从这大荒山无稽崖青埂峰下经过，忽见一块大石，上面字迹分明，编述历历。”“上面叙着堕落之乡，投胎之处，以及家庭琐事，闺阁闲情，诗词谜语，倒还全备，只是朝代年纪失落无考。”曹雪芹记叙了一僧一道在青埂下看到一块石头，并说石头上记载着它自己的经历。这很可能是他从民间关于白鹿岩的传说中吸取了营养，来编织他的悲金悼玉的《红楼梦》的故事的。

白鹿岩有一桩奇观：这里“有古桧一株，根出两石相夹处，盘旋横绕，倒挂于外，大可百围，色赤如丹砂”（见《日下旧闻考》）。石下有一股山泉，常年滋润、浇灌着古桧。当地老人把桧称为松，说：“元宝石，不值钱；石上松，木石缘。”曹雪芹大约是从“石上松”这个自然奇景受到启示，才构造了“木石姻缘”——贾宝玉和林黛玉的爱情悲剧的。“石上松”下边，横卧着一块巨石，长四丈、宽两丈、高一丈，形状像一块大元宝，人称“元宝石”。它不是真宝石，是假（贾）宝石（玉），所以“不值钱”。曹雪芹大概仔细观察了这块顽石，觉得它通了灵性，把它作为女娲补天剩下的一块顽石，写出了它的“身前身后事”，这就是“天下无能第一，古今不肖无双”的贾宝玉的形象。

樱桃沟河滩里有一种黑石头，叫画眉石，也叫黛石。过去皇宫里的嫔妃宫女和满族旗人妇女，用它来描眉打鬓或者染发。黛石就是黛玉。曹雪芹用黛石为他的女主人公命名，是颇具匠心的。

林黛玉入世以前，是灵河岸上三生石畔的“绛珠仙草”。这个名字也与樱桃沟有关。曹雪芹时代的樱桃沟是“樱桃花万树”。每到收获季节，那清溪两岸的翠绿山坡上挂满了千颗万粒熟透的樱桃，就像撒在绿绒毯上数不尽的绛色珍珠，红彤彤，亮晶晶，美丽耀眼而又香甜可口，正是“红到十分春始去，香余一滴齿皆苏”。曹寅写的一首题名《樱桃》的七律中，有“上苑新芳供御厨，承恩赐出绛宫珠”之句。可知“绛珠”就是指樱桃。曹雪芹在《红楼梦》里构思了一绛珠仙草还泪报恩的故事，眼泪成了黛玉的终身伴侣，她的爱情和生命都被封建势力彻底摧毁了。

“《石头记》，记石头。”曹雪芹在《红楼梦》里写了石上松（木石姻缘）、元宝石（贾宝玉）、黛石（林黛玉）和白鹿岩（空空道人和疯和尚），这全都是记载“石头”的故事。然而，这《石头记》，还是在石头上记载下来的故事。香山老人们说：曹雪芹在什么地方写书？在黄叶村的家里写，在佟峪酒馆写，也到樱桃沟去写。他总是把笔墨纸张包在小包袱里围在腰间，漫步到山涧里，登上元宝石，写他的《石头记》。有时他整天都在元宝石上写书，饿了就吃块干粮，渴了就喝口泉水……

樱桃沟，这个美丽幽静的地方！它给《石头记》的作者多少启迪和灵感啊！那淙淙流泉里激荡着他发自内心的欢笑；漫天飘飞的樱桃花瓣上凝结着他愤怒的泪滴！他的文思像不竭的泉水，从火热的心头汩汩地涌出；他用汗水合着墨汁，描绘一座大厦倾颓的历史，与一对青年爱情和命运被扼杀的悲剧。

曹雪芹在黄叶村著书的日子，到底还到过香山的哪些地方？见诸文字的不多。据认为，曹雪芹曾写过一首《题自画石》诗：“爱此一拳石，玲珑出自然，溯源应太古，堕世又何年？有志归完璞，无才去补天。不求邀众赏，潇洒做顽仙。”我们在香山静宜园阆风亭的盘道边，曾经见到一块两米多高的大石头，上刻“一拳石”三个字。据说是弘历在乾隆十一年的手书。同一年，这位乾隆皇帝还写了一首香山《青未了》诗，首联即是“拳石堪称岱，来青况复同”。当地传说，曹雪芹曾经看到“一拳石”和“仙掌石”，骂皇帝是“十不全”(乾隆自称十全老人)，是个忘义、不仁和缺德行的人。

在香山老人的传说里，曹雪芹的足迹走遍了香山。这位“燕市酒徒”常常在佟峪酒肆喝得酩酊大醉，还说出了抨击炎凉世态的俗语：“穷在闹市无人问，钢钩子搭不上至亲骨肉；富在深山有远亲，木榔头打不散无义宾朋。”他画了一幅扇面，赠给一位索画的王爷，暗中骂他“小家雀也想攀高枝”，那人还洋洋得意，满街丢丑。曹雪芹让他的朋友红脸大汉，用拳头教训了那些横行霸道、欺压乡邻的八旗子弟。他在礼王坟前，施巧计救出了一位闯了大祸的赶车夫。他在山北白家疃的茅舍里，医治好一位双目失明几十年的老妈妈。他在打鹰洼的山顶上，熟练地逮住一头凶猛的兔鹘（鹰），按期交到上驷院鹘房，使正白旗免受皇室的严厉惩罚。他智献《龙凤图》，设计了“两满夹一汉”的八旗营房修建方案，改变了香山脚下汉族居民被逐走的厄运。香山的乡亲对曹雪芹是如此熟悉，以致因他而形成了几句歇后语，如“正白旗的曹雪芹——真个别！”“贾宝玉住在小西屋——到啊儿说啊儿。”“个二爷的兰点颏——又哨起来了。”

乾隆二十八年中秋节，曹雪芹心爱的儿子去世。思念儿子想得他愁容满面，不停地写书熬得他耗尽了心血，顿顿喝酒灌得他重病在身。他的生命之火快要熄灭了。

对于曹雪芹之死。香山老人有详尽而生动的描写：这年除夕，家家户户在鞭炮声中吃团圆饺子的时候，曹雪芹贫病交加，孤独地离开了人间。临死前嘱咐他的邻居：要把他葬在地藏沟他儿子的坟旁，别用棺材，也不用土埋，扔到山沟里就行啦，免得破费钱财。但是，他的朋友鄂比先生，掏钱置了一口“狗碰头”的棺材——说是狗碰头，因为棺材板太薄，狗头一碰就能撞碎。按香山风俗，春节期间不能埋人。初六那天，鄂比请了几位乡亲，由四个人抬着“独龙杠”，发送到正白旗义地——地藏沟。这是一个既无送葬行列也无哀乐奏鸣的“哑吧葬”。曹雪芹“头顶寿安山，脚踩碧云寺”，在这个僻静的小山沟里长眠了。

曹雪芹逝世后究竟葬在何处，始终是一个谜，众说纷纭，莫衷一是。其实，不只民间传说曹雪芹葬在西郊，文字上也有记载可查。雪芹去世后的第二年初秋，张宜泉又来香山雪芹墓地凭吊。他想起这位“素性放达，好饮，又善诗画，年未五旬而卒”的至友，心头无限悲怆，写了一首七律《伤芹溪居士》：

谢草池边晓露香，
怀人不见泪成行。
北风图冷魂难返，
白雪歌残梦正长。
琴裹坏囊声漠漠，
剑横破匣影铓铓。
多情再问藏修地，
翠叠空山晚照凉。

这首诗明确指出：雪芹的居处和葬地，必定在“谢草池”附近，或离谢草池不会太远。有人认为这谢草池是从谢灵运《登池上楼》诗中“池塘生春草”演化而来，是指“谢家池塘”。实际上这谢草池就在香山附近。元朝人宋褧曾写过一首七律，题名就是《平坡访谢草池作》。想这平坡山附近，在元朝时定有一个谢草池；清朝乾隆时还能听到这个名字，所以张宜泉才写出“谢草池边晓露香”。我们曾访问过当地一位老人，他指出有个地名叫“蝎子池”，不知是否就是谢草池？

曹雪芹葬在香山一带，也许就在地藏沟。当我们按照民间传说的指引，循着曹雪芹的足迹，踏遍了北京西郊的山岭、田野和村庄，采撷了一朵朵鲜艳的民间文学之花，我们好像亲身到曹雪芹生活的年代做了一次神游。这使我们从另一个角度更加理解《红楼梦》的这位天才作者，更加热爱香山这一片充满了古代文明而又风光旖旎的土地！

最后，我们要在这里感谢那些向我们讲述曹雪芹的传说故事的几十位香山老人。他们每个人心里都有一个活生生的曹雪芹的形象。他们亲切地称他为曹二爷、曹二哥、个二爷、曹先生、曹圣人、曹公、曹翁，只有传说中的老财恶霸才称他为曹疯子。他们是怀着崇敬、钦佩、热爱和自豪的感情，来讲述这位乡亲——他们心中这位伟大而平凡的人的。这些讲述者的名字是舒成勋、何福元、韩永、阎振华、席振瀛、赵伯英、张兆麟、秦凤凯、关清泰、鄂振生、王子贵、赵思诚等。我们还要感谢北京师范大学张紫晨教授，中国曹雪芹研究会、北京民间文艺家协会的专家学者，没有他们的指导、帮助和鼓励，我们是不会搜集整理出这几十篇曹雪芹传说的。这些传说故事的大部分，曾在各种书刊报纸上发表，受到了读者的关注。如果这些故事能对研究和认识曹雪芹有所帮助，引发更浓厚的研究兴趣，我们将感到十分满意和欣慰。

（张宝章，1989 年）

曹雪芹纪念馆开馆前后

曹雪芹纪念馆坐落在北京西郊海淀区香山脚下的正白旗村。每年有数以万计的海内外游客来此凭吊曹雪芹的足迹，寻觅《红楼梦》艺术创作的生活原型。这座纪念馆对弘扬中华民族传统文化，增强民族自尊心与自信心发挥了应有的作用，如今这里已成为“国际红楼旅游线”的一处景点。笔者有幸参加了纪念馆的筹建工作，愿将当年的点滴记录下来，留给后人。

一　建馆始因

远在 1963 年文化部在故宫文华殿举办“曹雪芹逝世二百周年纪念会”时，许多有识之士根据曹雪芹当年在香山脚下著书黄叶村的史实，就曾萌发过建立一座曹雪芹纪念馆的想法。当时，著名红学家周汝昌、吴世昌、吴恩裕以及人民作家老舍、画家司徒乔均在香山地区留下了寻觅曹公足迹的身影，并纷纷在报刊上撰写纪念文章。但因种种原因，建立纪念馆的想法未能实现。

1971 年 4 月 4 日下午，正白旗村三十九号住户、二十七中退休教员舒成勋先生的老伴在其西屋搬床时，碰落了西壁一块墙皮，发现墙皮内还有墙皮，上面布满诗文墨迹，舒老当夜回来挑灯细观，认为与曹雪芹有关。次日他向香山街道反映了情况，4 月 9 日北京市文物管理处派人前来查看。

为飨读者并便于行文起见，现将题壁诗文恭录如下：

吴王在日百花开，画船载乐洲边来。
吴王去后百花落，歌吹长岛洲寂寞。
花开花落年年春，前后看花应几人？
但见枝枝映流水，不知片片坠行尘。
年年风雨荒台畔，日暮黄鹂肠欲断。
岂惟世少看花人，从来此地无花看。
偶录锦帆泾

远富近贫以礼相交天下少，
疏亲慢友因财而散世间多。
真不错

富贵途人骨肉亲，贫贱骨肉亦途人。
试看季子貂裘敝，举目亲人尽不亲。
岁在丙寅清和月下旬偶录于抗风轩之南几拙笔学书

蒙挑外差实可怕，惟有住班为难大。
往返程途走奔驰，风吹雨洒自喷嗟。
借的衣服难合体，人都穿单我还夹。
赴宅画稿犹可叹，途劳受气向谁花。
学题拙笔

有花无月恨茫茫，有月无花恨转长。

□□为人临月境，□□□□照花香。

六桥烟柳

疏柳长烟远自迷，六桥南北带沙堤。
乱分雌霓连蜷卧，深蔽娇莺自在啼。
红出天桃销处薄，翠愁芳草望中低。
赤栏杆外青云满，曾见苏公过马蹄。
困龙也有上天时，甘罗早发子牙迟。

鱼沼秋蓉

放生池畔摘湖船，夹岸芙蓉照眼鲜。
旭日烘干鸾绮幛，红云裹作凤雏缠。
低枝亚水翻秋月，丛昙含霜弄晚烟。
更爱赤栏桥上望，文鳞花低织清涟。

此外，还发现有兰草、花箭、兰叶等残片。

1980年夏季，时任中国历史博物馆副馆长的胡德平同志与三位大学同学拜访了舒成勋先生。舒先生向他们讲述了题壁诗文发现的经过和曹雪芹在香山的逸事传说以及香山地区的风土人情、八旗掌故，令胡德平同志耳目一新，他开始了“曹雪芹在西山”的艰苦研究。

为了实事求是、质难问疑、掌握第一手资料，胡德平同志远离市区来到偏僻的香山脚下小住，骑着一辆半旧的二六型自行车，深入山村向老农采风。从1980年8月到1981年3月，用业余时间整理舒成勋先生提供的史料和其他口碑传说，三易其稿，写出了《曹雪芹在西山》一书，比较系统地提出了曹雪芹曾在三十九号居住并著书的观点。书由文化艺术出版社印发后深受海内外红学爱好者欢迎。

与此同时，香港《明报》还刊登了《香山发现了曹雪芹故居》的署名文章，《红楼梦学刊》发表了冯精志、冯华志撰写的《不容忽视的重大发现》一文，比较详细地论证了三十九号系曹雪芹故居的理由。

综合上述诸家的论证理由，笔者归纳为六点，现简述如下。

第一，事出有因。早在1963年，香山正黄旗张永海老人就据祖辈传说在《北京日报》上撰文指出，曹雪芹在香山居住时，一个名叫鄂比的朋友曾送给他一副对联：

远富近贫以礼相交天下有

疏亲慢友因财绝义世间多

与墙壁诗中对联只有三字之差。

第二，拙笔其人。墙壁诗中有“拙笔学书”“学题拙笔”的落款，最初观者多以为是自谦之称。1977年秋天，一位名叫张行的工人从城里来此参观，见了“拙笔”落款后，联想到家传的一对老黄松木箱上有“拙笔写兰”字样，认为二者很有可能有联系，遂将书箱公之于世。经红学家吴恩裕、冯其庸先生研究，书箱上的“拙笔”出自曹雪芹朋友之手。书箱是曹雪芹于乾隆二十五年续婚时，拙笔送给他的贺礼。

第三，谁人故居？拙笔既是曹雪芹的朋友，三十九号老屋壁诗中又有“拙笔”落款，是否为拙笔故居？吴恩裕先生在《曹雪芹佚著浅探》认为其就是曹雪芹故居。胡德平、冯精志则认为壁诗中“偶录于抗风轩之南几”和“偶录锦帆泾”的落款说明拙笔是在偶然情况下题壁的，非其故居也。邓遂夫则在《曹雪芹书箱考》一文中论证“拙笔”就是曹雪芹，也为一家之言。

第四，壁诗年代。壁诗中有“岁次丙寅清和月下旬……”句，清代共有四个丙寅年：康熙二十年（1686）、乾隆十一年（1746）、嘉庆十一年（1806）及同治五年（1866）。据考，康熙二十五年曹雪芹尚未出生，嘉庆、同治时曹公早已逝世，他只赶上了乾隆十一年。我国著名文物鉴定、收藏家张伯驹先生于1975年秋前来参观时，根据壁诗的书法、书写格式以及老屋形制考证，认为题壁诗文系乾隆时物无疑（见《丛碧词巢》）。

第五，地点问题。三十九号老屋地处正白旗老营房界内，以旗下“以旗为家”的制度论，曹雪芹系满洲正白旗包衣旗籍，曹雪芹到香山只能“回旗归档”住在正白旗。换句话说，寻找曹雪芹故居，只能到正白旗去找。张永海在1963年也讲过：“曹雪芹是按‘拨旗归营’的例回到正白旗的。”

第六，人际关系。三十九号老屋主人舒成勋是满洲八大姓氏之一的长白舒穆鲁氏的后裔，舒老曾说过他家祖上有个姑奶奶嫁到一个王爷家做福晋。1985年查明曹雪芹最要好的朋友敦诚、郭敏的家谱中有“长白舒穆鲁氏额勒浑之女嫁与胡八（郭氏二兄弟之父）”。由此说来，舒家—郭家—曹家有着套着圈儿的关系，至于说曹雪芹故居何以发现在舒家的内在联系还需进一步探讨。

根据上述理由和广大红学爱好者的要求，为了推动红学研究和旅游事业的发展，于1983年成立的中国曹雪芹研究会在市区领导同志的支持下，于同年底着手进行中国第一个曹雪芹纪念馆的筹建工作。

二　“民办官助”共建纪念馆

1983—1984年，正是我国改革开放方兴未艾之际，因此创建工作也颇带有改革开拓的色彩。它不依赖于文物部门，而是在市园林局植物园的支持下，由中国曹雪芹研究会这个群众性学术团体进行创建工作，当时有人美其名曰：“民办官助”，这一创业的新形式得到了市文物局的肯定。

早在1982年，北京市园林局所属的北京植物园就按原貌对三十九号老屋进行了修复，在此基础上筹建纪念馆，所需经费也主要由北京植物园投资。在曹雪芹研究会的积极倡导下，筹建工作得到了海淀区委宣传部、区文化局和文管所的积极配合和社会各界的热心支持。

当时，中共海淀区委书记张还吾同志全力支持建馆工作，并指示四季青公社领导予以帮助。后来四季青公社提供了两大车黄松木材，还将所拆北坞七圣庙的砖瓦木件运往建馆工地，有力地支持了工程建设。

海淀区委宣传部副部长、中国曹雪芹研究会副会长张宝章同志在人力筹划、展品设计及落成典礼等方面安排上发挥了很大作用。特别是他在《枫叶》上发表的《西直门外天齐庙》《曹雪芹的传说故事》《曹寅踏遍西郊》等文章，有力地宣传了曹雪芹在香山生活著书的观点，鼓舞了创作者的士气，坚定了大家创建曹雪芹纪念馆的信心。当时没有午餐开支，宝章同志倡议每人交一元钱、半斤粮票在北京植物园吃伙饭，被称为“战时共产主义生活”，很有情趣。

在纪念馆西侧的碑林中，有一通清康熙“永禁开窑”碑，对研究香山旗营的始建年代很有价值。此碑原在过街塔路旁李家当台阶使用，重五六百斤。在中国曹雪芹研究会会长胡德平同志的亲自带领下，大家硬是用撬杠把它抬到了山下。

香港繁荣集团总经理陈玉书先生，原是海淀区的一位中学教师，改革开放后到海外继承遗产。1983 年初他回大陆观光时得知建馆消息，立即赶到香山卧佛寺捐献了 1 万元人民币。胡德平同志向他表示感谢，他回答说：“筹建曹雪芹纪念馆是我们民族的事情，我以赤子之心捐出这点钱，以表心意。如果我早几天得到消息，还能多捐点，如今手边的钱就剩下这么多了，一万元，我觉得少了点。”事后，中国曹雪芹研究会赠给他一个小锦匣，上面写着：“欣逢陈玉书先生向我会捐款人民币一万元，先生这种慷慨解囊、助人为乐的高尚精神，我们深表钦佩，特颁发此纪念品，以志先生之德。”

为了筹集纪念馆的展品文物，植物园还特拨出四千元经费支持纪念馆筹建工作人员白明同志前往东北拉林征集满族民俗文物。纪念馆的施工修建工作是由北京植物园普通工人党德德润同志负责的，他曾在大雨之夜骑自行车赶往工地，苫盖白灰、木件，得到大伙的称赞。

在筹建工作接近尾声时，海淀区书法协会的同志来到三十九号修复后的老屋参观，当场吟诗作画，为纪念馆提供了馆藏墨宝。记得海淀区文联主席、书协会长易海云同志即兴赋诗两首，诗云：

（一）
深秋来访雪芹居，
栌叶红时槐叶枯。
书社亦如诗社美，
不识红楼有也无？

（二）
千古才华惜雪芹，
薜萝门巷喜翻新。
红楼一梦辛酸笔，
百品千评总是君。

三　开馆典礼

经过几个月的筹备，曹雪纪念馆于1984年4月22日上午举行了开馆典礼，各界人士一千余人聚焦在纪念馆前的小广场上参加了这一庆典。全国人大常委会、国务院、全国政协的领导同志叶飞、班禅额尔德尼•却吉坚赞、陈再道、田纪云、张爱萍、王平、杨静仁、王昆仑、肖华等和北京市领导赵鹏飞、张百发、刘导生、陆禹、贾春旺、廖沫沙等参加了典礼，著名红学家吴世昌、周汝昌、启功、端木蕻良、周绍良、李希凡、胡文彬、周雷、顾平旦、刘梦溪等和文化界学术界知名人士朱穆之、周巍峙、冯牧、邓朴方、季羡林、任继愈、张紫晨、魏巍、溥杰、舒同、戈宝权、杨宪益、孙轶青、杨乃济等莅临典礼。

开馆典礼由中国曹雪芹研究会副会长张宝章同志主持，他向与会领导和各界人士表示欢迎和感谢。胡德平会长代表研究会和纪念馆讲了话。指出，曹雪芹是一位坚决反对封建主义的思想家和天才艺术家，他呕心沥血创作的《石头记》是中华民族的骄傲，今天，政府、民众有责任和义务为他修建纪念馆。而纪念馆争鸣的态度和求同存异的学风将有助于公众全面和深入地认识曹雪芹生平、家世和创作思想。

著名红学家周汝昌先生在揭匾后做了即席发言，称赞纪念馆的筹建工作又快又好，并衷心希望纪念馆繁荣昌盛，前程辉煌。“曹雪芹纪念馆”六个瘦金体字是溥杰先生题写的，叶飞和张爱萍同去为纪念馆剪了彩。

会后，人们参观了“曹雪芹在西山生活、创作环境展览”，并题词致贺。张爱萍同志的题词是：“曹雪芹纪念馆当世瑰宝”，宋振庭同志写道：“曹雪芹是中华民族的骄傲，不搞清他的身世死不瞑目。”溥杰先生的题词是：“艺术燦珠。”

当天还收到傅钟、徐恭时以及一些知名人士和学术团体的贺信、贺电，《人民日报》《北京日报》等报刊也发了消息。

四　纪念馆简介

纪念馆是一排十二间清代制式建筑，其中东边七间是原来的旗下老屋，西边五间则是按当年旗营旧制和遗留地基补建的。纪念馆分为五个展室，第一展室展示了当时旗人的生活环境，很多陈设都是从老旗人家里搜集来的。第二展室是发现题壁诗文的地方——抗风轩，原墙皮已被揭下由有关部门保管，西壁上的诗文墨迹是按原样复制的。第三展室是“曹雪芹在西山生活、创作环境”模型展览，展现了整个香山地区的地理自然环境。第四展室陈列着有关曹雪芹身世的几件重要文物：西轩题壁诗残片、曹雪芹的两个书箱子，十分引人注目。第五展室以展览《石头记》中提到的民俗文物为主，是与故居有关的辅助展览。另外，纪念馆西墙外还有一个小碑林，从香山地区古庙荒冢山林废井收集来的这些碑刻，反映了清初香山地区的驻军情况。

在纪念馆周围优美的环境里，还有八处与曹雪芹有关的胜景，香山父老称为“故居八景”，它们是：“古槐幽夏”，指纪念馆门前的三棵古老的大槐树；“古墩秋眺”是东边金山上的一个空心古墩，旧时秋日文人登高观景之处；“河墙烟柳”：河墙在纪念馆西侧，长十余里，旁栽行柳，春夏之际，烟景迷蒙；“古井微波”：纪念馆西北有一大井，清初修建八旗营房时所凿；“元宝遗石”：位于樱桃沟水源头旁，形似元宝。《红楼梦》第一回所云：“形体倒是个宝物，只是没有实在的好处”，据说即指此石；“木石姻缘”；位于“元宝遗石”南侧，一块巨石上长着一棵数百年的柏树，根将巨石撑出一道裂纹；“广泉古井”：位于樱桃沟北山之顶，明清之际此地有一广泉废寺。此地空旷幽寂，乾隆二十七年曹雪芹和张宜泉曾来此一游，并有酬唱之作；“一拳顽石”：位于香山阆风亭下的一块大石头，乾隆欣赏此石的如拳之状，于其上题了“一拳石”三字。曹雪芹纪念馆开馆八年以来，据不完全统计，参观人次已逾百万。

1984 年 5 月 6 日，全国人大常委会副委员长王任重来馆参观，讲解员李强为他做了细致的讲解。王任重同志很高兴，当场发表了讲话，他说：“你们在西山脚下扩建曹雪芹故居，并正式对外开放，这本身就是为我们中华民族办了一件大好事。它的建立，等于为曹雪芹的研究出了一道题。……我希望曹雪芹纪念馆的同志们把这项工作做好，可以从各个方面同莎士比亚故居比一比、赛一赛嘛！”

1987 年夏季的一天，杨尚昆同志来到这里，他认真地听取介绍，并不时询问红学界各种学术观点论争的情况，他感谢讲解员李强同志的讲解，并主动提出合影留念。现在这张照片已被纪念馆作为珍贵的历史资料保存起来。

1983年5月12日，著名女作家杨沫和女儿、秘书来参观，笔者为她们一行做过讲解。

1985年9月17日，法国著名翻译家李治华夫妇来馆访问，他们是《红楼梦》的法文译者。李治华感慨地说："尽管这些景物的真假，目前尚有争议，但我们伟大的小说家二百多年前确实在这一带过着清贫潦倒的生活，写出了灿如日月的杰作。今天能踏着他的足迹，在这里徜徉徘徊，使我们两个《红楼梦》的法文译者感到无比的欣慰。"

（严宽，1994年）

京西地名与杨家将传说

在北京西郊海淀区，有很多地名、村名、山名，都与杨家将有些联系，其中还有不少生动有趣的故事和传说。直到今天，这些有关杨家将抗击侵略者的英雄故事，还在京西广泛流传着。

海淀乡的六郎庄，是昆明湖东岸一个上千户的大村。它最早叫牛栏庄，后来为了纪念杨六郎北征辽邦时曾经在这里歇过马，才改名“六郎庄”。六郎庄有一条小狮子胡同，原来胡同东口有一小石狮子，传说就是六郎拴马的地方。

从六郎庄北行，经过万寿山五六里，有一座拔地而起的高峰，人们称它“望儿山”。原来，这座山叫百望山。明朝人王嘉谟曾经做过这样的描述：“瓮山（今万寿山）斜界百望。是山也……从从磋魄，背而去者百里犹见其峰焉。”远离这座山百里之外，还能望见它那高耸的峰顶，所以叫百望山。山下有两座小村庄，村以山名，西边的一座叫西百望村，东边的一座叫东百望村。当地传说，当杨家将的英雄们在山下大战辽邦时，年迈的佘太君为了鼓舞士气，曾经不辞劳苦亲自去百望山观战。她往东北望去，东百望村外宋朝健儿正在与辽兵厮杀。一面绣着斗大“杨”字帅旗迎风招展，在帅旗后面，英勇善战的杨六郎挥舞金枪正在奋勇拼刺，杀得辽兵东逃西散。在激烈的战斗中，佘太君说：“你爹爹是在李陵碑死的。沙场上流了多少杨家的血！你要为大宋立功，为杨家争气呀！”说罢，老人家挥泪击鼓，为六郎助战，果然，辽邦军马被杨家将击退了。从此，百望山改成了“望儿山”，东百望村称为“东北旺”，西百望村称为“西北旺”了。

沿着望儿山下清澈的京密运河西行，五六里外的运河北岸，是风景秀丽的亮甲店。这个由两户人家发展起来的依山傍水的村落，从前叫两家店。据说，杨六郎在这里与敌人血战，挡住了一次次猛烈的进攻，杀败了一个个骁勇的辽将，点点鲜血染红了他的战袍，滴滴汗水沾湿了他的盔甲。当敌人败退以后，六郎曾经在两家店晾晒他的甲胄。后来，人们为了纪念杨家将的功绩，就将两家店改称“亮甲店”了。

从亮甲店举目南望，是一带连绵的群山。小山东侧山窝里的村庄叫韩家川；小山西侧半山腰的村庄叫南阳坊。据说，韩家川是辽将韩延寿的老家，又是他驻兵的地方。而南阳坊则是杨六郎率领宋朝兵马与韩家川对垒的据点。这两队人马，每次在这里的山上山下互相厮杀，双方都有重大伤亡。所以这两个山村结下了世仇；多少年来村民互不来往，不说话，不结亲，即使在路上走个照面，也是暗握双拳，怒目而视的。当然，在今天的社会主义时代，这些都成为控诉阶级社会罪恶的古老传闻了。

从亮甲店出发，沿路西行十五六里，就来到大觉寺西南深山丛中的大工村了。大工村西的山顶上，高高矗立着一座13层的玲珑宝塔，“六郎转塔”的故事就发生在这里。

据说，玲珑塔下有一座古庙，庙宇的北房是三间正殿。当年，杨六郎与辽邦作战负伤后，曾经带领一小支人马来这里养伤。他住在正殿，这三间北房就叫作“养身殿”。起初，他们全靠从几里外的一股山泉挑水喝，后来泉水被辽兵占据了，杨六郎和他的人马三天三夜滴水未进，人人口渴难熬，嘴唇干裂。六郎拖着伤痛的躯体，步履艰难地在养身殿前徘徊。他那心爱的战马，似乎也懂得主人的忧虑，急得引颈长嘶，四只银蹄在山地上乱捣，把那簇簇黄沙刨得四处飞溅。突然，溅起的土花变成了水花，平地冒出一股山泉来，士兵捧起一掬泉水，它浑黄、苦涩，很难饮用。正当大家无比焦急的时候，顺着那匹战马的银蹄，又从不远的石缝里涌出股泉水，它清凉甘洌，沁人心脾。六郎和他的人马获得了充足的水源。从此，这股淙淙有声的小山泉细水不断，长年涌流，这就是“马刨泉”。

在一个月黑天，杨六郎走出养身殿，正在山间小路上漫步，忽然从远处传来隐隐约约的马蹄声。他断定，这是狡猾的辽兵乘机偷袭来了。六郎身边只有二十几个人，怎么能抵御敌人的进攻呢？他急中生智，想出一条妙计，便擂动擂军鼓，敲响聚将锣，把全体人员召集起来。让他们跨上战马，手举灯笼火把，围绕着玲珑宝塔不停地奔驰。偷营的辽将远远望去，仿佛有一支过不完的宋军，正在连夜赶路，频繁调动。他们摸不清虚实，不敢贸然进攻，便只好撤军北去了。后来，人们把杨六郎这次巧计却敌的故事，叫作“六郎转塔”。

从以上这些地名看来，南起海淀镇，北到北安河，似乎处处都有杨家将的传说，都留下了杨六郎的足迹。那么在历史上，海淀区是不是宋朝大军与辽王朝互相争夺的战场呢？是不是杨六郎舍死效命的地方？

根据史书记载，公元979年，宋太宗赵匡义为了收复被敌人占领的燕云十六州，曾经亲自带兵进攻辽王朝。高梁河一战，宋军被耶律休哥、耶律斜轸等率领的辽军打得大败，死者万余人，赵匡义退至涿州，乘驴车南逃，才免于被俘。作为文艺作品的杨家将故事中，描写杨继业与大郎、二郎、三郎、四郎都参加了这一战役。大郎、二郎、三郎牺牲，四郎失踪，被称为幽州之战。幽州就是现在的北京（当时是辽朝的南京）。高梁河就是在海淀区白石桥下流过的那条小河，它发源于紫竹院，穿过当时的南京，在城东南流入桑干河（也有说高梁河即南沙河）。然而历史上的杨继业不可能参加高梁河之战。因为那一年宋太宗刚刚征服了建都在太原的北汉，杨继业刚归宋朝，皇帝对他这个北汉降将不放心，让他留在内地当郑州刺史。这年冬天，由于高梁河之战大败，为了防御辽朝的侵扰，才派他到前方去当代州（今山西代县）刺史兼三交驻泊兵马部署。第二年三月，他在雁门关大破辽国，打了一场漂亮胜仗。

七年后，公元 986 年，宋军分三路进攻契丹（即辽朝）。东路从雄州（今河北雄县）出发，中路从定州（今河北定县）出发，西部由潘美担任云应路行营都部署，杨继业任副职，他们收复了云、应、寰、朔四州（今山西大同、应县、朔县一带），取得了很大胜利。原计划三路会师幽州，与契丹进行决战，但是不久东路军在河北战败，中路军不战自溃，潘、杨率领的西路军奉命撤退，掩护四州的民众内迁。由于潘美等人的错误指挥及监军王侁等人的陷害，杨继业被迫于朔州的陈家谷口孤军作战，矢尽援绝，重伤被俘，绝食三日而死。这就清楚地说明，杨继业的主要作战活动在山西，没到京西海淀一带打过仗。

那么，杨六郎呢？杨六郎，即杨延昭，本名延朗。《宋史》记载，他比延浦以下的五个兄弟都大，并不是排行第六，而是因为他作战英勇，辽兵怕他，才叫他杨六郎的。史书上说他“与士卒同甘苦，遇敌必身先，行阵克捷，推功于下，故人乐为用”。他继承父亲杨继业的事业，镇守边关二十多年，为保卫宋朝不受侵犯，立下了汗马功劳。开始，他曾经被派到南方，后来调回河北，在保州（今河北保定市南）当缘边都巡检使，担任巡逻边境的职务。宋真宗咸平二年（999）十月，杨六郎守卫遂城（今徐水县西北），多次打退了敌人的进攻。后来受到皇帝召见，并且被提升为莫州（今任丘）刺史。他还担任过保州防御史、高阳关副都部署。高阳关是当时的边防重镇，它北面的“三关”就是前哨阵地。三关指的是瓦桥关、益津关、淤口关，在今琢县、霸县一带。杨六郎镇守三关口的故事就是发生在河北省中部，它距离北京城还有几百里路呢！可见京西海淀一带，是辽朝的后方，并不是两军经常对垒的战场。而亮甲店晾甲、望儿山观战以及六郎转塔的故事，都不是历史上曾经发生过的事实。

既然如此，海淀区为什么有这么多地名、村名、山名，都与杨家将联系在一起呢？让我们追溯一下六郎庄和挂甲屯村名的演变，就能得到满意的答案。

明代出版的志书上有“牛栏庄”的记载，而没有出现过“六郎庄”的名字。如明朝人沈榜编辑、明万历二十一年（1593）刻本出版的《宛署杂记》中，就记载着宛平县西北有北海店，“其旁曰牛栏庄”。而六郎庄的名字，是在清兵入关以后出现的。内务府总管赫奕在康熙五十一年（1712）的奏折上，就曾提到过六郎庄修建真武庙和畅春园园户住房的史实。据当地老百姓讲，当年清朝贵族占领了北京，群众为表示反抗异族侵略的决心，才用抗辽英雄杨六郎的名字作为自己的村名的。而且“六郎”与“牛栏”谐音，不致因“反清”罪名招来祸灾。有一次西太后乘坐御舟由水路从皇宫来颐和园，当船驶过绣漪桥，她问河东岸的村庄叫什么名字，当她听说是叫“六郎庄”时，立刻意识到其中反清的含义，便狡诈地说：“我是属羊的，这个村子叫六‘狼’庄，很不吉利，就改成‘吉祥庄’吧！”但是谁也没有理会这位不可一世的女皇传下的御旨，六郎庄的名字反而叫得更响了。

六郎庄东北二三里，有个小村叫“挂甲屯”。据查，这个村子原名华家屯，因为村庄被一条大道从中分开，路北的一半叫后华家屯，路南的一半叫前华家屯。康熙年间，皇家在要这里修建圆明园，整个后华家屯被迫迁走。人们为了表示对清朝统治者的反抗，把前华家屯改名为“挂甲屯”，说是忠勇报国的杨六郎曾经在这个村挂甲歇息过。

由此可见，虽然历史上的杨继业、杨延昭父子没有来过海淀抗击契丹的侵略，杨家将也不活动在传说中的望儿山下的战场上，但是，杨家将是为抗击辽王朝和西夏侵扰中原进行了勇敢战斗的传奇式英雄，杨六郎神奇感人的形象是一面抗敌爱国的旗帜，历来得到中华儿女的爱戴和敬仰。而当清朝贵族在京西海淀一带跑马圈地、建立皇庄，后来又叠山引水、修建皇家园林，残酷地奴役和压榨当地群众时，广大人民为了寄托他们不屈的信念和理想，为了表示他们的极端鄙视和仇恨，便用杨家将的名字及其英雄故事来进行附会、演绎了。这是何等巧妙的斗争艺术！这正是海淀人民热爱祖国、反抗侵略的优良传统的体现。祝愿海淀区的锦绣河山永远记载着杨家将英雄们的传奇故事，万世流芳。

（张宝章，1995 年）

海淀口碑中的乾隆形象

海淀区是一座民间文学的宝库，民间文学的蕴藏非常丰富，20 世纪 80 年代以来掀起的采风热潮，获得了丰硕的成果。从民间故事传说的内容分析，数量较大的种类有历代帝王传说、宫廷御园传说、历史人物传说、地方风物传说、满族回族传说、革命斗争传说等。这与海淀的历史、地理和社会发展的关系非常密切，作为上层建筑意识形态一个组成部分的文学艺术，是社会现实生活的反映，而民间传说则是古今社会生活的一种折射，它也以深厚的社会生活为基础，不是凭空的想象，其故事性和幻想性都不会脱离现实生活。

海淀地区从辽代起就是其陪都南京（即北京的前身）的组成部分和近畿。金中都建成后，海淀区的南部会城门、羊坊店一带是中都城北城墙所在地，一部分被圈在城内，成为都城的西北角。金代皇帝在其城西北的钓鱼台、香山、玉泉山都建立了行宫，作为悠游憩息之地。金章宗更在海淀区的中部和西部沿山有泉水的地方，建成了“西山八大水院”，经常游豫观景。元代建起大都城，将城墙的西北角建在海淀区东南部的东升乡和北太平庄街道所属的部分地区，将一大块地域圈在城内。明代皇帝不仅在香山、玉泉山一带游山玩水，还在这里建庙修坟，大兴土木。景泰陵是“十三陵外又一陵”，埋葬着明朝第七代皇帝代宗朱祁钰。而景泰陵东西沿金山山麓是集中埋葬皇后妃嫔的地方，葬有四位皇后、六十七位妃嫔及皇家亲族共一百五十八人。皇宫太监在香山上下修建的寺庙有数百座。清代建都北京以来，在海淀修建起三山五园等多处皇家园囿宫苑，把海淀作为一处居住生活的主要地点，除冬季住在皇宫外，大部分时间都在这里活动，连临朝听政也不例外。康熙、雍正等皇帝还病死在海淀御园中。直到慈禧太后掌权的同治光绪年间，这种状况依然没有改变。这种长达几个世纪的历史社会现实，必然在意识形态领域有相应的反映。这就是海淀区民间传说中，帝王后妃和宫廷传说占很大比重的物质基础和客观原因。海淀区民间文艺工作者整理的民间传说中，以金章宗、正德皇帝、康熙、雍正、乾隆、光绪、慈禧太后的传说居多，而最多的二人便是乾隆皇帝和慈禧太后。

海淀区民间传说中有关乾隆的传说有九十篇，而西太后的则超过一百篇。这也是很自然的，因为他们在此地生活的时间长，政治和日常活动多，在民间的影响大，而西太后生活的时间也较近，一些老年人还与她是同时代的人。乾隆十二岁进圆明园，以后又在园内乐善堂、长春仙馆居住和读书，当皇帝六十年都常住圆明园，并常到畅春、清漪、静明、静宜等园囿活动，园外的行宫、山川河湖都留下他的足迹，他是在海淀生活时间最久的皇帝。慈禧太后也是在圆明园当秀女宫女发家，后来当了皇妃、皇后、皇太后，实际掌握了朝廷大权，垂帘听政，号令天下。她在英法联军烧毁圆明园后，主要生活在重建后的颐和园里。她在八国联军进攻北京西逃时，也是从颐和园往北经西北旺、温泉、贯市，绕道山西到达西安的。光宣两朝的很多重大政治事件都发生在颐和园。民间对乾隆和慈禧的生活似乎很熟悉，讲起来头头是道，娓娓动听。民间文学是文学作品，民间传说是现实性和幻想性的结合，既有历史事实的根据，又有讲故事人的想象和虚构，故事的内容不会全部都是历史上的事实，但它反映的都是历史的真实。民间文学的共同特点是，传说故事内容的褒贬，大体与历史科学对历史人物的评价相一致。海淀民间口碑对乾隆和慈禧的评价，也大体符合二人实际的所作所为及其在历史发展中所起的作用。对乾隆有褒也有贬，褒多于贬；对西太后则是一味地贬斥，嘲弄、讽刺、揭露、怒骂，一篇篇幽默、辛辣、饶有趣味的故事，都对慈禧持否定的态度，揭露她奢侈浮华、贪图享乐、心狠手毒、恶对下人、狡黠奸诈、媚敌卖国，是个恶贯满盈、罪不容诛的女皇。更令人惊讶的是，有一则传说，用乾隆办的事，张冠李戴，转移到西太后身上，又加以犀利的批判。这就是《修筑铜亭的灾难》。万寿山佛香阁西侧的宝云阁是一座仿木结构的铜亭，建于乾隆四十年（1775），乾隆建清漪园时用拔蜡法铸造成的。但故事却说铜亭是慈禧搜刮民脂民膏铸造起来的。说是西太后在重修英法联军烧毁的清漪园时，异想天开，想在万寿山半山建一座铜亭。因国库空虚，没有经费，就听了李连英“取之于民”的谗言，要老百姓掏钱。他传旨在园外摆出九口大缸，让过路人投入一枚铜圆作为买路钱，搜够九九八十一口大缸钱，准备铸造铜亭。但立柱竖不起来。风水先生说要两对童年童女做牺牲才行。西太后就差人到海淀抓来四名儿童，往肚里灌满水银，活埋在四柱底下，才修建起铜亭。故事揭露了为自己享乐竟残忍地毒害死四名无辜的生命，用敲诈老百姓的钱修铜亭。从中可以看出民众对慈禧是如何的仇视、痛恨！慈禧这个人物是历史上确实存在过的人物，铜亭也确实立在万寿山之巅，故事却是虚构的。但幻想出的故事讽刺、揭露了西太后的享乐和恶毒，这就正确反映了历史的真实。

海淀民间文学中的乾隆传说，讲得最多的是乾隆修建三山五园的故事。说他为了自己的享乐，花费大量金钱，修建豪华雄伟的宫殿，挖湖浚河为自己的享乐方便，还修泉宗庙养活一位漂亮的尼姑。他把国库花空了，没钱就向大臣借，还偷来十三陵的楠木做立柱，修石渠没钱也是逼着财主出钱。乾隆好大喜功，爱游山玩水，还讲迷信。但他雄才大略，为治理国家费尽心思。为了天下庄稼丰收，他还舍死捧着炸药去拜龙王求雨呢！

修建每一座皇苑行宫都有好多故事。修建清漪园的园林图样，是乾隆请“样式雷”设计的。这样式雷是皇家样式房的主管，生性灵巧，手头传神，不管建造什么园林宫殿，都是独出心裁，从不打底稿，很快拿出烫样来。这次是皇上要为皇太后庆祝六十大寿，要新建一座清漪园，这次可难住了样式雷。因为皇上列出了条件，要求按照他的十六个字“四时占全，福寿满园，天星落凡，水陆龙安”来进行设计。样式雷到底是祖传的高超手艺，他被召到乾隆面前，取出小木箱中的木制零件摆出了一幅皇苑设计图：蝙蝠形展开双翅的万寿山和寿桃形的昆明湖为福寿双全；南湖岛上修座龙王庙，万寿山下修一道二百七十三间的长廊，这就是水中陆上两条龙；东岸铸一座镇水铜牛，西岸建成耕织图，就是牛女二颗天星落凡；在长廊上修建留佳、寄澜、秋水、清遥代表春夏秋冬四季重檐八角亭，就是四时占全了！乾隆对此设计方案非常满意，还重奖了样式雷。《天下第一泉》的故事，反映乾隆很讲迷信，被塔上的字句吓住了。玉泉山下的玉泉池里，有一座半截石塔，传说这是镇河眼石，被一条黑龙驮着，如果塔尖挂上闸草，玉泉就暴涨，淹掉北京城。乾隆想看个究竟，就派人挖塔。塔身出现“你不伤我，我不伤你”的字样，乾隆不屑一顾，让人继续挖。第七层上出现了“玉泉山下一泉眼，塔露原身天下反”的字样，吓得乾隆不敢挖了，将原土填回，并御题“天下第一泉”，刻石树碑。玉泉水成为圣水，由皇家独享。位于万泉庄的泉宗庙，是乾隆为供奉泉神修建的一座亭苑行宫式寺庙，建于乾隆三十二年。故事说，乾隆南巡在苏州遇到一位美貌尼姑，便带回北京，为她建了一座半是庙宇半是行宫的泉宗庙，养着这位尼姑妃子。尼姑得了思乡病，乾隆就为她修建了从海淀到万寿寺的苏州街，博取尼姑一笑。这显然是根据事实的影子编造的故事，将乾隆为母庆寿修建的苏州街转移到尼姑身上。故事是虚构的，但一位游山玩水、寻欢作乐的风流皇帝形象，却跃然纸上。这就是民间文学的功能。传说本身并不是历史事实，即使是有一些历史事实做依据，也经常是加以转移借用和改造，再经过艺术想象、虚构和夸张，甚至蒙上一层神奇或荒诞的色彩，编织成简练通达的甚至是曲折复杂的故事，来对历史事件或历史人物进行褒贬，寄托着人民的愿望和追求，表达着人民的爱憎、颂扬和批判。

在海淀民间文学的乾隆传说中，有不少是关于乾隆和他的两名大臣刘墉与和珅的故事。这些故事中，刘墉与和珅已经远离了这两位历史人物的本来面目。人民喜欢刘墉这位聪明机智的大臣，处处赋予他对朝廷的忠心与超人的智慧；而和珅是一个贪污受贿、卖官鬻爵、阴险狡诈的反面人物，他在任何一次较量中都以失败而告终。乾隆则是站在二人之上的主宰，对刘墉十分赞赏，处处支持；对和珅则是逐步认清他的卑劣。但和珅屡斗屡败，却始终盘踞高位，不曾被乾隆革职或处死。这些故事本身都不是历史事实，而和珅不倒，却是符合历史的。乾隆想出题难为刘墉，指着大街上熙熙攘攘的人群，问："一年生多少人？死多少人？"刘答："生一个，死十二个！"乾隆不解。刘说："国家再大，生得再多，也是一年生的人就是一个属相；死得再多，也离不开十二个属相。"这个故事就是通过解答难题来体现刘罗锅的博学多才和沉着机智。乾隆想修建西洋楼，还要仿照法国凡尔赛宫的样式。工程进行了一半，财力不支，经费断绝。乾隆召来刘墉共商大计。刘墉出了个让和珅出钱的计谋，乾隆赞同。刘墉雇来十八匹骆驼，买来三十条麻袋，装满砖头瓦块，赶起骆驼队走上通往卢沟桥的大道。住在隔壁的和珅，已听到家人报告，刘家骆驼队已载物南下。第二天，乾隆在圆明园勤政亲贤殿上朝，向大臣征求筹款修西洋楼的主意。刘墉跪奏：可向文武百官借银十万两。机警的和珅立即奏明刘墉有欺君之罪，因为他已将家藏金银细软运回老家去了。刘墉在乾隆的追问下说本无此事，是和珅诬陷。和珅则断然说：若有此事，臣愿出银十万两。结果追回的骆驼队驮的全是砖头瓦块。和珅知道又中了计，只好交出银钱十万两。乾隆便用这笔钱修建了远瀛观、大水法和未完工的西洋楼景。最让人拍手称快的是杀和珅。刘墉随驾经过清河来到沙河。刘墉说："请问殿下，清河深还是沙河深？”皇上说：“沙河深！”“是沙河深吗？”“是沙河深！”刘墉便传旨：“杀和珅！”朝廷内外早就恨透了和珅，也不细问缘由就传下圣旨，将和珅杀掉了。这是刘墉巧妙地利用谐音法，套出了“杀和珅”的谐音，除掉了一个贪官，解了人民的心头之恨。其实这个故事纯系编造，和珅是弘历去世后在嘉庆朝处置的。有关乾隆和他的两位大臣刘墉与和珅的故事，流传很多，类似民间笑话，具有幽默轻松的讽刺文学的风格，褒扬了刘墉这个刚直扬善、嫉恶如仇而又足智多谋的传奇式人物；鞭笞了和珅式的朝廷权贵和贪官污吏；对乾隆始终重用和珅也是一种不满和批判。

海淀乾隆传说中，有不少通过乾隆修建皇家园林歌颂建园的能工巧匠的聪明智慧和高超技艺的故事，和普通劳动勤劳质朴、勇敢机智的优秀品质的故事。在这里，乾隆只是作为陪衬，而那些善良勇敢的普通人才是故事的主人公。这充分体现了民间文学的人民性。《远水解不了近渴》是叙述每天往皇宫送水的车夫简老头，沉着机智地与皇上对话，从而躲过了一场杀身之祸的故事。《从水师营到火器营》是长河西岸的老百姓设巧计避免了一整村搬迁的厄运。《铁臂王斗虎》说一个力大无穷而又勇敢机智的青年制服猛虎的故事。《香山小行宫》则是讲一个苗族少年用学鸟叫的办法，说服乾隆迁址建小行宫的故事。这些故事的共同点，是劳动人民用巧计或想办法说服乾隆皇帝改变主意，避免或躲过了皇上加给他们的重负或灾难，救百姓于水火维持了和平安定的生活；不是面对武力的抗争，而是用聪明和智慧解脱灾难，争取生活的权利。我还搜集到了一则乾隆求雨的故事，把乾隆说成是为公众的利益不惜牺牲自己生命的英雄人物。这是在帝王传说中仅有的一例。历史上的乾隆皇帝祈雨的次数多得说不清。《清史稿·高宗本纪》中从乾隆三年三月第一次“上诣黑龙潭祈雨”，到乾隆五十九年四月，共有十七次；乾隆六十年四月，还有一次“上诣广润祠祈雨”。黑龙潭位于圆明园西北方向约十里之遥，龙王庙建于明成化年间，康熙二十年重建。庙建于画眉山之巅，坐西向东，龙王殿左前方有一水池，四周围有三十间圆形回廊，黑龙潭泉水流到庙外稻田，长年不断。乾隆三年封龙神为昭灵沛泽龙王之神，殿外是乾隆御书额“恩敷广润”，庙内有御题额联。庙前有一通敕谕碑和两通祈雨谢雨碑。乾隆八年还有御制诗《祷黑龙潭而雨因纪所见》，写出“我来瞻庙貌，肃然而起敬。匪为求多福，稼穑惟民命”，完全是为民祈雨的口气。这则祈雨故事说，有一年久旱不雨，乾隆两次到玉泉山和大觉寺求雨仍无济于事，便决心怀抱装满炸药的香炉，炉中插三支点燃的香，从圆明园往黑龙潭走去。求雨队伍在行进中，起风、阴天而至降雨。香被雨水浇灭了。似乎是龙王爷被乾隆的求雨诚心所感动，因而降下大雨。这里的乾隆成了为群众福利而努力的勇士。我不知道这个故事是谁编出来的。我是听当地出生的曾富同志讲的，他土生土长，从小当干部，后来曾任苏家坨、上庄、永丰、东升等乡（公社）的党委书记。这则故事也不是凭空编造的，它的基本事实——乾隆求雨是历史上确曾发生过的真事，而把他打扮成舍己为民的英雄则是过分地美化了。

乾隆传说在海淀传说中占有相当大的比重。这也从一个侧面反映出乾隆皇帝在海淀历史发展中所占的重要地位，同时也折射出人民群众对一个皇帝所做的历史评价。

（张宝章，1999 年）

《红楼梦》艺术典型与香山的生活原型

红楼文化，可分为内外两部分。内即《红楼梦》书的文本研究，外即对《红楼梦》作者曹雪芹的研究。坦率地说，红楼梦文化的两个部分，都与香山文化有着密不可分的联系。自1945年以来，红学家们对此内外两学的研究，可以说是硕果累累，观点频出，客观上已形成一支流派——西山红学派。

西山红学派有四大学术支柱：(1)《红楼梦》作者曹雪芹是香山脚下的旗下人；(2)《红楼梦》就诞生在香山正白旗三十九号抗风轩；(3)在全国各地，唯有香山地区流传着许多曹雪芹的口碑传说，并被红学家整理成文；(4)香山地区的风物景观、八旗文化等为《红楼梦》的艺术典型的创作，提供了大量的生活原型素材。笔者“任凭弱水三千，只取一勺饮”，特拟《红楼梦》的艺术典型与香山的生活原型一题行文，为香山街道第七次香山文化论坛呐喊助威。

下面文归主题，请看曹公笔下的风物景观一幕：

一 宝玉命名的根据

《红楼梦》开卷第一回写道：“一僧一道席地坐在青埂峰下，见着这块鲜莹明洁的石头，且又缩成扇坠一般，甚属可爱，那僧托于掌上，笑道：‘形体倒也是个宝物了！只是没有实在的好处……’”

香山樱桃沟里确实有巨石一块，它的形状像个大元宝，人称“元宝石”。当年曹雪芹创作《红楼梦》时，受到元宝石生活原型的启迪，才将“潦倒不通庶务，愚顽怕读文章”“天下无能第一，今古不肖无双”的一号主人公取名贾（假）宝玉。

关于艺术典型贾宝玉与生活原型的创作关系问题，文献史书上并无记载说明，但香山地区流传的夯歌确有答案。歌曰：“数九隆冬冷嗖冰，檐前滴水挂冰凌。什么人留下半部《红楼梦》，那后半部谁也说不清。林黛玉好比山上灵芝草，贾宝玉就是那块大石头有了灵性……”

关于樱桃沟元宝石与《红楼梦》创作的关系问题，早于高鹗，而又与曹雪芹的朋友敦敏、敦诚关系密切的诗人明义曾题《红楼梦》诗曰：

莫问金姻与玉缘，聚如春梦散如烟。
石归山下无灵气，纵使能言也枉然。

这四句诗，有两点堪可注意：一是“石归山下无灵气”，是否说明明义知道曹公笔下的贾宝玉与樱桃沟下的“萧然坦卧”的那块元宝石，有着创作上的关系。二是“聚如春梦散如烟”之句，说明明义所见抄本是曹雪芹的原著，与现今流传的一百二十回的程甲本、程乙本不同。明义所见的抄本的主线是大观园中众女儿由聚而散、荣国府家亡人散各奔腾的惨败局面。

另外，有一件事在这里也不得不说，即早期抄本《石头记》如庚辰本第一回：“……形体倒也是个宝物了，只是没有实在的好处。”而程高本《红楼梦》第一回却云：“……来到青埂峰下……见着这块鲜明莹洁的石头……那僧托于掌上，笑道：形体倒也是个灵物，只是没有实在的好处。”“宝物”与“灵物”的一字之改，便暴露了曹雪芹的创作天机：宝物是元宝石之谓，元宝石才是形体，石头的假宝玉与“没有实在的好处”，才意思相通。高鹗将“宝”改为“灵”，不仅破坏了曹雪芹笔下的艺术典型与生活原型的创作关系，也使这句话大大地不通。

再者，《红楼梦》之所以成为世界名著，成为中华民族的显学，这与曹雪芹这位现实主义艺术大师的创作理论是分不开的。他的理论是：天下古今现成的好景好事尽多，万事万物都是我们的创作源泉。(见《南鹞北鸢考工志》中的“师于万物的风筝”及《红楼梦》中贾宝玉说的：“好极，好极！到底是你想得出，说得出。可知天下古今现成的好景好事甚多，只是我们愚人想不出罢了。”）这和毛泽东在“延安文艺座谈会”所说的“文艺源于生活又高于生活”的理论是何其相似！

二　黛玉称谓的缘起

《红楼梦》第三回写道：宝玉问黛玉尊名，宝玉又道“表字？”

黛玉道：“无字。”宝玉笑道：“我送妹妹一字，莫若‘颦颦’二字极妙。”探春道：“何处出典？”宝玉道：“《古今人物通考》上说：西方有石名黛，可代画眉之墨。况这妹妹眉间若蹙，取这个字岂不美？”

何为黛玉？香山一带出产一种天然黑石，早年，城里人到妙峰山、天台山、万花山走会进香，朝拜娘娘、春游踏青，回城时便在正白旗西河滩、八大处的翠微山、过街塔等地捡拾一些黑石碎块，拿回家去送礼或自用。旗下少女少妇喜欢打鬓染发。这种黑石不染衣脏手，用此画眉一擦便掉。石色虽黑，本质洁净，曹公美其名曰“黛玉”。曹雪芹将黛玉之名赠给“两弯似蹙非蹙罥烟眉，一双似喜非喜的含情目”的《红楼梦》第二号主人公林黛玉，喻其品质纯洁，情操高尚，像荷花一样，出淤泥而不染。

蒋一葵的《长安客话》云：“京都宛平县西堂村出产黑石，当地妇女多用此画眉，当地人亦称眉石为黛石。”明朝《帝京景物略》记载，宛平县的“西堂村而北，曰画眉山。产石，墨色，浮质而腻理，入金宫为眉石，亦曰黛石也”。据实地调查，今门头沟区有西堂村，海淀区温泉一带有画眉山，山脚有一泉穴，水色黑，人称“黑龙潭”。两处均产画眉石，而画眉石又系西山煤石的一种。故此应该说“西山有石名黛，可代画眉之墨”，曹雪芹写成“西方有石名黛”，以示读者“然朝代年纪，地舆兴邦，却反失落无考”，有意向世人开笔墨玩笑。

其实，远在清代咸丰年间就有一位红学家刘铨福识破“西方有石名黛”是西山有石名黛。起因，还有一段艳闻。

刘铨福是北京旗人，出身书香门第，嗜好金石，工书画，收藏有甲戌本《脂砚斋重评石头记》，“其富都下无比”。他有一位娇妾，字髩眉，出身八旗世家（刘铨福的《脂砚斋重评石头记》是她结婚时娘家的陪嫁品）。刘铨福非常疼爱她，视如林黛玉，他在读“托内兄如海荐西宾，接外孙贾母惜孤女”一回，见贾宝玉戏言林黛玉“西方有石名黛，可代画眉之墨……”之句，便想到西山寻找黛石，以为爱妾锦上添花，美眉美容。

咸丰十年（1860）三月，东风拂面，细草沙堤。刘铨福骑马来到紧邻香山的八大处翠微山，几经询问打柴人，终于找到黛石，携至家中赠予髩眉。髩眉不负丈夫苦心，自然要以黛石美眉以取悦刘铨福。须知，当年的旗人风俗，女人是丈夫的眼前花，女人在丈夫面前显风流是她的天职。反而，如果新妇小妾素面朝天清水脸，则被视为咒丈夫丧气，这在家庭中是不允许的。

据说，为了纪念这次西山拾黛之行，刘铨福还特请当时京都丹青高手庄裕崧画了一幅《翠微拾黛图》。不料，红颜薄命，髩眉也和黛玉一样花飞香消，化作春泥。刘铨福悲痛不已，将《翠微拾黛图》捡出，遍请时贤硕彦题句跋文，以寄托对爱妾的哀思。

《翠微拾黛图》乃红学珍物，天下之公器。红学泰斗周汝昌曾苦心搜求而不可得，叹曰：此图尚在人间否？但愿此图早日现世，为曹雪芹在西山学术文化增色添彩。

三 “木石前盟”的由来

在樱桃沟大元宝石旁，有一处奇观，一块青石高丈余，巨石周围一根草都不长，可是它的顶部竟然挺立一棵苍劲的古柏，香山百姓含糊地称为“松”。这棵古松为什么在草都不长的巨石上生存呢？仔细观察才发现古柏的主根扎进巨石，竟然撑开一条大裂缝。根须底部有凹隐一穴，脸盆大小，并积有一泓泉水。奇怪的是，这泓泉水，夏不外溢，冬不结冰。

大家都知道，《红楼梦》宝黛钗的三角恋爱故事中，贾宝玉与薛宝钗的爱情叫“金玉良缘”，贾宝玉同林黛玉的关系叫“木石前盟”。而贾宝玉的爱情态度，是“都道是金玉良缘，俺只念木石前盟”。

“木石前盟”的艺术典型，有没有生活的原型呢？肯定地说是有的，著名红学家胡德平先生在《曹雪芹在西山》一书中，是这样分析的：“树生石中”，曹雪芹说宝玉和黛玉的关系是木石前盟，就是有感于此处木石奇缘而发的……香山一带一直流传一首打夯歌，夯歌的一段曲头是这样唱的：

退谷石上松，人称木石缘。
巨石嶙峋宝，甘泉溢水甜。
山上疯僧洞，山下白鹿岩。
曹公生花笔，宝黛永世传。

这首打夯歌的曲头反映了香山民间百姓对《红楼梦》木石前盟的创作有着朴素的理解。曲头第一、二句，已将“木石前盟”的出处点明是“人称木石缘”。第七、八句，表明了香山百姓赞同曹公笔下的宝黛爱情是人类永恒的爱情，同时也表明古老的香山民意对“金玉良缘”的封建爱情说也是否定的。

有人说，那石上的柏树的年龄，看上去够不上曹雪芹的年代。那么，怎能证明它清初就有呢？据考，明末大学问家孙承泽曾在樱桃沟隐居著书，他见过石上松的景观，在《天府广记》一书中云：“独岩口古桧一株，根出两石相夹处。”

又有人质疑说，曹雪芹到过樱桃沟吗？回答是曹雪芹不仅到过樱桃沟，还于乾隆二十六年（1716）秋天亲游樱桃沟的广泉寺，并写下了一首《西郊信步憩废寺》七律。这一学术观点，已经得到了红学家们的共识。

四　仙掌石与一拳石

“仙掌石”位于玉乳泉遗址北侧形似手掌的石壁上，“仙掌”二字向东，大可近尺。上钤“乾隆御笔”一方玺。

“一拳石”位于玉乳泉至雨香馆路上，因其东面有乾隆御题“一拳”二字，古俗称一拳石。西面可有乾隆御题“香山春望二首”：

烟景不胜赏，春山渐可登。
谁知初试步，即是最高层。

花意寒忧怯，苔痕嫩欲蒸。
东郊举趾者，历历入吟冯。

落款：香山春望二首御笔。上钤“德日新”椭圆玺。下钤“所宝惟贤”“乾隆御笔”二方玺。

舒成勋说乾隆皇帝御笔“仙掌”“一拳”二石是有用意的。意思是说，我乾隆弘历“先人”一步掌握皇帝大权（拳），乃真龙天子也。民间这一传说的真实性，可从《春望》第一首诗中的“谁知初始步，即是最高层”的诗句中找到答案。民间“先人掌皇权”的传说，深知乾隆皇帝是个好大喜功的人。

说到乾隆皇帝好大喜功，曹雪芹在《红楼梦》中及其友人于香山39号题壁诗文中均有对皇帝表示不恭的语言文字。如题壁诗文中的“岁在丙寅清和月下旬偶录于抗风轩之南几拙笔学书”中末写上“乾隆”年号，这是对乾隆皇帝的大不敬。那个“抗风轩”的命名，更是显鼻子显眼。“抗”字不管怎么说，也是反抗、抗争、抵抗之意；“风”字与抗字结合，便看出“风”字是不正的风俗、风气（甚至是“清风不识字”的风）。《红楼梦》第三回脂批还讲了个笑话：

一农庄人进京回家，众人问曰：“你进京可见些个市面否？”庄人曰：“连皇帝老爷都见了。”众汗然问曰：“皇帝如何境况？”庄人曰：“皇帝左手拿一金元宝，右手拿一银元宝，马上捎着一口袋人参，行动人参不离口。一时要屙屎了，连擦屁股都用的是鹅黄缎子，所以京中掏茅厕的人都富贵无比。”

《红楼梦》脂批的这个故事，在当时犯不犯忌讳呢？不禁使笔者想到1965年冬天“四清运动”时的一个真实的故事。

1965年冬日，第七生产队的社员、男女混杂地坐在队部办公室的顺山大炕上等待四清运动动员大会的召开。等待期间，有一位六十开外的贫农老大爷，名叫刘启。由于他社会阅历丰富，能说会道，大家欢迎他讲个笑话，活跃一下气氛。他说，我讲个掏粪的故事吧。新中国成立前有两家农民，一个是地主，另一个还是地主。甲地主家的庄稼年年大丰收，乙地主家的地总是产量不高。一次，乙地主向甲地主请教其中的原因。甲地主说：“我们家进城买肥料都往东城买，因为东富西贵，南贫北贱。东城和西城有钱的人多，他们吃香的喝辣的，屙出来的屎有劲。你总是怕绕远，到安定门外买干粪，所以产量上不去。”说到这里，刘启又借古论今地说道：“比如现在生产队掏粪，就应在中南海边上掏，那里的厕所的粪都是中央首长屙的，有油性。”

刘启是无心说，旁边的工作队的队长有心听，于是就认为刘启是有意攻击社会主义，侮辱中央首长。次日，便召开了“坏分子刘启毒害青年的批判大会”。可怜60岁的刘启，虽然是贫农出身，也没有逃出以阶级斗争为纲的法网，检查了自己的错误，愿意接受贫下中农的批判，保证以后再也不乱说乱动，争取人民的宽大处理。

笔者绕了一个大圈子，就是为了谈谈乾隆庚辰（二十五年）上，曹雪芹的朋友拙（笔）贺曹雪芹新婚诗。诗曰：

并蒂花呈瑞，同心友谊真。
一拳顽石下，时得露华新。

诗中的“一拳顽石下”，把一拳石说成是一块顽固不化的石头，这和乾隆皇帝的“先人掌权（拳）的”一拳石大相径庭，其与乾隆对着干的思想动机十分明显。

五　黄叶村秋美

北京西郊香山的秋天黄叶是最美的，遍地的枫树、柳树、柿子树、白果树、老槐树，每至秋天叶子由绿变黄，在秋风的吹拂下沙沙作响，放眼一望是一片金黄的世界，令人心旷神怡，耳目一新。

乾隆二十二年丁丑之秋，敦诚从山海关的喜峰口给居住在香山黄叶村的曹雪芹写了一首《寄怀曹雪芹霑》的长诗。诗中最后四句是：

劝君莫谈食客铗，劝君莫叩富儿门。
残杯冷炙有德色，不如著书黄叶村。

乾隆元年丙辰（1736）秋，清代著名书画家、诗人郑板桥来北京礼部考试中了进士候缺时，曾游览过卧佛寺。他写了一首《游香山卧佛寺访青崖和尚和壁间青岚学士虚亭侍读原作》的诗。诗中写道：

西风肯结万山缘，吹破浓云作冷烟。

匹马寻径黄叶寺，雨晴稻熟早秋天。

乾隆二十九年（1765）后的一个秋天，曹雪芹的诗友敦敏（敦诚之兄）来香山秋游，写下了《西郊同人游眺兼有所吊》七律。其中有诗句：

秋色召人上古墩，西风瑟瑟敞平原。

瑶山千叠白云径，清磬一声黄叶村。

晚清诗人奕绘的测室顾太清的娘家是香山健锐营厢蓝旗。二人常有西山雅游诗句。奕绘在《栏杆万里心》一诗中写道：

雨丝风片易黄昏，洗盏挑灯深闭门。梦到西山黄叶村。最销魂，松桧前朝皇帝坟。

下面我们来分析一下上述四句诗。一、敦诚笔下“不如著书黄叶村”，说明了黄叶村是曹雪芹著书的村庄；二、郑板桥笔下的“匹马寻径黄叶寺”指的是卧佛寺，可正是黄叶村在卧佛寺左近；三、敦敏笔下的“清磬一声黄叶村”写于曹雪芹逝世之后，作者游吊时还听到了黄叶村中传来的清磬之声；四、晚清诗人奕绘笔下的“梦到西山黄叶村。最销魂，松桧前朝皇帝坟”。据考，“皇帝坟”说的是明代金山之上的景泰皇陵，可黄叶村坐落在金山——卧佛寺左侧之山。

如今黄叶村因曹雪芹的缘故，名声大振，北京植物园已辟出游览区开设了黄叶村酒馆。其实黄叶村之美，美在黄叶红于二月花的金色秋光，美在隔断红尘的自然风景；美在曹雪芹曾在这里写了世界最美的

《红楼梦》。

综上分析，看来有人将黄叶村释为苏轼《李世南所画秋景》“家住江南黄叶村”的用典，泛指秋色的说法，是站不住脚的哩。

六　刘姥姥生活原型是香山农村老太太

《石头记》中的刘姥姥，是曹雪芹塑造得十分成功的一个艺术典型。他虽年老乡居，但有见识、说话得体、通达人情世故，能现场抓哏讲故事、当众作诗说酒令、在贾母和王夫人面前插科打诨不怯阵，带有浓厚的天子脚下大兴、宛平二县近郊区老妇的乡土气息。

有研究者认为，刘姥姥的生活原型是东郊地区的农村老太太。而著名红学家胡德平在《三教合流的香山世界》一文中，对刘姥姥的生活原型是香山农村老太太做了细致的分析与论证。请看其文：

> 曹雪芹塑造刘姥姥这个典型，不是萍水相逢就可勾勒出来的人物，而是需要深厚的生活基础和真挚的思想感情。他在江南的官宅府邸，不可能和这类人交往，在京都闹市也没有这种机会，只有当他长期居于香山旗营，才能大量接触乡村农民和旗人下层，从而造出这位有血有肉的农村老妇的形象。

胡德平先生对曹雪芹创作生活的存在决定意识、艺术源于生活的理论分析，已将刘姥姥的生活原型定格在北京西郊香山一带。胡德平先生还从刘姥姥口中发现作者生活环境中的某些特点，并对刘姥姥进行了具体分析。其文曰：

“从刘姥姥口中，我们知道，她住的乡村有三大特点。一是树多。‘我们成日和树林子作街坊，困了枕着他睡，乏了靠着他坐，荒年间饿了还吃他，眼睛里天天见他，耳朵里天天听他，口儿里天天讲他。’（第41回）二是坟多。‘比不得我们的孩子，会走了，那个坟圈子里不跑去？’（这里把板儿和巧姐做的对照，见第42回）三是庙多。‘哎呀！这里还有个大庙呢，我们那里这样的庙最多。’（第41回）”曹雪芹生活的香山地区也是三多。第一树多：正像《曹雪芹在西山》一书中所说：“二百年以前的香山，金山一带满山遍野都是青松、枫树、柳树、黄栌树、柿子树、野漆树。”第二坟多：除了《曹雪芹在西山》一书中说到的明朝皇室，嫔妃一百七十八处坟墓外，还有许多坟地至今已变成地名标志在地图上，如牛碌坟、瑞王坟、佟家坟、马家坟、公爷坟、老公坟、贾家坟、礼王坟，现在的西郊机场就是远清朝的黄带子坟地和红带子坟地。”至于说庙多，从玉泉山到香山之间的寺观就有：一笑庵、水月庵、普陀寺、静安寺、普通寺、香岩寺、香露寺、法云寺、昭化寺、妙善寺、圣缘寺、龙王庙、观音寺、宝藏寺、法云寺、上下华严寺、三教寺、天仙庵、普安塔院、永庆庵、西峰寺、雀儿庵、十方普觉寺、五华寺、玉皇庙、宏化寺、广应寺、广泉寺、龙教寺、普福寺、普济寺、广慧庵、观音阁、七圣庙、山神庙、慈寿庵、碧云寺、小碧云寺、碧霞元君庙、玉华寺、光裕寺、长岭寺、宝相寺、宝谛寺、香山寺、洪光寺、帝王庙、梵香寺、雪峰寺、崇寿寺、朝阳洞、十方院、昌化寺、弘教寺、法海寺、翠岩寺、广仁寺、法华寺、朝阳庵、潘阑庙等。至于清朝统治者依据儒家思想，大力提倡的武圣关帝庙，则香山旗营各旗都有，单正白旗旗营就有七座。旗营的官兵都特别崇奉关帝、财神、张公和送子观音五位明神。“晨昏三叩首，早晚一炉香”，是这里旗营中的特殊教化。总而言之，我们可以得出这样一种结论，曹雪芹的生活环境和刘姥姥形象的典型环境是一致的、吻合的，并且有一种现实主义文学创造上源与流的关系。

为了进一步证实刘姥姥的生活原型是北京西郊香山老太太，笔者反复看了《红楼梦》第六回“贾宝玉初试云雨情，刘姥姥一进荣国府”与第三十九回“村姥姥是信口开河，情哥哥偏寻根问底”两回内容，发现了刘姥姥住香山的具体证据，从刘姥姥讲的美女大雪天抽柴草的故事中，看出刘姥姥住在西山的山区。故事是这样写的：

“我们村庄上种地种菜，每年每日，春夏秋冬，风里雨里，哪有坐着的空儿，天天都是在那地头子上做歇马凉亭，什么奇奇怪怪的事不见呢。就像去年冬天接连下了几天雪，地下压了三四尺深。我那日起的早，还没有出房门，只听见外头柴草响。我想必定是有人偷柴草来了。我爬着窗户一瞧，却不是我们村庄上的人。”贾母道：“必定是过路的客人们冷了，见现成的柴，抽些烤火去也是有的。”

这里贾母所说的“现成的柴”即指山柴，人所说的“上山砍柴”是也。所说的“抽些烤火去也是有的”其中“抽”字，便说明是成捆的柴堆在一起，冬天百姓取暖做饭时，常说“抽把柴火来”，为何说“抽”呢？因为山柴多是树枝硬木或劈成段儿的劈柴，火力大而耐久。刘姥姥如是住在东郊的天子脚下，那里属于大兴县，全是平原。冬天，百姓常将高粱秆、玉米秸捆在一起来堆放一处，取柴草时说“抱捆柴草来”，不说抽。

将《红楼梦》刘姥姥艺术典型定格在北京天子脚下的西郊香山一带，是有学术价值的——曹雪芹只有长期居于西郊香山旗营，才有可能接触大量的乡村百姓旗人下层，从而创造出刘姥姥这位有血有肉、插科打诨的形象。

七　香山娑罗入红楼

《红楼梦》十二支曲中的《虚花语》歌词很长，内容也很丰富，关系到香山卧佛寺和卧佛寺两棵娑罗树（有学者研究，卧佛寺的娑罗树是七叶树，且断言，娑罗树只有云南省盈江县有，七叶树各地都有），故此不嫌其长，全文照录：

将那三春看破，桃红柳绿待如何？把这韶华打灭，觅那清淡天和。说什么天上夭桃盛，云中杏蕊多。到头来，谁把秋捱过？则看那，白杨村里人呜咽，青枫林下鬼吟哦。更兼着，连天衰草遮坟墓。这的是，昨贫今富人劳碌，春荣秋谢花折磨。似这般，生关死劫谁能躲？闻说道，西方宝树唤婆娑，上结着长生果。

惜春的判词和图画是这样写的：后面是一座古庙，里面有一个美人在内看经独坐。其判云：

勘破三春景不长，缁衣顿改昔年装。
可怜绣户侯门女，独卧青灯古佛旁。

《虚花语》和判词是写惜春最后结局的。《虚花语》的“似这般，生关死结谁能躲？闻说道，西方宝树唤婆娑，上结着长生果”。告诉了读者：惜春为了得到人生的解脱，她到了一座有婆娑宝树的古庙中淄衣着身，静坐看经去了。

这座有婆娑树的古庙街位于何方呢？红学家霍国玲依据“独卧青灯古佛旁”的“卧”字等理由，认为惜春的生活原型出家的地方是香山卧佛寺（见《红楼解梦》）。

此说的可信度不容忽视。他启迪了笔者想到了古庙中的婆娑宝树，香山确实有的，而且在曹雪芹的年代非常有名，就连乾隆皇帝也写了《婆娑树歌》。上有好者，下有必甚焉。故此，清代下层诗人有咏卧佛寺婆娑宝树的诗作。现只举曹雪芹的贫贱之交明泰（拙笔）的《桫椤树歌》为例。

（西山卧佛寺有桫椤树一株，苍麟怒干，势若虬龙。传云种出西域，为张骞携来者，虽无足凭，盖亦千年外物也。）

怒龙奋迅天无色，风雨万山飞霹雳。
侧臂擎云云母愁，尾摇坤轴昆仑仄。
空传银汉泛归槎，岂随天马来西极。

寒生月窟宝光迷，有过仙人眠不得。
斫残鳞甲坠人间，千年变化谁能侧。
林深鬼哭疾归来，拔山飞去沧溟北。
（见《熙朝雅颂集》）

著名红学家胡德平先生远在三十年前就提出了《虚花语》中的“西方宝树唤婆娑”的婆娑说的是香山卧佛寺的娑罗树，现恭录其全文，以见考证工作的智慧与艰辛：

雍正、乾隆把卧佛寺辟为行宫，既可参禅拜佛，又可巡幸游玩，实在是一处宫廷苑囿之外的行乐胜地。至今，当地父老对卧佛寺还有三宫六院之说，即行宫三处，后妃居地六所的掌故。

如果此说成立，那么再让我们进一步研究分析一下惜春姑娘在警幻仙子的正册判词和《虚花语》一曲，我们便可以发现卧佛寺和香山一带更多景色，早被作者摄入《石头记》中。正册的图画和判词是这样的：后面便是一座古庙，里面有一美人在内看经独坐。其判云：

勘破三春景不长，缁衣顿改昔年装。
可怜绣户侯门女，独卧青灯古佛旁。

明代景泰皇帝就埋在香山东北方的金山口“陵前坎，树多白杨及椿”（《长安客话》卷四）。谈迁的《北游录》也作如此记载。乾隆时期，“明景泰陵今封如故”（《钦定日下旧闻考》卷一百），就是现在这里还有大片大片的白杨林。上文已经说到金山一带有皇室坟墓一百七十八处，“按史皆葬金山与景陵相属，及五十三园，望之色馁”（《北游录》第七十六页）。陵墓周围的清风、黄栌、松柏遮天盖日，苍黝阴森，及至深秋寒冬，阔叶飘倾，萧索不堪，又兼“连天衰草遮坟墓”，人迹罕至，更让人感到这里是个人人呜咽、鬼怪吟哦的地方。最值得注意的是，曲中最后一句“闻说道，西方宝树唤婆娑，上结着长生果”。婆娑是指舞蹈音乐的优美和乔木的摇曳，现实生活中没有一种树叫婆娑的，但在神话故事中，却有此树的记载，如地理志《太平寰宇记》记载，婆娑树生长在四川夔州日月石旁。此说含有丰厚的神话色彩，不可认真对待。《虚花语》中的西方是指印度或西域。我们知道，从印度和西域传到我国内地有两种佛教宝树，一为菩提，二为娑罗。相传如来在菩提树下得道，在娑罗树下涅槃，所以在佛教教理中，菩提树兼有智慧的意思，娑罗树又有解脱的意思。解脱就是永生。因此，曲中的婆娑树，从地理方位，佛教崇敬的宝树和宝树所象征的意义来看，婆娑树这里指娑罗树，似无疑义。

香山地区只有香山寺和卧佛寺有娑罗树。康熙、乾隆都曾写过御制诗，颂扬过这里的娑罗树，其中尤以卧佛寺中的娑罗树最为著名。根据记载，唯有此处的娑罗树是从西域移来的，时为唐代：

> 香山名胜若来青轩，洪光寺诸处及娑罗宝树，皆昔蒙圣祖仁皇帝临幸，天章肇锡，御额亲题。(《钦定日下旧闻考》卷八十六)
>
> 聚宝山在玉泉山西南，行数里，度两石桥，循溪转至卧佛寺。寺在唐为兜率寺，今名永安，殿前娑罗树来自西域，相传建寺时所植，今大三维矣。(同上，卷一〇一)(抄录于《说不尽的红楼梦——曹雪芹在香山》)

《虚花语》“西方宝树唤婆娑”之句的“西方”指西域，“婆娑”即娑罗，胡德平先生考证甚明。自2013年秋日，我们又考证出香山满洲旗人明泰（拙笔）是正白旗三十九号题壁诗文的抄录者及作者。那么，他笔下的《桫椤树歌》及其“传云种出西域”的注释与曹公笔下的

“西方宝树唤婆娑”如出一辙，其中当有内在的联系。望年轻后学一探宝山。

八 京华何处大观园?

红学界对“京华何处大观园”的讨论，众说纷纭，莫衷一是。有南京随园说、江宁织造西花园说、北京后海恭王府说……今年又有学者提出以圆明园为主题的“三山五园说”。真乃各抒己见，皆备一理。

笔者赞成“三山五园说”。因为曹雪芹在“三山五园山水间”的香山脚下，并且在此创作的《红楼梦》。本着存在决定意识，客观决定主观，以及文艺来源于生活的理论，曹公将眼皮子底下的风物景观，随手写进书中，是情理之中的事情。

请看《红楼梦》第二十六回：“……正纳闷，只见贾兰在后面拿着一张小弓追了上来。”贾兰追的是什么动物呢？接着写道：“那边山坡上两只小鹿箭也似地跑来。”

鹿这种动物，本满洲长白山林中之物，四肢细长，奔跑飞快，喜夜居食鲜草。养鹿最佳之地须有山有水，百草丰茂。故此，一般私家园林养不起弓射猎用的鹿。

查北京西郊海淀的“三山五园”均有养鹿之所，如香山静宜园二十八景之一的“驯鹿坡”就是以养鹿闻名的。乾隆皇帝曾于乾隆丙寅年写过《驯鹿坡》诗，中有“风草群惟适，嘉苹性所耽”句。

那么，圆明园养过鹿吗？回答是肯定的。如法国传教士王致诚《圆明园纪事书札》一书中写道：

> 水滨复有无数禽笼鸟室，畜水禽者则半入水中，半居岸上。在陆则有兽圈猎场……

圆明园当年的“兽圈猎场”在山高水长。乾隆皇帝《乐善堂集》中的“西厂骑射”诗写的就是高山水厂的马场一带。

或许有人要问，王致诚笔下的“兽圈猎场”与乾隆御笔“西厂骑射”诗，没有提到鹿呀！是的，没有提到鹿，不等于兽圈猎场没有鹿。须知，满族人与鹿有不解之缘，吃鹿茸、烤鹿肉、喝鹿血……是他们的特有风俗，倘若圆明园中没有供射猎小鹿，那还叫皇家“兽圈猎场”吗？

九　米汤不是稀粥

《红楼梦》第二十五回写王熙凤、贾宝玉魇魔成病时道：“……旋熬了米汤来与他二人吃了，精神渐长，邪祟稍退。”

个中“米汤”，《红楼梦风物考》是这样解释的：“按，和水于米，煮之使糜者为粥。米汤较粥更为稀薄，有利病人消化也……”

笔者认为米汤不是稀粥，粥再稀也是粥，只能叫稀粥，不能叫米汤。欲知此理，还得从“京西稻”和旗人蒸米饭说起。

“京西稻”是北京海淀玉泉山下的北坞村、中坞村、六郎庄、万泉庄等水乡的特产风物。这里的稻田在清代叫“御田”，干活的稻农叫“御伙计”，产出的稻米，红者叫“红香稻米”或叫“桃花米”；白者叫“碧翠绿”，白中带绿、米粒较长。红者也叫“御田胭脂米”。不管是红米还是白米，统称“京西稻”，是专供给清代皇室上层社会及八旗贵族食用。《红楼梦》中写到的“御田米”“御田胭脂米”，都是京西海淀生产的。

当年，不管是八旗贵族，还是中小地主吃“京西稻”时，其做法是：先将米淘干净，然后放到锅里煮，煮到一定程度再用笊篱捞，捞出来的米饭放到笼屉上再蒸。捞米饭和蒸米饭时，剩下的汤放在瓦盆里，留着吃完饭时喝一碗，美其名曰：原汤化原食。

这种米汤，并不稀，带黏儿和油光，应该说营养很丰富，放上一勺白糖，味道就更美了。《红楼梦》书中王熙凤、贾宝玉喝的就是“京西稻”的米汤。

十 何为“打罗柜”

1972年人民文学出版社的《红楼梦》第六回中写道：“姥姥只听见咯当咯当响声，大有似乎打罗筛面的一般。”

对“打罗筛面”四字，脚注做了如下解释：“装有筛面罗的木柜，筛面时用脚不断踩机关，发出咯当咯当的声音。”此解语焉不详，忽略了那个“打罗筛面”的“打”字。因而，也就违背了曹雪芹笔下艺文的真实性。一个“打”字有这么重要吗？请听道来。

在自给自足的封建社会里，一家一户的农民一般都是“自己的禾自己割，自家米麦自家磨”。很少有人到市场上购买，后来市场经济发展了，各村各店才有人开“面铺”经营此业。

那时普通农家的磨坊，只有笸箩、筛罗、磨盘等工具，由农民原始劳作。开“面房”的农业资本家就不同了，他们的磨坊增加了半机械化的设备，大大提高了生产力，俗称“小面房”。小面房均有罗柜设施。罗柜呈长方形，高有一米多，宽窄不等，中置一纵向横梁木，上架筛面罗，上有吊竿衔之。筛面时用脚不停地踩踏机关，有时罗的筛孔不免被面粉渍住，影响工作效率，这时工人就要木棍敲打几下罗柜，将渍面震下来，是故老百姓叫“打罗柜筛面”。

到底是“打罗筛面”对呢？还是民间百姓说的“打罗柜筛面”对呢？笔者发现1972年人民文学出版社出版的《红楼梦》是依据高鹗、程伟元的程乙本《红楼梦》整理出版的。如果说“打罗筛面”丢了“柜”字不对，那也是高鹗的责任。天下事，无独有偶。笔者又发现1981年人民文学出版社依据曹雪芹生前就已存在的庚辰本《红楼梦》为依据出版的《红楼梦》，第六回中确实写成了“打罗柜筛面”。由此说来，我们不得不佩服曹雪芹对下层劳动人民生活的了解。

十一　御田不是玉田

《红楼梦》第五十三回乌进孝交租单中写有“御田胭脂米二石”。对于“御田”，诸家多释为河北玉田县（玉田县以产贡稻米闻名）。以笔者拙见，曹雪芹笔下的“御田”重在昭示贾家地位的高贵，此其一。其二，“御田”乃是说皇家的稻田，实非指河北玉田。这一点，民国初年的高润生先生已经意识到了。他在《谷名考》说：

> 今按《释谷》……谓此为稻的最贵者，今也是“玉堂米”，即玉田的转音。窃谓玉堂乃“进御”的特称。“玉堂”者，疑是“春风杨柳鸣金马，飞雪梅花照玉堂”的玉堂——帝王之家。

那么帝王之家的御田何在？答曰：北京西郊海淀玉泉山下的御田，也即“京西稻”的产地。有文献为证。

一是清代萧爽《永宪录》记载：康熙年间“其贡御膳曰御稻米，出京师西山”。

二是玉泉山御田情况。清代初期玉泉山御田水稻闻名朝野，文献多有记述。如《钦定日下旧闻考·官署》：“稻田厂：建于玉泉山青龙桥，向存贮米石、仓廒及官署，碾坊具备焉。种地蚕蛮子十三名。玉泉山官种稻田十五顷九十余亩。”

民间口碑：玉泉山下的御稻田共有三百六十顷，皇室每天吃一顷。御田又分南七北六十三圈，每一省负责开垦一圈，至今六郎庄还有一块地叫“兴工地”，据说是宛平县县长挖的第一锄头，才开始动工，故名之。当年在御田干活叫“御伙计”，每年夏历清明节，每人发一个草帽、一块包袱皮、一根骆驼毛绳子。御伙计自嘲：草帽叫“龙帽”，包袱皮叫“凤袍”。骆驼毛绳子叫“紫金绳”，有“龙帽凤袍紫金绳”之谚，都是清宫内务府发的。

至如今，玉泉山下因御田而留下的地名还很多。如官场、一亩三分地（据说每年清明后的一天皇上和娘娘在此地演耕，以劝农）、碾坊（稻谷脱粒为米的地方）、稻田厂（管理种植御田的衙门）。

十二　“茗烟”一名探义

《红楼梦》主人公贾宝玉的书童，先叫“茗烟”，后叫“焙茗”，今人以为有误。也有人认为茗烟即茶烟，曹雪芹用茗不用茶是为了增加贾府已入晚景的现象。对于焙茗更是进一步渲染凄凉晚景，理由是“残茗才能上火焙”。也有研究者认为，茗烟即茶烟无晚景之义，焙茗则是制茶的一道工艺。

笔者认为，曹雪芹笔下的人名皆有寓意，如脂批：“从起名上设色，别有可玩。”（见第七十九回）可见茗烟与培茗大有深意。愚以为贾宝玉即指皇帝之玉玺。据载秦始皇的御玺铭文是：“受命于天，既寿永昌。”而通灵宝玉的铭文是：莫失莫忘，仙寿恒昌。这暗示了宝玉即皇帝也，是皇帝就有贴身太监，太监是奴下奴，皇帝是主上主，宝玉与茗烟（焙茗）就是这种关系。

笔者在西郊海淀区的文物普查中，听到了一则关于顺治皇帝与太监的故事。故事说：1644 年，清兵入关占领北京城时，故宫里的明朝太监大都效仿崇祯皇帝上吊自杀了。据说丹陛龙头上挂满了太监的尸体，整个故宫狼藉不堪，臭气熏天，非常恐怖。但当时也有一位怕死的小太监，躲到天花板上，因撒尿被清兵发现，被俘成了清朝顺治皇帝的贴身太监，他叫林允升。因为他聪明伶俐，竭尽太监之职，后来升任“四十八处”大总管，活了 90 多岁，人称“林老人”。他死后雍正皇帝特赐墓地，葬于海淀恩济庄。

鉴于上述见闻，笔者以为当年索隐派说贾宝玉是清初顺治皇帝，也不可全盘否定，以今观之胡适等人以“自传说”否定“顺治皇帝影贾宝玉说”，也不是科学的。故此，笔者认为“茗烟”即“明阉”（明朝时被阉割生殖器的太监）：“焙茗”则是背叛了明朝的太监。这位太监就是“林老人”林允升。

（严宽，2014 年）

民间文学采风感言

海淀民间文学，源远流长，底蕴丰厚；俏皮话儿、小笑话儿、儿歌、谜语、谚语，以及优美动人的传说故事，体裁广泛，题材丰富，容量很大，是劳动人民劳动之暇集体创作的结晶，有思想性和趣味性。千百年来，这些源于民间的文化艺术，潜移默化地影响着百姓的风俗生活，是中华民族传统文化宝库中的宝典。在此全国反对贪污腐败、倡导精神文明的大好时期，出版社能将我们三十多年前的民间文学故事的创作，再次扩展集结成书，这绝不是炒冷饭，而是功德无量，是提高软实力的一件好事。

北京西部海淀区位于“乾地耸高峰”的皇家福地，得万寿山、玉泉山、香山三山之厚育；裂帛湖、昆明湖、高水湖、养水湖之润养；以及“西山三百七十寺”三教之教化，素有“上风上水上海淀”之美誉。远在800多年的辽金时期，就辟有清水院、香水院、泉水院、金水院、双水院等皇家驻跸之胜地。到了所谓的清代康乾盛世，海淀已呈现出“苏杭园林甲天下，海淀园林甲苏杭”的鼎盛局面，时有“三山五园”之雅称。三山者，玉泉山、万寿山、香山；五园者，畅春园，静明园，静宜园，圆明园，清漪园。清入关以来，八辈九帝均不时在“三山五园”中养尊处优并治理朝政，实乃全国政治、经济、文化的中心之地，因而带动了海淀地区的文化繁荣。两百多年以来，海淀形成了得天独厚的皇家文化特色，主要表现在园林文化、满蒙汉八旗文化、墓葬文化、宦官文化、名人文化和寺庙文化六个方面。而由此派生出来的民间故事、笑话儿、谚语、俏皮话儿、打油诗，则是在这片皇家文化土壤中生长出来的野草花，虽然不上主流文化的“群芳谱”，也向东风岁岁开。其中的口头文学作品创作的数量之多，流传的时间之久，影响的空间之大（探清水河一歌，传唱到《林海雪原》），以及文学水平之高，愚民以为当领京都诸区县民间文化之先。

挖掘整理海淀民间文化的工作，据考，从民国时期的1925年前后就开始了。著名的历史学家顾颉刚，著名报人孙伏园等先生发起过组织大学生深入乡间采风的活动。他们走出大学课堂，沿着海淀山北的北安河、大觉寺、东耳营三条古香道往访金顶妙峰山娘娘庙，向当地老人及民间花会艺人采访风土人情，了解掌故趣闻，搜集民间故事，抄写碑文断碣……经过编写成文，发表在《妙峰山·专号》上，使得千百年来流散在人们口头上的民间文学第一次登上了大雅之堂——《妙峰山·专号》。可以说，这些活动是北京地区早期的“非物质文化遗产”挖掘整理工作，大大推动了下里巴人口头文学创作的热潮，彰显了劳动人民的聪明才智，以及民间文学的社会价值和艺术价值。

1949年，中华人民共和国成立后，由于党的文艺工作者下基层为社会主义建设服务的号召和百家争鸣、百花齐放“双百方针”的提出，云集在海淀区多所高校学生仍在顾颉刚、钟敬文、吴恩裕等知名教授的支持鼓励下，多次深入农村、街道，一方面接受再教育，另一方面开展调查研究民间文学，写村史，编说唱集，谱歌谣，其工作的深入性、广泛性和持久性，以及取得的文化成果，都是前所未有的。

党的“十一届三中全会”以后，政通人和，百废俱兴。海淀区民间文学的调查整理工作出现了一派欣欣向荣的春天景象。当时的海淀区文化馆创办了一份旨在弘扬海淀民间文学的小报，名曰《枫叶》（取“枫叶红于二月花”)，刊登了大量的流传于海淀的民间故事、传说、趣闻，歌谣等，培养了一批民间文学作者，造就了一批北京史地民俗专家，在社会上产生了广泛的影响，一时间被人们美誉为“南有《采风》，北有《枫叶》”(当时上海创办了一份民间文学小报，叫《采风》，发行量甚大)。常言说，万事舆论当先，在《枫叶》报的引领下，当时海淀的民间文艺家们搜集整理出版了《圆明园的传说》《颐和园的传说》《香山的传说》《北京清代传说》等，对改革开放的精神文明建设起到了鼓与呼的作用。

回首往事，心潮起伏。特别在此值得一提的是《曹雪芹在香山》民间故事的调查整理出版及影响。远在 40 年前的 1983 年，笔者有幸结识了当时的中国曹雪芹研究会的会长胡德平老师和副会长张宝章老师。二位老师德高望重，学识渊博，又都热衷文化事业的研究与建设，在他们的指导下进行了曹雪芹在香山的调查研究工作。拜访了数十位 1900 年前后出生的老人，走遍了海淀的山山水水，古寺名坟。我们不仅发现了研究曹雪芹生平家世的第一手资料，如家谱、碑文、彩绘、摩崖石刻，寺庙遗址……也搂草打兔子，听到了许多关于曹雪芹的故事传说，海淀“三山五园”的逸事传闻及风土人情。而且当时又正值改革开放的大好时期，经济建设发展，海淀区的文化建设也呈现出欣欣向荣的局面。当时的海淀区宣传部副部长张宝章老师、易海云老师，以及在文化馆任职的崔墨卿诗人等创办了《枫叶》小报。笔者生逢其时，在张宝章老师的指导下将第一手资料粗写成文，再经张宝章老师的点铁成金，便一篇又一篇地在《枫叶》上发表了。而后，又经张宝章老师的谋划，曹雪芹在香山的故事零篇集成为《曹雪芹在香山》一书，于 1989 年由中国和平出版社出版了。

《曹雪芹在香山》在社会上产生了广泛的影响。记得当时《北京农民报》已决定辟出专栏连载，小样都打出来了，应该说是只欠东风啦。这时节，有人向《北京农民报》负责人说了什么，又决定不连载了。笔者一直对此事耿耿于怀，借此撰文之机，一吐为快，也不为过吧？须知，《曹雪芹在香山》是一本民间故事，书中所写表达了香山百姓对曹雪芹的热爱与敬仰，可供读者茶余饭后之消遣。内容是纯洁朴素的、思想是健康的，文章是接地气的。实为一朵香山野花，海淀水鲜，不与牡丹争艳，不与兰花比香，翠柳竞高，他的生命是极强的，绝非一经风霜便枯萎的室内的花朵。这从它于 1989 年的集结出版，到被海淀文联、香山曹雪芹纪念馆的两次申请北京非物质文化遗产被批准，以及这次出版社再次扩大字数出版，颇可看出它的生命力之强。早在一千多年前的文起八代之衰的大文学家韩愈的一首诗，就对草根文学表达了强烈的赞美。其诗曰：

天街小雨润如酥，
草色遥看近却无。
最是一年春好处，
绝胜烟柳满皇都。

行文至此，当年被采访过的那些民间老叟不免涌上心头。这些老人都是“吃过见过”的主儿，坦率地说，他们的水平并不比那些“不练楷书，直写行草”的“家”们低。现从几十位草根老人中择其六位代表简言记之，算是对他们的彰扬与怀念。

曹雪芹故居的发现者舒成勋

香山健锐营正白旗人，生于 1907 年，曾做过正白旗最后一个笔帖式（文案工作）。对八旗风俗制度，曹雪芹在香山的逸闻多有听闻，并且对曹雪芹故居的题壁诗文有特殊的理解和研究。能写双钩大字，于京戏能自拉自唱，是位出色的票友。由其口述，胡德平整理的《曹雪芹在西山》一书于 1984 年问世。书中讲述了“一碗酒”“鄂比画葡萄”的故事。1991年冬因病逝世。曾为海淀区政协委员。

“哈哈珠子”陈武荣

1909年生于北海小翔凤胡同，内务府包衣出身，曾为恭王府最后一位恭王溥伟的哈哈珠子（小使唤人），对清王府生活知之甚多。1984年曾在香山正白旗三十九号小住多时。为笔者讲述了“老爷找丫环，阿哥找小妈，奶妈找厨子，小厮和母狗”的关于王府腐败生活的俗言口碑，对于研究《红楼梦》贾珍、贾蓉父子生活很有参考价值。

能说满语的老人闫振华

老人家1984年时已80多岁，香山正白旗老户，与著名京剧演员“小陈风”闫岚秋一个闫，汉名振华，满名尼玛善。他讲述了曹雪芹给穷人治病的故事。特别是他讲了一个三十晚上祭房柁的真事儿。笔者至今记忆尤深。他说，正白旗有一家姓虞的，每年三十晚上，人家祭拜祖宗，他家祭房柁，理由是这架房柁救过老祖先的命。被救的老祖先临终遗言：日后子孙每年三十那天要祭拜房柁，房柁就是我的化身。于是，祭房柁就在虞家传了下来。老人家还讲了他知道的不少满语：

正参领，满话叫“金沾爷”；

副参领，满话叫“阿沾爷”；

委参领，满话叫“依生沾爷”；

八旗翼长，满话叫“葛儿搭”；

佐领，满话叫“牛沾爷”；

侍卫叫“拉瞎”，教师叫“色夫”，当差叫“档色”。

“三白老人”何福元

老人家是汉人，不在旗。家住香山红门村。因其头发白，眉毛白，胡子白，白得有仙态，人称“三白老人”。

他讲述了“昆明湖没水，玉泉山借；玉泉山没水，香山借”的故事。旗营建关帝庙的来历，故事性很强。老人家精通文墨，曾自撰一副对联：“穷在市街无人问，钢钩子搭不上至亲骨肉；富在深山有远亲，木榔头打不散无义宾明。”这副对联与正白旗三十九号的菱型对联：“远富近贫以礼相交天下少；疏亲慢友因财而散世间多”，有异曲同工之妙。

革命老人赵思诚

老人家来历非凡，早年曾为我党的地下交通员，奉命到泰山与冯玉祥将军联络，吃过冯将军招待他的窝头咸菜条子。他的姐夫叫肖明，是早期的革命家。肖军作家的《八月的乡村》写的是肖明夫妇在东北的革命恋爱生活。“文革”中，赵思诚先生蒙受了“叛徒”的不白之冤，后几经上访方得平反。

赵思诚老人是正白旗人，讲述过“穷人吃药，富人还钱”的故事，歌颂了曹雪芹的医德和思想。他还讲过正白旗各个的祖坟多在东直门外，新祖坟在冷泉一带。这对于研究曹雪芹家的祖坟在东坝有参考价值。

满洲协会成员赵宏毅先生

1911 年生于香山正白旗，后迁居到香山普安淀。在旧社会当过新闻记者。冯玉祥逼宫后，京师八旗生活无着落，为解决生计问题，由著名画家溥心畬出面组织满洲协会。赵宏毅代表健锐八旗翼长达乐亭参加会议，与溥心畬一起共谋旗人生路。老人家讲述了旗下妇媛拜干姐妹，喜欢人称她“爷”，出门在外必携一块手绢儿等风俗，这对于研究《红楼梦》有参考价值。

九十老人张振明

老人家 1985 年时，已九十高龄，耳不聋眼不花，世居普安淀，以厨师为业，退休后颐养天年。他讲了“公道老儿”的故事。情节是这样的：一地主与一贫农的地界相连，每年秋天耕地时，地主必欺占贫农一犁地。时间长了，贫农发现了地主的巧取行为，便上告了县太爷，告自己的祖先，死了还嫌贫爱富。理由是他家的祖坟跑到了地主的地里。于是，县太爷升堂，现场办公，在地主地里挖出了贫农祖先的棺材，地主承认了自己的错误。为了避免以后农民再次发生侵占之事，县太爷下令农民的地界之间种“公道老儿”为标志。“公道老儿”是一种草本植物，只要种在地里就移不得，它远在那里生长，这比栽石头界桩公道多了。

以上所述诸位老人相继作古多年了，在此把笔行文之际，他们的音容笑貌，才华技艺，不同的身世经历像电影似的映现眼前。按照文艺源于生活又高于生活的理论来说，他们才是《曹雪芹在香山》的第一作者，这便是我们为之立传的原因。安息吧，诸位老人家！

（严宽，2015 年）